锦帆桥人家

JIN FAN QIAO REN JIA

范小青

长篇小说系列

FAN XIAO QING

人民文学出版社

图书在版编目(CIP)数据

锦帆桥人家/范小青著. —北京:人民文学出版社,2015
(范小青长篇小说系列)
ISBN 978-7-02-010980-7

Ⅰ. ①锦… Ⅱ. ①范… Ⅲ. ①长篇小说—中国—当代 Ⅳ. ①I247.5

中国版本图书馆 CIP 数据核字(2015)第 120706 号

责任编辑 包兰英
装帧设计 陶 雷
责任印制 史 帅

出版发行 人民文学出版社
社 址 北京市朝内大街 166 号
邮政编码 100705
网 址 http://www.rw-cn.com

印 刷 北京季蜂印刷有限公司
经 销 全国新华书店等

字 数 218 千字
开 本 680 毫米×1000 毫米 1/16
印 张 17.5 插页 3
印 数 1—5000
版 次 2016 年 10 月北京第 1 版
印 次 2016 年 10 月第 1 次印刷

书 号 978-7-02-010980-7
定 价 32.00 元

桥那边的空地上，原先是有房子的。老人说，那房子是孙家祠堂。从前孙家是苏州城里的名门望族，子系庞大，孙家祠堂里牌位是很多的。据说孙家上代，曾经号称“江南首富”，很有钱，且皈佛，好行善，所以孙家祠堂的香火一直是很兴旺的。不过也有人怀疑这种说法，因为后来孙家祠堂是被天火烧掉的，只留下一堆残砖碎瓦。再后来残砖碎瓦也没有了，就成了一块空地。

这都是好多年以前的事情了。

第 1 章

夜里秋云醒了几次。有轻轻的水声，就在窗下，拍打斑驳的石基。好像过了一条小船，有轻轻的橹声和轻轻的人声。不远处运河上有大轮船或是拖轮过往，指挥调度的喊声从喇叭里扩散开来，愈发衬出黑夜的静谧。

秋云心里有一种说不清的感觉，说不清是陌生还是亲切，是孤独还是温暖。

她在乡下过了十一年，半夜里总是有狗叫。后来她到县医院工作，集体宿舍后面是一家纺织厂，于是她习惯了三班倒，也习惯了夜里或白天在机器轰鸣中睡觉。

现在她回来了，狗和机器声都没有了，她却睡不着。

天窗慢慢地发亮。

妈妈起来了，到灶屋捅开了煤炉，窸窸窣窣淘米烧粥。

沿河的窗也开始发白。早晨在窗玻璃外面微笑。天气其实不冷，已经过了端午节，一般人家是不会关窗睡觉的，可是沿河人家不同，河面上有风，有凉气，阴森森的，夜里总是把窗关好睡觉。好婆在世的辰光，不到热得喘气是不许开窗睡的，说这河夜里不太平。秋云总想听听怎么个不太平，可夜里总是醒不来。妈妈说小人夜里是不会醒的。那时候的窗，都没有玻璃，是那种似透明又非透明的云片，若是没有那一方小天窗，屋里的光线是很暗的，不过大家也不觉得不好，反正这一带家家是一样的，对河人家也一样，都是这种老式窗。老式木窗不用金属铰链，窗座上一个小臼，窗框的一面做成圆柱形的，拖出一小截，正好嵌在木臼里，开窗关窗都有很脆的"吱呀"声，时间长了，那"吱呀"声会发干发涩，好婆就用鸡毛杆蘸一滴豆油滴进木臼，那"吱呀"声复又圆润悦耳。现在这声音再也不会回来了。老式木窗后来都换上了玻璃窗。都说中国是一个高度统一的国家，这一带沿河的住家更换窗户也像是一次统一行动，好像是在一夜之间，老式木窗都变成了规格划一的三块式玻璃窗，对河人家也一样。

窗下的这条小河，叫锦帆河。

苏州是一座有名的水城，城内水网密布，纵横交错，据说曾以三横四直为主干河道。可惜这三横四直的布局，如今只能到一些碑刻上去寻找了。这左右逢源，融会贯通的三横四直河流，有的荒废，有的改道，有的沉积淤塞，也有的被填作平地，成了街衢，甚至盖了高楼，原先的面貌早已不复存在了。

幸存的锦帆河，却还基本保持着原样。

锦帆河沿岸，就是织里巷。

织里巷是一条很古老的巷子，据说从前是很有名气的。春秋战国时期，自吴国战胜了越国，吴王夫差狂妄骄奢，为了消闲取乐，夫差滥用民力，大兴土木，在城内外开挖河浜，建筑宫殿。夫差在苏州城里开掘拓宽了几条河，命人织出锦缎，做成船帆，在宫女们的簇拥下，整日行驶锦帆船在河上饮酒行乐。当时苏州的丝织业已经有了相当的水平，织匠精心织出的锦缎，精美细巧，华丽鲜艳，河上张扬着如此漂亮的风帆，委实招眼。后来的锦帆河、锦帆桥都是因此而得名的。到了宋朝，为了使已经驰名全国的苏州丝织业更加兴旺发达，官府在苏州建机神庙，就选中了锦帆桥南这块风水地。虽然这座名叫轩辕宫的机神庙后来因为年久失修而倒塌了，但锦帆桥这一带的名气却响了出去，织里巷也就由此而得名并且出了名。此后，元、明、清各朝，在苏州设立织造局、织造府，都到织里巷来选一块地方建局，或是改建故宅设局。民间一些专门从事丝织业的中小机户也纷纷到这里来谋地盘开户安机设点。一时间织里巷真可谓“东北半城，万户机声”。到了清初以后，这里又出现了许多专门以“放料取货，以贷出售”的方式经营的有商业性质的锻庄，织里巷繁华热闹，名声大震，清代徐扬所绘《盛世滋生图》，在织里巷地段画面上，可以看出有数十家丝绸店市招。

后来，由于清朝康熙、乾隆皇帝多次南巡，大都要在织造署驻跸，所以又将织里巷上沿的石卵子路面，改为用青砖侧砌成“万人”字纹的路面，称为御道。街巷旁的住宅、茶社、商店等建造得十分讲究。

在明、清两朝，繁华热闹的织里巷曾经吸引了许多财主富户来这里落脚生根建宅砌园，其中，要数明代中叶盛泽孙亭最为显赫最为招摇。

盛泽是苏州乡下的一个小镇，地方虽小，却很富裕。镇上居民大都以养蚕织绸为业。在明朝初期，镇上代客买卖织品，从中收取佣金，光是丝绸牙行就有了千百余家。由于水路四通八达，四方商人蜂拥而来，买去锦绣绫罗，带来各式货物，更使小镇日益发达，名扬江南。孙亭原是盛泽镇上一普通人氏，家贫且貌丑，娶了邻家女子为妻，夫妻俩结婚数年，未有后嗣，家中唯有一张织机，平日里养几筐蚕，织几匹绸，上市去出兑，勉强过个温饱之日。一日孙亭携妻去观音庙求香火，路遇一相士，言孙亭“鱼眼、猴鼻、开花耳”，恐有贫贱早亡之虞，及早行善，或可少延。孙亭本是忠厚之人，得了相士此言，愈加好善。

数载之后，孙家果然时来运转，家中添置了数十张织机，置买了数十间房屋，又添得三女一男，眼看着人丁兴旺，家业发达。再过数载，家中织机已过百张，又开了些许牙行，又讨得几房家人小断,积有数千金家私,孙家之富冠于盛泽,且和盛泽丝绸一样,名扬江南了。

孙亭的独子孙观保,在小镇上住得厌烦了,终日里纠缠着要去见外面的世面,孙亭拗不过,便携往苏州城一游。这一游,把孙家父子的魂勾住了。不多久,孙亭便留下原配夫人及家人于盛泽老家,继续丝绸之业,自己携二、三姨太及子女前往天堂之府定居。

孙亭先在织里巷买下一幢小宅院,翌年,又选了一块地皮,重造了一幢大宅院,全家迁入,原先那一小院,便留给几个下人家眷住了。

织里巷的地盘,很快就被孙亭这样的富户占完了,一些后到的织户以及钱财窘迫些的人家,挤轧不进,后来就有了织里巷下沿,在锦帆河东岸又出现了一排住宅,一条街巷。原先的织里巷就叫织里巷上沿。这样,织里巷就形成了一个很奇特的形状,分作上下沿,中间有锦帆河隔开,上沿在河西,下沿在河东。由于上沿地势高,地盘大,一般住宅房屋高大气派,下沿地势低,场势狭窄,相比之下,住宅要比上沿低矮一点,这就给人一种感觉,好像上沿始终压迫着下沿。但由于锦帆河的存在,又使上下沿的人家一衣带水,紧紧地连在一起,不可分割。

秋云家就住在织里巷下沿。小时候,早上起来,她总抢着去开窗,一开窗就能看见小河。锦帆河不宽,不过五六米,河水却很清,碧绿的,悠悠地流。她站在窗前一边梳头,一边背课文,对河上沿那家人家就有几个小脑袋挤到窗口,朝她做鬼脸。秋云一眼就能看出来,那个脑袋顶圆的,是她的同班同学。

因为水道纵横,河港交错,苏州城里的沿河住家,除了有街巷里的左邻右舍,还经常和对河人家交朋友或者结冤家。

小河里经常有小船摇过。小船钻出这一个桥洞,又钻进另一个桥洞,船家悠悠地摇着橹,用说不上是好听还是难听的乡音叫卖。妈妈就在窗口朝下看,大声问:“喂,今朝有啥小菜?”

好婆也颠着小脚赶过来，挤在前面，叽叽咕咕，批评小青菜有蛀虫，马兰头有泥，抱怨野荠菜太瘦，大蒜头太贵。妈妈先是同船家讨价还价，回头征求好婆的意见，一斤青菜两斤菠菜，或是两斤青菜一斤菠菜，待好婆点了头，妈妈就到抽屉里取钱，秋云和弟弟就抢着把系着绳子的篮子放下河去，很快就吊上来一篮新鲜嫩绿的蔬菜。好婆却总要叫妈妈先复了秤，再把钱放下去。船家在河里等急了，就喊，秋云和弟弟都不满意好婆，背地里叫她“抠好婆”。

碰上好季节，碰上船家兴致高，会扔一只山芋或是一根黄瓜上来，秋云和弟弟就争吵起来，待好婆出面做了公证人，平分了，姐弟俩便爬到窗口上去吃，去馋对河人家的小孩。船家从来不给对河人家扔山芋扔黄瓜，大概看见他们家小孩多，多扔舍不得，扔少了怕分不匀吧。那家人家的小孩只好眼巴巴地看着秋云和弟弟吃。秋云和弟弟就大声地嚼，让那香喷喷的声音传过河去，还就要吃好婆的毛栗子。好婆说：“咂吧咂吧，吃相难看，下世投胎变成饿煞鬼。”好婆的规矩是很重要的，可惜那些规矩只能管管妈妈，却管不了秋云和弟弟。那时候爸爸的工厂内迁，爸爸一年难得回来几趟，省下几个车钱。爸爸的工资是每月按时寄回来的，养家糊口，自己只留十五块钱作生活费。家里妇道人家撑台面，赤豆里也想抠出油来。妈妈靠居民委员会介绍点临活，赚点零钱，补贴家用，清贫的日子倒也过得蛮太平、蛮安逸。

门“吱呀”一声开了，又“吱呀”一声关上，妈妈出去买菜了，屋里又安静下来。秋云很想再听听水声，听听那悠悠的橹声和那乡音十足的叫卖声，可是她什么也没有听见。早晨的嘈杂声淹没了一切。很少会有农民摇了小船来卖菜了，现在的农民用卡车拖拉机摩托车自行车载了菜来卖，都是急急忙忙的，卖了菜，要赶回去到队办厂社办厂上班，种田卖菜倒成了他们的业余劳动。小河里偶尔有船过，也都是那种挂上了柴油机的水泥船，“空空空”，横冲直撞，水花溅得老高，惹来沿河人家的咒骂。船家那种悠然闲散的情趣不再有了，小桥流水人家的诗情画意也褪色了。

秋云躺不住了，起床第一件事，便是推开了沿河的窗。

对河人家的窗口，趴着个小姑娘，看上去有八九岁，很安静地朝秋云看。秋云无意中发觉这个小人的神态里有一种超越年龄的忧郁和沉重。秋云铺了床，回头看那小姑娘还是那个姿势，一眼不眨地看着她，还是那种超越年龄的忧郁，秋云心里突然有点难过，也说不清为什么。

妈妈买菜回来，秋云就再也没有安静的辰光了，妈妈的话可以从早晨延续到深夜。妈妈老了，老得有点像好婆了，啰啰唆唆，也许因为长期一个人在家，闷坏了。秋云没有心情听妈妈讲，她总是想再看看对河的那个小姑娘，小姑娘始终在那个位置上，安静，忧郁，沉重。

秋云终于忍不住问："妈妈，对面那个女小人，是啥人家的？"

妈妈朝对河瞥了一眼："噢，黄家老二的女儿嘛。"

"老二？是黄扬的……"

"不知道叫黄羊黄牛，反正是他们家老二的，就是那个顶邪气的，噢，就是和你同学的那一个吧，还和你一起下乡的。人家脚路粗，歪点子多，回来好多年了，不像你，太老实，发呆……"

是黄扬的女儿，秋云忍不住又看那小姑娘，并朝她笑了笑。小姑娘也笑了，那笑，也蕴含着那种忧郁和沉重。

"你不晓得吧，这个小人是个瘫子，听说从娘肚皮里养下来就瘫的，从来不会走路的。唉，做老子的太活络，报应报在小辈身上，作孽呀，这个小人安逸得叫人看了心里难过的。你想想，已经十二岁了，看上去像六七岁，大人前世作的孽呀，小人一世人生糟掉了，要是老子再讨个后娘，还有得她苦呢……"妈妈"啧啧"地叹息，怜悯的目光也投向小姑娘。

黄扬没有再婚，当时大家都议论，以为不出几个月，他又会成为什么局长什么部长的女婿，好像都把黄扬的为人看透了。一直到好多年后，当年一起插队的同学碰在一起，总要把黄扬贬一贬。在那样的场合，李秋云总是说不出话来。

吃过早饭，秋云见妈妈要拖地板，就抢过了拖把。地板已经很旧很旧，红漆剥落了，斑斑驳驳的，发了白，可妈妈还是天天拖、天天揩。

开了灶屋的后门，有一排台阶，石砌的，秋云姐弟小的辰光，大人很少开这扇门，怕小人出事情。秋云提着拖把下了台阶，河里散发的一股怪味，扑鼻而来。河水又黑又浑，水面上漂着各种脏东西，秋云不由皱了皱眉。一条清澈美丽的小河，被污染糟蹋成这样，人人有意见，可谁也没有办法治。工厂里的污水要流出来，没有人能阻挡，沿河的住家也拆烂污，反正河水干净不了，索性把垃圾往河里倒。大家再也不敢下河洗菜淘米洗衣物了，不过为了节省些水费，沿河住家仍然不断地下河，河水虽脏，洗洗拖把、刷刷鞋子还是可以的。

"哟哟哟，你不是李家的大妹妹嘛！"有人在对河的台阶上招呼秋云。秋云抬头一看，没有认出是谁，后来才想起来，那是对面黄家老大的女人。秋云下乡前一年，她嫁过来的，梳两条辫子，看上去比秋云大不了几岁。现在却完全是妇道人家的模样了，发了胖，齐耳的短发，灰不溜丢的衣衫，她正用小蚌壳子在刷马桶，哗啦啦哗啦啦地响。

"什么时候回家的？"

"两三天了。"

"回来看看你妈妈？"

"是……我调回来了。"

"哎呀呀，哎呀呀！"那边的大媳妇尖叫起来，"真的呀，好事情！恭喜你呀……"

秋云笑起来。

黄家大媳妇突然叹了口气，说："不少年了吧，在乡下吃了不少苦头吧？啧啧，啧啧，不过你们家还算好呢，只轮到你一个人下去，我们家，触霉头的，我们家他们老二、老三、老四三个！我们家做老大的，虽说没有下去，倒比下去还苦。现在说起来还不硬气。人家说起来，你们又没有下乡吃苦头，好像我们在城里享了十几年福，哼哼，天晓得。讲这种话罪过的，作孽呀，良心呀，你想想，他们在乡下苦，我们在上头苦，我们屋里的，为了这几个兄弟，头发白了多少根，要寄钞票去补贴，要凑钞票去送礼，乡下人进城上门要吃要喝，还要带点走，不好得罪的，土皇帝呀！我们家两个小的，小辰光连水果糖也吃不到的……作孽呀，现在说起来，你们额骨头高，你们好福气……”

话虽啰唆，却也在理，秋云想起家里人那些年为她操的心，不由点了点头。

黄家大媳妇见秋云点头，更来劲了，咽了口唾沫，准备继续叹苦经，秋云怕她缠，赶紧扯开话题：“河水，这么龌龊……”

黄家大媳妇的话头马上又跟了上来：“哟哟哟，没有话讲了，没有话讲了，过几天天气热起来，日脚还要难过呢，大热天臭得熏煞人的。全是恶死做的人家，你看看，这种龌龊物全往河里倒，怎么弄得好。我刚刚嫁过来的辰光，他们家弟兄几个，热天汏河浴，那辰光河水比浴室里的水清爽……哎哎，哎，我讲闲话顶会讲到豁档里去。哎，你调回来，派在那爿厂里做？”

“医院里。”

“哟，医院里，灵光的，灵光的，医院顶神气，现在做医生，牌子硬的……”

“不是做医生……”

“哟，做护士也好的，现在人家外面护士小姐派头顶大。派到医院里，总归是你们有花头，脚路粗，你们屋里，到底比我们来事……”

秋云突然想起妈妈刚才讲黄扬脚路粗，有花头的，她不由脱口问:“你们家老二,你们家的老二,黄扬,现在做什么事体?”

“老二呀,哼哼,老二,不要提他了,顶不是东西,人家劳动局长亲自帮他寻的工作,蛮好的,做了几天不高兴做了,说没有劲,没有意思。你想想,年纪也一大把了,又不是几岁的小人,做工作上班还嫌怨什么有劲没有劲,这种货色,世界上少见的。要吃饭要过日脚,有劲要做,没有劲也要做的。他大概看见人家万元户发落,眼热了,肚皮里不适意了,自说自话,辞掉工作,花头经十足,这一阵扒扒电器修理,过一阵说要开馆子店,现在又要做什么服装大王。还大王呢,做做牛皮大王吧——哎,告诉你,有一次还给搭进去了,说是有什么嫌疑,后来总算查清爽是弄错了,放出来,算没有罪,搭错的。屋里人吓得要死,他倒一点不搭界。这个人,做来做去,自己一点好处没捞到,赚一点钞票总归作光为止。别人家赚了钱,屋里全是高档货,房子造起来,他呢,做来做去穷得叮当响,一个大男人连个小人也养不起,还要靠兄弟帮忙。哎,你看,喏,窗口上那个小姑娘,就是他的女儿,瘫子,吃啦用啦全是我们负担的,平常日脚一直放在我们这里,他自己没有工夫来管她的……”

小姑娘听见她们说话,仍然很安静地看着她们。秋云不忍心去刺痛这个可怜的小人,她笑着问她:“小妹妹,你叫什么名字?”

小姑娘很难为情地抿着嘴,不回答。

黄家大媳妇说:“叫悔悔,稀奇古怪的名字。”

“悔悔?”李秋云心中感到被人刺了一下,这时,妈妈在窗口上喊她了。

“这家人家,你以后少去同他们啰唆。”妈妈不等秋云关上灶屋的后门,就大声地说,并不怕对河的人听见。“这家人家,少一点正气,这个女人,挖屎丢烂泥,什么事体做不出。屎马桶,尿痰盂,偷懒上厕所去倒,就往河里一冲,只当别人全是瞎子……”

秋云想黄家大媳妇说别人把垃圾往河里倒,咒起人来牙齿缝里生风。妈妈也是不肯饶人的,看起来,对河隔岸的可没有少吵过架。不过秋云不想听妈妈讲黄家大媳妇的坏话,她很想听黄扬的事体。

“妈妈,刚才她说黄扬什么,是不是做生意蚀本了?”

“蚀本?啥人蚀本?黄家老二蚀本?你听她哭穷,她那张嘴,听不得的。天下人蚀本,他黄家老二不会蚀本的,现在人家都叫他‘老板’,不发,怎么叫‘老板’?没有名堂,怎么叫‘老板’?”

“老板?”秋云觉得很滑稽,“叫黄扬老板?”

“你去问问,锦帆桥边的人,都晓得他是啥等样的人物。”

“桥那边什么人?”秋云没有听明白妈妈的意思。

“他在桥那边的市场上做服装生意,发大发了,做大老板了——噢,对了,桥那边的市场,你还没有去看过呢,你不晓得,现在那边是一个服装百货市场,派头极大,冒两百个摊子呢。你去看看嘛,人家说是领导苏州城服装什么流的,还登过报纸,电视里也放过的……”

“真的?什么辰光兴起来的?”秋云有点吃惊,前几年她回来过,只是听说那地方有一些风味小吃摊子。

“也记不清了,不晓得什么辰光开始就热闹起来了,好像是一眨眼的工夫。”妈妈朝对河看了一跟,又说,“也是奇怪,那地方,原本是不大干净的……”

秋云心里也打了个咯噔。

从前,锦帆桥那边是一块空地,也曾经是一块禁区,巷子里的人,从来不许小人过去野白相,究竟为什么,大人从来不说,不晓得是说不清,还是不敢说。

解放初期,政府里有一个部门,在那块地方建了一排平房,安排机关里的几个单身汉住。那些年纪轻轻的干部,扛着行李铺盖走过去的时候,巷子里的小人要跟过去看热闹,大人们就很凶又很害怕地拦住小人说:“那地方去不得,那地方不干净。”

那几个干部就笑起来,说:“啊哈哈,老百姓,思想水平,唉唉,真那个,解放了,还迷信。”

他们就雄赳赳地穿过小巷,走过小桥,到那边的平房里去住。

过了不多久,有几个干部就结伴到这边的巷子里来,打听老百姓屋里有没有空房间可以出租,他们要搬出来住。小巷里的人就很紧张地问他们,是不是看见什么了,都说什么也没有看见;问是不是听见什么了,又说什么也没有听见;再问为什么要搬出来住,也说不出为什么,只是想搬出来住。

那时候,找房子是很好找的,他们很快就搬出来了。于是这边巷子里的人就更加觉得那地方是有名堂的,对小人就更是严加看管。那一排平房,后来就一直没有人住,老是空着。反正那时候房子多,公私合营后的那一阵,空房子到处有。后来那个单位就把这几间平房当作仓库,堆堆旧东西,或者干脆铁将军看门,不派任何用场。所以,那一阵,桥那边的那排空房子,在巷子里的人看来,尽管离他们只有一桥之隔,却是同他们毫不搭界,就像是离得很远很远。

那排房子造了十多年,虽然冷落,但也没有出过什么事体。又过了几年,事体终于发生了。

苏州城是一座美丽典雅的文化古城,世人皆知,这里山清水秀,人杰地灵,民风笃厚,许多地方都流传着“宁和苏州人吵架,不和宁波人说话”的说法,可见苏州在人们的心目中,从来都是温文尔雅的。可是在那昏天糊涂的日脚,苏州人的武斗,却足以使天下人震惊。

“文革”开始后不久,桥那边的那排空房子,就被某一派占领了,成为一个什么红色司令部总部。从此,桥这边的小巷,不再有安宁的日子。在一个炎热的夏天的深夜,另一派且战且胜,来攻占这一派的司令部,动了真刀真枪,桥这边的小巷就成了他们的战壕,巷子里的人没有地方可躲,又逃不出门,门外窗外,亮闪闪的子弹呼啸穿梭。桥那边的一派用机关枪封住桥头死守总部,这边的一派久攻不下,派了两个人游过河去,一把火点着,眨眼间,桥那边成了一片火海,那排平房里的人高喊“与总部共存亡”而葬身火海,一部分逃出来的,也都被生擒活捉。当巷子里的居民从惊吓中清醒过来,桥那边已经成了一片空地,一片枯焦的废墟。这场火,虽不及当时轰动全国的火烧苏医那样惊心动魄,却也把大家三魂吓掉了两魂,老人哆哆嗦嗦地说:“看看,看看,那地方,那地方……”

后来,巷子里有个绰号叫“三角包”的很顽皮的男小人,听大人这么一说,觉得那地方很神秘,就偷偷地溜过桥,到那边去看稀罕。三角包的胆子是很大的,他碰见了一个很老的老头儿,老头儿对他说:“这地方是我的。”

三角包从来不晓得什么是害怕,可是这一次他很害怕,夜里他发了寒热,又看见那个老头儿。

三角包的好婆听见三角包嘴里不清不爽地说什么白胡子白眉毛,老太太尖叫起来:“祖宗哎,你到桥那边去了?”

三角包躺在床上糊里糊涂地听好婆说,从前有个什么什么人,到桥那边去做什么,回来就怎么怎么了……后来老太太就很轻很轻地带着哭腔念阿弥陀佛,大概是求菩萨保佑三角包。其实那时庙里的菩萨都没有了。

又过了好多年,这些年中,造房子的速度极快,造人的速度却是更快,地皮越来越紧张,所以就有很多人开始动桥那边那块空地的心思,可是终究没有能造起房子来。那地方地势太低,挖地基不足一尺就见水,再挖,喷水如涌泉。有人在那地方挖出一块石碑,上面有十四个字:“天无忌,地无忌,阴阳无忌,百无禁忌。”这块沾满泥迹的石碑后来被博物馆的一个老头儿当宝贝一样拖了回去,说是有人专门在考证,也不晓得有没有考证出什么来。

凡是传说,从来都是真真假假虚虚实实的,信亦可,不信亦可,信其有则有,信其无则无。不过,一块地方荒芜那么多年,确实是有点奇怪的。

锦帆桥这边,就是织里巷。织里巷里有一座很小的私家花园,叫作锦绣园。

大凡苏州城里的私家花园,取个园名都是清雅且极有情趣,如“沧浪亭”取孟子孺子歌“沧浪之水清兮,可以濯吾缨”之意。如“残粒园”则以李商隐“红豆啄残鹦鹉粒”诗意命名。而偏这“锦绣”二字且土且俗,说来也难怪,园主孙亭并非什么读书之人儒雅之士,幼时也只勉强念得《千字文》《三字经》,勉强能够知书识礼而已。待到发家致富,只一味感恩于蚕桑丝绸之业,建了花园,取名锦绣,既纪念织绸之事,又期盼前程似锦,实在人自有实在想法。

其实,那时候孙亭举家从盛泽迁来苏州,择地造房,安顿老幼,已花去不少银两。孙亭本是节俭之人,堂上高悬“俭以善德”匾幅,迁来苏州城,名为享受天堂之乐,实是为了做些比乡下小镇上更大的生意,所以,孙亭安顿了家眷,就做起事情来。天时地利人和,过不多久,又积聚了数千金财产。孙亭本想好好培养儿子,走仕途之路,未曾想孙观保偏却继承了老子从商的本事,并且很有点青出于蓝的趋势。孙亭也不很懊恼,眼见着自己年事渐高,子承父业,那是再理想不过的了。

父勤子勉,孙家家业日益兴旺。孙亭信佛,好行善事,方圆数里,一片美名。

说起来也是命中注定,当初孙亭造住房时,曾和近邻李洪留下一点小小的积怨。孙家的北墙高出李洪南墙尺许,李洪曾上门取闹,说挡了他家的阳气,坏了他家的风水。孙亭忍让,讲究和为贵,拆了高出的部分,和李家南墙齐平,算是了事。可李洪本是小人,从此怀恨在心,又见孙家发达,自家却冷落萧条,愈发忌妒,可又奈何孙家不得。李洪虽有一近亲李隆在朝廷做事,只是个末等太监,说出来要被人笑掉牙的。不曾想到,有朝一日李隆得宠,被命为苏州织造督管。明代朝廷用太监督管织造,为的是控制织局,这些太监权势很大,专横跋扈。李隆一朝得世,李洪便仗势欺人,自然先要拔掉孙亭这个眼中钉肉中刺。李洪依借李隆之手，对孙亭的牙行横征暴敛，有时甚至指使吏兵公行攫取。李洪改造旧宅时，又将孙亭北墙拆毁，孙亭此时年事已高，皈佛信教，性情淡泊，与世无争，对李洪的行为一而再再而三地忍让，可是孙观保年轻气盛，不肯屈就于此等小人，便花去数千银两，买个官来做，可惜官品太小，碍不了李隆一根毫毛，反倒招来李洪的谗言。孙观保在官场权势上斗不过李洪，但他孙家手中有钱，孙观保一气之下，禀报父亲，要在织里巷附近造一座富丽堂皇的孙家花园，展示荣耀，以压李洪。孙亭深明观保之意，未加阻拦，老人通情达理，自己与人无争，却不强求儿子。孙观保使用工匠二百余人，花两年时间，用去白银八千余两，建成了这座总共三亩占地的袖珍花园。

在孙观保造锦绣园之前，孙亭曾夜梦一回，辉煌无比，早晨醒来，仍历历在目，孙亭心中奇异，便把梦中情景如样描述给孙观保听。孙观保与李洪争斗心切，老父一番话并未入耳。及至花园落成，孙观保请老人去观赏，老人大异，连呼："妙，妙，真所谓如梦如醒也。"原来花园按孙观保的设计造成，却和孙亭梦中所见一模一样，父子同奇，又惊又喜。

且说孙家花园造成，方圆数里前来道贺者络绎不绝，平民百姓商贾织匠一来感于孙亭与人为善，二则恨李洪欺人太甚，借此机会，张扬一番，表明心迹。

那李洪怒火中烧，通过李隆告了孙亭一状，说他图谋不轨，有篡位之嫌，因这锦绣前程，本只能天子所有，他孙亭怎敢把私家花园造得比御花园还漂亮。如此这般牵强附会，天子幸而未曾轻信，特派太子太傅苏州人氏吴世伯微服私访。此人文官出身，精通文章，亦懂艺术，对园艺也颇为喜好，常有研究，这次奉皇命来到锦绣园一看，不禁哑然失笑。这锦绣园于华丽堂皇之中，处处透出土俗之气，可谓不登大雅之堂，和园主土财主暴发户的身份倒十分相符。园中湖石假山，未见玲珑剔透之精巧，却满眼乱石拥塞堆砌，借水之景每见匠心却少自然之趣，花草树木大凡牡丹香樟之类，显富之心渲露无遗。锦绣园总共三亩地方，就建了厅堂六七座，无一不是刻意雕琢，如锦绣堂前的砖雕门楼高达十米，细砖雕刻的图案多达六层，内容有八仙庆寿、文王访贤、尧舜禅让、鹿十景等，不外乎“福乐寿喜”四个字，这等炫耀和孙亭住宅门前横匾上的“俭以养德”岂不自相矛盾。太傅暗自思忖，心中透亮，知孙亭有钱无势，受欺于李洪，借此扬眉吐气。可李隆既是得宠太监，太博在天子面前说话自得小心，吴世伯回禀天子时，如实而诉，天子圣明，一笑了之，为孙家免却了一场灭族大祸。

当初，正是由于锦绣园与众不同的造园风格，救了孙家父子的命。到后来，这座小园到成了苏州城里数百家花园中别具一格的一家。苏州城里的私家花园的主人大多是些官场失意的文人，对官场追名逐利厌倦烦怠，隐退下来，手中有些银两，造一花园，讲究清静淡雅，闲情逸致。而孙观保却不同，既没有什么文化，不懂艺术，更由于受官权欺压，只恨攀比争斗不过，尽量在花园上显示钱财，显示力量，所以，如此热闹，如此脂粉气的园林，在苏州城里是不多见的。

前几年政府分批修复、开放了一些私家花园，锦绣园因为破坏不大，便在第一批重新开放了。

锦绣园一开放，一些会经营的饮食个体户闻风而至，在锦绣园门口摆摊设点，风味小吃果然不错。可是，织里巷是一条很狭窄的小巷，游人如织，再加上这些摊点，锦绣园门前常常拥挤不堪，人流堵塞，不光游客不满意，巷子里的住户更是怨声载道，骂山门，恶死做，写人民来信，市管部门、交通部门终于出面干涉了。那些摊主好不容易开出了市面，尝到了甜头，正在赚钱的顺风头上，怎么甘心就此收场，于是，摊摊点点就从锦绣园门口移到锦帆桥北的空地上去了。

很快发展起来的风味小吃中心，并没有能够维持多长时间，空地上无遮无拦，风沙大，灰尘多，实在不是做饮食生意的理想地方。何况饮食业又受季节影响，数九寒冬，这地方的风特别厉害，周围几条巷子还有河面上的风在这里形成一个风团，即使摊主愿意经营，游客也没有那么高的兴趣顶着寒风来品尝什么小吃。到夏天，除了冷饮，其他小吃生意自然更是清淡，所以后来饮食小吃的摊点逐渐减少了。随着饮食摊点的减少，那地方出现了一些卖旅游纪念品和小百货的摊点，但也是零零星星，不成气候的。想不到，现在已经发展成为经营服装为主的贸易市场了。

“你不晓得，这两年弄堂里的小鬼头疯煞了，看人家做生意眼热煞了，你妹妹的心思也野了，日日到桥那边去轧闹猛，看见什么衣裳显眼，就要买，买了穿三日两日，又嫌弃过时了。你想想，活作孽呀，我不许她乱用钞票，小鬼丫头就同我作对，说也要去摆摊头，去弄点时髦衣裳来，杀杀瘾头。吃了我一顿生活，又叫你兄弟回来训了她一顿，总算服帖了……”

秋云忍不住笑起来。

“你笑什么，有什么好笑的？”妈妈一本正经，郑重其事，“你们年纪轻，不晓得轻重，看见人家有什么新花样，就眼热，心里就发痒，不想想，这种事体不是好做的，吓人兮兮的。哼哼，那块地方，不要看现在这么兴，早晚会败下去的——哎，你还记得老舅公吧？老舅公就讲过，那块地方是百无禁忌，必有一忌……”

秋云不大明白什么叫“百无禁忌，必有一忌”，妈妈也不一定能讲清爽，老舅公的话，总归是有点道理的，弄堂里有许多人，对老舅公非常服帖。不过，此时此刻，秋云倒是很想去看看那个领导服装新潮流的市场，更想看看黄扬在那里怎么做老板。

第 2 章

说不清是从啥辰光开始，喧嚣一时的织里巷渐渐地冷落下来了。

明、清两朝，朝廷用太监督管织造，不少太监为饱私囊，在岁修之外恣意加派增织，任意搜刮，不仅使所属织造局的机匠织手劳作繁重，苦不堪言，也使更多的民间丝织机户倍受束缚和盘剥，以至于出现了机工星散，机户凋零，牙行倒闭的衰落景象，连孙亭这样的富实之户，后来也转做了其他生意。朝廷的织造局亦停业荒废，不几年，织里巷里的织造局就只剩下几间空房，杂草丛生，一派荒芜。后来，苏州的丝织业虽然重又兴旺，但中心转移了，织里巷一蹶不振，从此，再也没有热闹起来。

百十年来，织里巷并无多大变化，只是见它越来越狭窄，越来越破陋，一直到前几年，锦绣园对外开放，织里巷才重新有了一点活气。自从锦帆桥那边开辟了服装市场，大家到桥那边去赶浪头，都从桥这边的小巷穿过去，于是织里巷也就有了些新花样。

先是把下沿路面上的石卵子敲掉，铺上六角形的水泥砖块。后来给厕所也换了一副面孔，墙上贴了瓷砖，又开了漏空花窗。再后来巷子里有几家人家也到那边去做服装生意，赚了钱，把低矮破旧的老房子翻造成了新楼房，织里巷眼看着就神气起来了。

可是织里巷的居民并不快活,反倒生出不少烦恼来。发财的毕竟是少数,大多数人只好眼看别人造房子,穿时髦的,吃营养的,用高档的。原本巷子里的人大家都缩在这个无声无息的角落里,外头闹什么名堂,同他们不搭界,富富富,由你富,穷穷穷,由我穷,反正邻舍之间,你半斤我八两,倒也不觉得有什么难过。现在桥那边的市场发达了,赶时髦的人从巷子里穿过来走过去,新行头一套一套变起来,新派头一样一样显出来,看得巷子里的人眼睛花,心里乱,日脚反倒没有从前好过了。特别是小辈里,挣的工资不多,胃口野得豁边,开销大得吓人,开口一身套裙二百二,闭口一套音响三千八,领了工资奖金,自己往银行里存起来,拿出五块十块,往老娘手里一塞,算是一个月的伙食费,这就难煞了当家人。大家只好千方百计想办法寻点零钱,补贴家用。所以,前几年一直冷冷清清的街道服装厂,这几年反倒轧起来了,娘娘婶婶阿姨好婆都过来寻生活做,大家碰在一起,别的话先不讲,总是说,钞票不禁用,钞票不够用,钞票不当钞票用。

所以大家想,钞票越多越嫌少,这句话真有道理。

服装厂就在居委会面街的一间房子里,坐在里面做活,巷子里所有过往来去的人,都能看见。秋云和妈妈一起走到门口,里面的婶婶娘娘都叫起来。

“哎呀,李家姆妈,女儿回来了!”

“哎哟,李家老阿姐,好福气,女儿长得漂亮煞。”

“哎哎,李师母,以后日脚惬意了,女儿养老,前世的福气。”

秋云知道再讲下去,就要集中目标对她了,她最怕那些纠缠,多大年纪啦,挣多少工资啦,尤其是对她这样的三十多岁老姑娘的婚姻问题,过分的关心,实在叫人受不了。她赶紧对大家笑了一下,逃了过去,果真还听见身后一片嚷嚷:“哟哟哟,这点年纪,倒看不出来啊,嫩相的,不过吗……”

织里巷并不很长,很快就到尽头了,锦帆桥就在织里巷的北边。

自从桥那边和桥这边都闹猛起来,自从有越来越多的红男绿女从桥上过往,锦帆桥就更加显得破旧丑陋了。

锦帆桥的石栏杆上,从前是刻了许多狮子的,这些狮子据说雕刻得非常精巧逼真,活灵活现。相传这些狮子曾经从桥栏杆上跑下来,搅扰巷子里的人家,闹得大家神魂不定,后来狮子就被人凿掉了,所以现在巷子里的人,从来没有见过桥栏杆上有什么狮子。现在锦帆桥的桥栏杆都断掉了。

从前曾有一段时间大家把锦帆桥叫作难过桥,因为桥造得很低,每年到发水季节,船通不过,摇到这里就要打回票。附近一带的人都晓得有一句民谚叫锦帆桥难过,后来织里巷上沿的孙家出钱重建了这座桥。据说修这桥时,孙家的家业已经大不如先前,仅能维持全族人开销而已,却节俭出钱财行善修桥。现在锦帆桥的桥肚皮里刻有“康熙四十四年重建”,算起来,也有二三百年了,锦帆桥确实是很老了。

锦帆桥的桥栏杆断掉以后,巷子里的小人在桥上玩闹,就有危险,大人总是吊着心境,就到有关部门去反映情况,又说出了几百年前老百姓念的那句民谚:锦帆桥难过。上面倒也有些人来查看锦帆桥。锦帆桥其实也没有什么好看的,又不是交通要道,又不影响市容,也没有死人,倘若说算是古迹需要保护的话,苏州城里需要保护的东西就太多了,要保护也先要保护比锦帆桥更重要的地方,眼下还根本轮不到锦帆桥。下来查看的人就得出一个结论汇报上去:锦帆桥并不难过。所以上面的人也不说什么时候来修桥,只是叫居委会关照大家照看好自己家的小人。

织里巷的人不服,上去理论,上面的人就丢了一句话,说要是南北桥头的两块碑牌还在,那是肯定要来保护的,可惜现在独吊吊一座破桥,没有什么保护的了,苏州桥多,多了就不稀奇了。唐代白居易就说那时候苏州城里有“红栏三百九十桥”。织里巷的人心里很懊恼，早晓得那一块石板一块木牌比桥更值得保护，当初就应该阻止老舅公去报告政府，不报告，政府兴许根本不晓得这破地方还有这两块破宝贝呢。

原先，南北跨的锦帆桥，桥南有一块石碑，约有二米见方，碑上是一幅画像石雕，图中有一男一女二人，男的坐在织机上织绸，女的在旁边烫蚕茧，气氛十分宁静、和谐；桥北与此石碑相应处立有一石柱木构牌坊，坊顶飞檐翘角，整个牌坊结构庞大稳固，各处均雕有鸟兽花卉之类，线条流畅，很是气派，给人以一种威风凛凛的感觉。

早先织里巷里的住户并不以为这两块古董有什么名堂，也不晓得石碑上刻的是什么人，牌坊立的是什么人，后来经老舅公指点，大家才明白了。原来，孙亭过世许多年以后，孙亭的后代，请石匠雕了这块石刻，竖在锦帆桥头，以纪念祖先从一个微寒的织匠，振兴了孙家，周围百姓亦交口称赞这石碑刻得有意思。孙家在桥头竖起石碑以后不过十天半月，桥的那一端竖起了一块牌坊，是李家的后代纪念李洪而立，牌坊比之石碑，既高大又威风，李家算是高出一等了。从此，这一碑一坊，一南一北相对而立，默默地延续着两家的抗争。

这两块古董，少说也有二百年了，从前一直竖在桥两头，因为大家不知其价值，也就无人过问，无人关心。“文革”中武斗，石碑上还留下了两个子弹坑，因为石质坚硬、厚实，子弹没有穿透，若是打在另一头的牌坊上，那是必定要打穿的。

到了一九七七年，老舅公突然来了精神，跑到政府一个什么部门，报告锦帆桥头的这两块宝贝，希望政府保护起来。人家应酬了他几句，没有行动。一九七八年他又去找人报告，又没有人理睬。到了一九七九年，老舅公三次登门的时候，人家正在研究这一类事体，所以老舅公去的正是时候，不仅受到口头表扬，还发了一个笔记本作为奖励。没过几天，上面下来一群人，把两块古董拖走了，据说是放在北寺塔院内了。不过织里巷的人到北寺塔去白相，好像都没有看见过，也许因为那地方碑牌太多的缘故，只是听说这两件古董到了北寺塔院，仍是一南一北对立着，大家觉得很好笑。

秋云一路走过去，刚靠近锦帆桥，发现桥边人很多，好像出了什么事体，她赶过去一看，只见一个浑身湿漉漉的年轻人从河里拖起来一个六七岁的小孩。秋云一看那个人，不由叫了起来："年伟！"

年伟看见秋云，咧开嘴巴一笑，算是打了招呼。他把哆哆嗦嗦的小孩交给吓得说不出话来的家长，自己往桥头一看，立即骂了起来："娘个促掐×，啥人拿了我一包'健牌'，我触煞你祖宗八代！"

原来，年伟经常在锦帆桥上倒外烟，一个小矮凳，或者一只纸盒子，放三包样品，就是他的家当。既无证，又高价倒卖，工商管理部门常有人来找他的麻烦，所以家当越简单越好，看见来人，拔腿就走，没有后顾之忧。人家谁也不稀罕一个小矮凳，一只纸盒子。

刚才趁他下河救小人的时候，不知哪个缺德鬼，拿走了一包做样品的"健牌"，难怪年伟要骂人了。

秋云看见他脚下淌了一大摊水，人也有些哆哆嗦嗦的，就对他说："算了，快回去换衣服吧，为了一包烟不值得。"

年伟马上说："我不是为了一包烟，我是气不忿儿，这种户头……"一边说，一边还是回去换衣裳了。

周围看热闹的人告诉秋云，年伟不是第一次下河救人了。前次上面有人来找巷子里的人，要了解他的事迹，要表扬他，大家笑起来，说："三角包呀，'健牌'卖八块五。"上面来写文章的人听了，不再说什么，不声不响地走了。秋云听着笑了起来。

年伟从小就是一个很丑的小人，又很野蛮，大家都讨厌他。

从前的小人是没有什么玩具的，不像现在的小人，宇宙飞船太空枪，电动娃娃遥控车。那时候巷子里的小人顶喜欢玩掼拍子。拍子是用香烟壳子或练习本上的纸折成的，有方形的，叫方拍子，有三角形的，叫三角包。年伟掼拍子是很有本事的，尤其是掼三角包，不光在巷子里没有对手，打将出去，还可以横扫几条街。

所以，大家都叫他三角包。

大人说，这个小人掼来掼去，就像个三角包。

掼拍子是一项全身运动，对活动场地的要求虽不是很高，却也不是很低。小巷里的天地太窄，掼拍子甩不开手脚，不杀瘾，三角包就带了一群小人到外面去寻找新的世界。巷子里的小人每日回家，总像个垃圾瘪三，大人问起来，也不说在哪里弄的，只说跟了三角包去的，大人就到三角包屋里去告状，说三角包把一巷子的小人都变成了野蛮人。

三角包屋里的大人很生气，他们屋里从来没有出过这样的小人，三角包的哥哥姐姐都是很端正的小人，又很听话，又很文雅，所以三角包的爸爸妈妈就要花大力气教育三角包，他们对三角包很凶很严厉。可是三角包的好婆很偏袒三角包，为了三角包，老太太就和儿子媳妇闹矛盾，三角包的爸爸没有办法，就再也不管三角包了。

三角包就愈发无弄头了，左邻右舍，看见这个小人，都要避开，少沾点邪气。

秋云本来和三角包并不熟悉，虽然住在一条巷子里，秋云下乡时，三角包还不到十岁。前几年，秋云在县城工作，弟弟秋平考上了外地的大学，家里只有妈妈和妹妹两个女人，一个老，一个小，秋云很担心妈妈的生活，后来妈妈来信说让她放心，说隔壁的年伟常来帮她们的忙。秋云怎么也想不起年伟是谁，又写信问了妈妈，才知道就是那个野蛮顽皮的三角包。秋云写过一封信给他，向他表示感谢，三角包也回了一封信。秋云还记得，信不长，文理也不很通顺，还有几个错别字，但写得很真诚，秋云当时很感动。后来秋云回去看妈妈，见了三角包，才晓得他中学毕业后分配在市里一家酒厂。厂里技术力量薄弱，对他这样的高中生很重视，准备送他出去培训学习。秋云觉得这个小青年是有前途有希望的。

“他现在怎么在做这种事情?”秋云指指桥头的小矮凳上的香烟问其他几个小青年,她想不到三角包会在这里倒卖香烟。

原来,半年前,那家酒厂出了重大事故,由于管理上的混乱,把工业酒精当成食用酒精制酒,致使十多人死亡,数十人眼睛失明。厂长和有关当事人都被逮捕法办,工厂关门整顿,全厂职工每人每月发给二十块钱生活费,让大家自寻出路,自己去谋生。当初,遣散职工时说是半年内可以复工,现在半年过去了,却没有一点消息。三角包在厂里已经混得不错了,成了技术骨干,他自己倒也很想干点名堂出来,工厂出了事,工人跟着倒霉,三角包自然也逃不脱晦气。

三角包的家庭条件并不坏,父母都是国家干部,哥哥姐姐也都上过大学,有很好的工作,即使他不工作,家里也能养活他。可是三角包猴狲屁股坐不定的,怎么可能安安逸逸待在屋里过日脚,也不可能按照父母的希望在屋里“弄本书看看”。开始几天,他狠狠地困了几个大懒觉,后来就觉得浑身骨头难受,出来散心,往锦帆桥头上一站,看着过去来往的人,和巷子里的几个待业青年吹吹牛,香烟也越抽越凶。屋里大人怕他学坏,从经济上控制他,不给他钞票买烟。三角包在别人的怂恿下,倒卖起香烟来,气得父母差一点把他赶出家门。可是三角包说:“你们不是怕我没有工作做走邪道吗,我不是自己寻了事体做吗,倘是你们嫌这种事体坍台,你们另给我寻个体面的工作做做嘛。”

三角包的父母虽然在公家做了几十年的事,可都是本分正派的老实人,不会拉什么关系,搞什么名堂,只是规规矩矩地捧自己的饭碗,领自己的薪水,其他一点脚路也没有,没有本事给儿子寻个什么体面的工作。所以三角包一句话就把他们打闷了,是偷是抢也只好由他去了。

秋云听了大家的话,不由叹了口气。

三角包很快就换了衣裳回来了，又带了一包做样品的“良友”，嘴巴里还在骂人，气还没有消。

秋云不由脱口说：“你怎么做这种事体，为什么不去寻个正正规规的工作？”

三角包朝她龇牙一笑，油腔滑调地说：“做这种事体顶惬意，只要赚到钞票，我都肯做的。”

旁边的几个小青年就起哄：“三角包你算了吧，你的胃口多大，谁不晓得，倒几包外烟的赚头，不够你一日抽香烟用……”

三角包眨眨眼睛，对秋云说：“你没有听见现在外面人家唱的山歌，叫‘长健短万，良友瘪三，牡丹勿来，前门滚蛋’。我告诉你，现在来买外烟的人越来越多，有的单位要请客，一时弄不着，都寻到我这里来的。要谈生意，不吃外烟，不成功的。你晓得，我的香烟来路粗的，我有个朋友在桥那边市场上做服装生意，三日两头往南面去的，广州、深圳、厦门、珠海，同香港老板也搭得多的，去一趟总归帮我带点货色来……”

大家又笑起来，说：“你不要听他吹，他吹牛从来不打嗝顿，吹牛不交税。真是便宜了他，听他的口气，好像倒香烟倒出大老板来了，吹得活灵活现。倘是倒几包香烟，发得了大财，那么捡垃圾拾破烂也可以大发了，三角包的话，十句里只能听一句……”

三角包自己先笑起来，秋云也笑了，她忍不住又问：“你们厂要到什么时候才能整顿好，不可能永远这样等下去吧？”

三角包皱了皱眉头，脸上那种油头滑脑的笑没有了，也不回答秋云的问话。

旁边的人说：“你不要问他这桩事情了，一讲这桩事情，他要气闷胀的。”

三角包不等别人讲完，突然插上来说：“我有什么气闷胀，顶触霉头的是我们厂长，冤枉孽障，我们是为他气不平的，为啥要他吃官司？他有什么责任？不是吹牛，出这桩事体之前，我们厂的名声大家晓得的,电台啦,报纸啦,市里领导啦,三天两头来的,表扬起来,那种话听了肉麻兮兮的,好像这爿厂好到天上去了。等到一出事,马上就坏到地底下去了,大家来挖根子,又是什么领导不力,又是什么管理混乱。唉,这次出的事,其实完全是个人的责任,供销科的那小子,隔夜赌博,输了一大票,早上昏头昏脑地出了事情,倒捉了一大串。这样作法,就是重新开工,大家也没有劲了……"

"你准备就这样一直下去?一直弄这几包香烟?"秋云觉得这些事情同她并没有什么关系,可是不知为什么,她想问问清楚,"我不大了解这里面的规矩,不过我想你可以向工商部门申请,领个临时执照,寻个正规点的工作,总比这样好一点……"

三角包"哼"了一声:"申请早就交上去了,区里工商局个体股的人说现在批个体执照又吃紧了,要等一个阶段。我同他们争了几句,你晓得他们说什么?他们说,我们这里算是对个体户特殊照顾呢,有的城市,批一份个体执照,要市长亲自签字。笑煞人了,就是摆个小摊头,开爿小店呀,又不是造五十层一百层的大饭店,又不是开什么大银行,这种市长,对个体户过分关心了,关心得人家寸步难行了……"三角包一边说一边拍拍旁边一个小青年的肩:"喏,憨三呀,交申请比我还早,也没有批下来……"

憨三一边笑一边"戳那""戳那"地骂人,三角包却没有笑,又对秋云说:"人家看我们几个人不三不四立在桥上,吊儿郎当,心里肯定想,这帮户头,这种货色,流氓坯子,坏种,天生的好吃懒做,天生的不争气,你说对不对?"

秋云脸一红,她心里又何尝没有这样想过呢。

"噢,对了,你们秋平,从前和我是一爿中学读书的,我们同他是脚碰脚的,可是前几日他回来,看见我立在这里,他叹口气,对我说:'你们一生的价值,就这么立掉了。'我也解释不出他的话,不过意思大体上是听得懂的。我当时就回了他一句:'你的价值呢,大不了爬出织里巷,爬进大学。'他有点动气了。凭良心,我倒不是想去戳痛他的,我是想想不服气、不公平,也想不通。我倒想同他评评道理,他要讲什么价值,我就同他讲价值。我晓得一个人的身价,要靠自己做出来的,可惜有的时候,你想做,人家还不让你做。倘若人家不让你秋平读大学,你的身价也高不起来,你说对不对?小辰光我一直听我们家好婆讲,从前有一段辰光,每日大清早,就有不少丝织工人立在锦帆桥头,等人家来喊做生活,喊得到的,做一天生活,就有的吃了,轮不到的,一天没有生活做,只好饿肚皮了。这种人,本来全是很好的,别人不用他,有什么办法。小辰光我顶讨厌好婆讲这种故事,顶不好听,现在想想,真滑稽,自己也立在桥上,真是想不落……”

听三角包这样讲,秋云一时不晓得自己该讲点什么。秋云读中学的时候,历史老师介绍苏州丝织工业发展进程,也曾讲到过“立桥”这种现象。“立桥”的工人大都是没有固定工作的织手,每天一大早到一个集中的地点,其实也就是招雇临时工的市场,等待工场主叫唤雇佣。当时锦帆桥是花缎织工聚集的地方。秋云想不到三角包会这样把历史和现实联系起来。她看看周围另外几个小青年,问三角包:“那么他们呢,他们几个都是有工作的,也立在桥上干什么呢?”

三角包笑起来:“他们也在等。”

“等什么?”

“等白相。”

秋云没有再说什么,她发现三角包其实并不像大家说的那样,只会胡闹闯祸。

三角包看秋云不想再说这个话题,就扯开了:“你要到那边去看看?那边现在不得了了,你去看看就晓得了。”

“我听说的。”秋云仍然想着三角包的事情,所以忍不住又提出来,“你其实也可以到那边去嘛……”

秋云的话还没有落音,大家又笑起来,说:“三角包不到那边去的,三角包吓过的,有白胡子的。”

秋云想起大家说过的那个白胡子白眉毛老头儿的事。

三角包龇牙咧嘴地说:“听他们瞎说,听他们瞎说,那个老头儿其实就是琪琪的阿爹呀。”

琪琪家也住在织里巷,琪琪的阿爹是巷子里出名的古怪老头儿,现在已经过世了。

“你又吹牛,琪琪的阿爹死掉了,死无对证,你可以赖在他身上了。那辰光桥那边从来没有人去的,琪琪的阿爹去做啥,你又嘴花野谜说鬼话。”憨三又揭三角包的面皮。

三角包说:“你个寿头码子,说鬼话说鬼话,就是说给鬼听的呀!”

秋云和几个小青年一起哈哈大笑,她已经很长时间没有这样痛快了。由于个人生活屡屡受挫,她的内心始终被厚厚的阴云笼罩着,现在她觉得这块云团好像慢慢地拨开了。

她看见妈妈老远地跑过来,气喘吁吁地说:“弟弟,弟弟打电话来了,出差刚刚回来,中午要回家吃饭……”

秋云心里热乎乎的。

第 3 章

秋玲做完夜班，洗了澡，面孔红扑扑的，黑发披在肩上，浑身全是青春的气息。秋云回到屋里，秋玲正和同班组的几个小姐妹伏在台子上，叽叽喳喳，看一本毛线编织书，看见秋云进来，秋玲很尊敬地叫了一声“阿姐”，其他小姑娘也都对她笑了笑。

秋云总觉得有点别扭。

秋云和妹妹之间好像有隔膜，或者说除了天然的姐妹之情外，从来就没有产生过更深更多的感情。秋云下乡那年，秋玲才五岁，十几年中，秋云每一次回家，总发现秋玲有很大的变化。越变，秋云就觉得妹妹离她越远，越是感觉到这一点，她心里就越觉得孤单。

秋云有些悲哀，她总觉得有一种看不见摸不着说不清的距离把她和妹妹隔开了，不仅仅是时间，也不仅仅是年龄。

秋玲和几个小姐妹正在谈论流行的绒线宽松衫，她们每一个人都自己亲自动手织毛线衣，颜色、花样、尺寸，总是很得体。

妈妈笑眯眯地凑过来，对秋玲说：“刚才，那个刘，刘小柯来过……”

秋玲看了妈妈一眼：“来做啥？来说什么的？”

“说，说叫你去白相嘛……”

秋玲“哼”了一声，不再理睬妈妈。过了一会儿又“哎”了一声，问：“有没有说起绒线的事体？”

“什么绒线？”

“粗绒线呀，他阿姐在百货公司做营业员的，托他买点粗绒线，托了个死人，到现在回音也没有，真是气酥！”

几个小姑娘嘻嘻哈哈地笑，说什么“敲定”啦、“吃糖”啦，秋玲板了面孔说：“看见就触眼、惹气，死样活气的，娘娘腔，还是什么警察呢！没有花头的，工资还不及我奖金多呢……”

“真的还是假的？你不要，别人抢去，你不要后悔！”

“我不稀罕，啥人要啥人拿去！”

“哈哈哈哈哈……”

秋云见她们这样放肆地嘲笑一个男人，真有点不习惯，她在心里叹了口气。

妈妈把秋云拉到一边，诡秘地说：“你什么时候走过，去看看，街道派出所的，叫刘小柯。”

秋云也被妈妈的兴奋情绪感染了，问：“怎么样，人怎么样？”

“还没有敲定，小伙子蛮中意秋玲的，他们屋里大人也想早点敲定，我看是蛮般配的。小伙子人也蛮老实，工作也称心，屋里大人全是规规矩矩的，就是秋玲个死小囡，又是嫌弃人家没有花露水，没有脚路，又是说人家不开窍，不识头，还说人家是什么，什么半，半残废……”

秋云“扑哧”一笑，秋玲也回头笑起来。等厂里的小姐妹一走，秋云就和妹妹寻开心：“警察叔叔，大盖帽，新制服，派头大的……”

“不稀罕的，这种派头，假老戏的，值几钱一斤……”秋玲说着自己先笑了起来。

秋云看着妹妹那无忧无虑的样子，煞是羡慕。

秋玲十九岁高中毕业，进厂做工。学徒工时，就跟了厂里的青工去逛马路，差一点延长了学徒期。满师以后，每月百十来块工资奖金只交十五块给妈妈作伙食费。自己有了活钱,有事没事去逛服装市场。三来两往,同一个卖牛仔裤的个体户熟了,居然想要嫁给人家。那个人比秋玲大十二岁,离过婚,而且人家并不怎么想讨秋玲做老婆。可是秋玲赖死赖活地要跟人家。妈妈跳上跳下,寻秋玲的厂领导,寻什么个体户协会,又是寻居委会,还到那个男人门上去求人家,赖死赖活搅散了秋玲的异想天开的姻缘。秋玲在屋里作了两个月,直到妈妈动用了几十年的积蓄,买了一条18K的金项链,才算作罢。妈妈吃了这次亏,赶紧采取主动,托熟人介绍了一个规矩人家的儿子。那小伙子正好在读夜大,夜里有时就不上学,专门陪秋玲看电影、下舞场,可是秋玲还嫌人家没有劲,又自说自话同派出所的一个小警察一起白相,弄得那个读夜大的小伙子不定心读书,几门功课开了红灯。后来他们屋里大人做主,回绝了秋玲。小警察倒不嫌秋玲脚踏几只船,一门心思追她,大概也算是现代青年的派头吧。秋玲的这些事,妈妈很少告诉秋云,大都是弟弟秋平给秋云去的信中谈起的,秋平很生气,说秋玲太丢面子,又怪妈妈听任秋玲胡闹。

妈妈手指头点着秋玲的额骨说:“秋玲,你个死小囡,自己的事情一点不急,我倒帮你急煞……”

秋玲又笑起来:“你要急,先帮阿姐急吧。”

秋云心里又是一刺,她晓得妹妹不是恶意,可还是有些沮丧。

妈妈点了点头说:“这倒也是,秋玲的事,急归急,到底年纪还小,再拖点辰光也不要紧。秋云啊,倒是你自己……”

秋云避开了妈妈的眼睛,却避不开妈妈的声音。

“你也不要再作自己了,该忘记的就早点忘记掉……”

可是,不该忘记的,永远也不会忘记的呀!

秋玲又笑着说:“要我寻男人,就要寻有气派的……”

“瞎三话四。”妈妈对秋玲说。

秋玲并不理睬妈妈,继续说:“喏,要说真的有派头,对河的黄扬嘛，倒有点男子汉的气派。”秋玲朝对河翘一翘下巴。

“瞎三话四。”妈妈的语气加重了，并且不安地看了秋云一眼，秋云莫名其妙地有点不自在。

“怎么瞎三话四？”秋玲理直气壮，“人家黄扬老二，就是有花头，有办法，这种男人像个男人——”秋玲突然眼珠子一转对秋云说，“阿姐，妈妈在屋里天天为你的事体啰唆，索性我来帮你介绍一个吧，嘻嘻，喏，就是对面的……”

秋云愣住了。

妈妈生气了，抬手要打秋玲，秋玲一蹦，逃开了。妈妈骂起来：“你个死丫头，撕豁你的烂嘴，你作死啊？”

妈妈不再理睬秋玲发疯，也没有在意大女儿的心情，说：“我已经托了蔡师母他们好几个人，人家都是热心热肚肠，拍胸脯保证的，不过到时候你不要太古怪，差不多就差不多了，不要随便回绝人家，叫人家背地里讲你疙瘩。你不比秋玲，她才二十三岁……”

是的，二十三岁，大有选择的余地，可是她比妹妹大整整一轮，再也没有资格挑挑拣拣，挖在篮里就是菜。她也有过二十三岁的时候，可是那时候，她就没有什么资格，她从来就没有妹妹那样的优越。

窗下小河里突然有了声响，两只船交叉，卡住了，谁也不让谁，争吵起来，破口大骂。沿河住家的窗口，马上出现了许多面孔，有幸灾乐祸看热闹的，有的还不时撩拨双方，也有的在劝相骂。秋玲挤到窗口，秋云也往外面看，发现河对过的小姑娘不在窗口上了，黄家的大媳妇大半个身子占住了窗户。

秋玲看见黄家大媳妇，眉毛一挑，喊道：“喂，你们家老黄在吗？”

“你说老黄是我们家老二吧？”

“咦，不找你们家老二，总不见得找你们家老大呀，嘻嘻！”

那边也笑了：“你小姑娘家，老是打听我们家老二做什么呀？”

“哎哟哟，肉麻兮兮的，你们家老二又不是你的，你有个老大还不够呀！”

秋玲越说越野，秋云打了个手势叫妈妈阻止秋玲再讲下去，可是妈妈正全神贯注地听，就怕听漏了一句，根本没有看见秋云的暗示。

隔河两家的对话升级了，有了点火药味。

“哟哟，闲话说得难听，又不是什么宝货，别人稀罕，我们是不稀罕的。”黄家媳妇话里夹音。

“嘴巴上说不稀罕，心思不晓得生在什么歪裆里呢。”

“啥人心思生在歪裆里啥人自己肚皮里有数，”黄家媳妇声音尖起来，“哼哼，我们家小瘫子好福气，要来做后娘的还不少呢，还有黄花闺女呢……”

妈妈突然像小姑娘一样敏捷地跳到窗口，对着河对面喊：“嘴巴刷刷清爽，嘴巴刷刷清爽，不清不爽要吃耳光的！”

“吃耳光？吃耳光？来嘛，来嘛，看看啥人吃啥人的耳光吧！”

简直不可思议。

“妇道人家，一张嘴巴不作兴瞎嚼的，天雷要打的，要作孽的，要报应的……”妈妈的口气，完全和当年好婆一样了。

“哎哟，讲作孽嘛，讲报应嘛，还是不要讲别人吧，前世作孽，后世报，自己两千斤放在屋里晾干啊！”

妈妈大半个身体扑在窗外，手伸出去，指着对方：“讲讲清爽，讲讲清爽，什么晾干，什么晾干？”

看船家吵相骂的人，都掉过头来，看这边了。秋云去拉妈妈，被妈妈一甩手，秋玲说：“拉什么，怕什么？”一边说一边又探出头去继续交战，“报应报应，屋里养个瘫子不叫报应？”

秋云见妹妹越讲越不像腔，拿一个有毛病的小人来当话头，心里不是滋味，忍不住用力把妹妹拉过来：“你……太不像腔！”

秋玲被拉了一个踉跄，看了阿姐一眼，突然咧嘴一笑：“哟哟，你倒真的心痛人家了，寻寻开心的，你当真?”

“你……”秋云张口结舌，半天喘不过气来。

果真如秋玲说的“寻寻开心”的，这场相骂吵到后来，大家都笑起来。

“骚货!”秋玲笑骂，“省省吧，少说两句吧，舌头不会生疔疮的。”

那边也笑骂：“骚货，你省省吧，有工夫陪你们小警察逛马路吧。”

秋云哭笑不得。

妈妈突然“哎呀”一声：“弟弟和于娟要回来吃中饭的，我还没有烧饭呢，他们忙煞的，每次回来总是要准点吃饭的……”妈妈说到一半，突然又“哎呀”一声，“来了，来了来了。”

儿子的脚步声还很远，她就听见了。

秋云赶紧去开门，弟弟秋平和弟媳妇于娟在门口笑眯眯地看着她。

“阿姐!”秋平很亲热地喊了一声。于娟有点羞，也低低地叫了一声。

秋云心里立即烫了。

妈妈一看儿子媳妇两个人，没带孙子来，就急了：“乖囡呢，怎么不带来?”

“在托儿所。”秋平说。

“为啥不领出来带过来，你们这种人……”妈妈很失望，孙子从来没有让她带过一天，老人心里是很难过的。

秋平叹口气，说：“太烦人了，你不晓得，皮得不得了，于娟，你说是不是?”

于娟抿嘴一笑。

秋玲撇撇嘴，说：“三天不收骨头，上房顶拉屎撒尿。”

妈妈说：“你们怕烦，我不怕，领来让我来管。我带大你们三个小人，还怕带不好一个孙子吗？你们怕放在我这里小人会学坏？你们怕……”

秋平连忙躲开妈妈的追问，和秋云讲起话来。

秋云也很高兴，吃饭的时候，大家回忆当年秋云插队时的情景。那一阵，家里大人都愁眉苦脸，爸爸还特地赶回来。秋云却很激动，秋平更起劲，帮姐姐打背包捆行李，和姐姐一起唱“到农村去，到边疆去”，缠着要跟姐姐去。秋云说，你还小，过几年去吧，我来接你，结果被大人狠狠地瞪眼睛。临走的前一天夜里，好婆抱了黄铜汤婆子给秋云，说苏北乡下冷，让她带去，又说自己也用不了多长时间了。秋云突然哭起来，她预感到再也看不到好婆了。她坚持没有带那个汤婆子。到了冬天，乡下果真冷得要命，夜里困觉，一双脚到天亮还是冰冰凉。望着乡下雪白的一片，秋云想家了。突然弟弟来了，披了一身雪花。他从包里拿出一罐红烧肉和那只汤婆子，只半年多时间，十四岁的弟弟好像已经长大了。弟弟告诉她，好婆过世了，爸爸也生毛病了，妈妈带了小妹去看爸爸了，让他来看阿姐。姐弟俩抱头痛哭了一场。点上的知青为了欢迎家乡来的小弟弟，大雪天出去打麻雀、打狗，黄扬还绕过河送来一只野兔子，也不知是什么地方弄来的。

“还记得吗，那只野兔子，他们烧的，一股骚味。”秋云问弟弟。

秋平想了想，说：“记得，是的，是有一只野兔子……”

秋云有点失望，她听得出弟弟是在应付她，他已经不记得了。本来嘛，插队的是她，而不是弟弟，感受和记忆绝不会是相同的。

秋玲和于娟在一边窃窃私语，有说不尽的悄悄话，看上去，很合得来，不像姑嫂，倒像一对亲姐妹。秋云看见妹妹和于娟不断亲昵地交换眼神，不由得有点心酸。

“哎，我说的吧，”秋玲捅了一下于娟，“我说你那套家具亏了嘛……”

于娟定定地看秋玲，等她的下文。

“亏了亏了,你看这一阵进的全是组合式,那才叫派头呢,价钱是棘手的,式样是绝顶的。我说你那套亏,那种老式样,过时的,货色是好的,不过现在不讲究禁用的,又不传给儿子孙子,自己用几年说不定又要换了,花大价钱买好木料没有什么意思的。我到时候要办事体呀,两三千块弄一套组合式,显显……”

妈妈笑着打断秋玲的话:“小姑娘家,讲话直愣愣的……”

秋平沉了面孔,对秋玲说:“你少贩卖一点吧,少给于娟灌输这种小市民意识,庸俗!”

“哟,大知识分子,一本正经。”秋玲根本不吃哥哥那一套。

于娟开心地笑了。

秋平瞪了秋玲一眼,又瞪于娟一眼,那两个却都不以为然。

秋玲对于娟说:“你上次讲的黄货,连鸡心的,我已经托对过黄家的老二了。”

“是那个叫黄扬的?”于娟笑眯眯地问。

“就是,黄扬!”

“他有门路?”

“他脚路粗呢,自己也是样样通,什么都会,什么都懂,寻这种男人,才实惠。”秋玲话中有话,瞥秋云一眼,又看秋平一眼。

“你少提那个人,提起来就生气。”妈妈说,好像和黄扬是天生的冤家,“不争气的货色,你倒是三句话离不开那种货色!”妈妈又说。

秋玲翘嘴笃舌:“那种货色!什么货色?硬碰硬的货色,不是草包,不是洋卵泡……”

于娟笑弯了腰,秋云也忍不住笑了,秋平涨红了脸,不作声。

妈妈在大家的笑声中大声问秋平:“阿平,上次同你讲的那件事,有着落吗?”

秋平顿时来了精神:“我正是为这件事来的,阿姐,我们系有位老师,是系工会女工委员,做红娘顶热心的,我已拜托她了。托她的事体,成功率是很高的……”

妈妈眉开眼笑地听着。

秋玲和于娟也停止了议论黄扬。

秋云一急，脸上发烫，只是说："我，不、不想……"

妈妈马上就急了："秋云，你又不是小人了，怎么说这种话，什么叫想不想，你该想想自己的年纪了。你不晓得我这几年为你愁也愁煞了，怨也怨煞了，急也急煞了，闲话也不晓得听了多少。"

秋云心里不适意，妈妈的话太难听了。可她不得不承认，妈妈确确实实是为了她愁煞、怨煞、急煞，也只有母亲才会有这种心情。

秋玲不等姐姐说什么，横眉竖眼地插上来对妈妈说："自己的事体自己做主，用不着你瞎起劲。年纪，年纪怎么啦？阿姐年纪大什么？刚才于娟还同我说，阿姐嫩相的，看上去只不过二十七八岁，要你急什么？换了我，碰不上称心的，八十岁也不结婚，你怎么办？现在婚姻自由的，你不可以硬逼的。"

秋云差一点哭出来，她感激地看着妹妹，真想不到，一向有着说不清的隔膜的妹妹，这么理解人、体贴人，而弟弟，多少年情同手足，互相理解的弟弟，反倒好像陌生了。秋云看了一眼秋平，秋平正皱眉看着秋玲，一脸鄙夷的样子。

秋玲对妈妈喊了几句，又转过来对秋平开炮："你算什么大学老师，也想来包办婚姻，你也不先问问阿姐的心思，你知道阿姐喜欢什么样的人？我顶讨厌你们这种人，明明不尊重人的感情，还要装出一副正经的面孔来。"

秋玲讲得过了火，秋平也火了："你再瞎说！你懂什么感情不感情！你也配谈感情、爱情这样的事体吗？你不想想你自己尊重过自己吗？"两句话就把秋玲的气势打下去了，于是秋平又缓和了一些，说："你怎么知道我不了解阿姐的心思？至少比你了解一点。你以为我托人家做介绍，会不讲任何条件吗？告诉你，这一切我都想得很周全的。"

是的，秋云心里想，是有条件的。出身、年龄、家庭、职业、级别、收入、五官、身材、住房，甚至个人爱好、性格、习惯、恋爱史，都会有一架天平来衡量，大体上均衡了，就可以拍板，一切都是道德的，合情合理的，无可指责的，正如秋平所说，一切都是很周全的。秋云看着弟弟胸有成竹的样子，弟弟变了，她想。

秋平确实变了，而且他很为自己的变化庆幸。

秋平在沿河的旧陋平房里住了二十多年，在狭窄古老的小巷里长成了一个很神气的年轻人，他并没有发现这小巷、这旧院是多么的陈旧落后，也没有觉得他的家庭和他的邻居有多么的俗气和贫寒。如果他和三角包他们一样，中学毕业就参加工作，仍旧在这地方生活，那么，对于这里的一切，他也许一辈子也不会有什么超过三角包、超过自己上辈人的发现和见解。

可是，他考上了大学。在那所全国闻名的高等学府里，他不仅学了自己的专业，生活在那些来自不同层次的同学中间，他终于发现了自己与一部分人的差别，也看到了另一部分人与自己的距离。他很庆幸自己找到了明确的奋斗方向。

尽管毕业分配不是很理想，他被分回本市的一所三流大学当教师，但毕竟使他脱离了过去的那种环境。

到大学工作后不久，秋平就承担了夜大学的一门课程，当时于娟就是这个班上的学生。于娟的父亲是本校一位教授，他没有嫌弃秋平低微贫寒的出身，为独生女儿招了个上门女婿，他的那一套高知楼宿舍，住一对小夫妻一对老夫妻是绰绰有余的。于是，大学毕业又当了大学教师的秋平，算是彻底进入了另一个阶层。

一方面秋平不断地尽力摆脱过去的环境，另一方面书香门第出身的于娟却不断地向那个环境靠拢，她居然同浑身散发着庸俗气的秋玲有着那么多的共同语言。秋平觉得很奇怪，他简直无法理解于娟。

秋平和于娟谈起要托舒林老师给阿姐介绍对象，于娟说："恐阿姐不会同意你的。"

于娟说得不错，秋平发现阿姐对这件事不仅毫无热情和兴趣，甚至很厌烦很反感。秋平很同情阿姐，阿姐是被生活耽误的。妈妈说得不错，阿姐不能再拖延了，他相信，多拖延一天，阿姐内心的创痛就会加重一点。他要帮助阿姐摆脱困境和痛苦，帮助阿姐找一个理想的人。

一顿团圆饭搅得有点不是滋味，秋云心里很难过。由于她的归来，这个家又会增添一份烦扰。可是，家里人希望她回来，妈妈、弟弟、妹妹都盼她回来，盼了十几年，望眼欲穿，而她，也一定要回来，那个地方，她待不下去了。而她的家，离开了十多年的家，始终在强烈地呼唤着她，更何况，在小河的对过，还有那个人……

秋云在县医院工作了五年，有好几次机会可以和人对调回苏州，可她一次次地放弃了。她缩在那个偏僻的小医院，和病人打交道，为的是忘记自己的痛苦，忘记那些令人痛心的往事。可是，她想不到要忘掉一些东西竟是那么的困难。

后来，有一个人出现在她的生活中，才慢慢地改变了她的生活道路。这个人是医院X光室的医生，温文尔雅，风度翩翩，是他温情脉脉的爱抚磨平了秋云心头的伤痕，是他信誓旦旦的话语，重新点燃了秋云心头的希望火种。她觉得世界是那么的美好，生活是那么的美好，在这个贫穷落后的小县城里，她的生活却有着无限的乐趣。

秋云开始构想未来小家庭的蓝图，他也和她一起畅谈，在县医院，他们可以分到一间十多平方米的新房，为了这间新房的布置，秋云不知产生过多少甜美的幻想。

终于有一天，两人一起走进医院办公室，去开具证明领取结婚证，可是，等待着他的是一副手铐和一张逮捕证。

秋云已经记不清她是怎样从这场噩梦中清醒过来的。她的这个理想的爱人，是个流氓强奸犯，几年中，利用X光室工作之便，糟蹋侮辱了十几名女病人。

秋云病倒了，孤零零地躺在集体宿舍里，同事们同情她，却帮不了她。这时，她突然接到黄扬的一封信。

秋云只觉得心中一片混乱，她曾经那么无情地熄灭过他心头的火种，后来又一次次拒绝听他解释。而他，也曾经那么残酷地伤害过她。她躲在这个偏僻的地方，寻求自己的归宿，也是为了远离他、忘记他。可是，他又出现了。

黄扬的信很短，说他有个熟人要往这个小县城里调，问她想不想回去，他可以促成他们的对调。末了，黄扬说："回来吧，你是苏州的女儿，你应该回来。"

虽然黄扬在信中说是顺便问问她的，可是秋云断定他一定是听到了她的消息特意来帮助她的。

她哭了，她曾经那样绝情地对待他，他却在这时向她伸出了双手。

这一瞬间，什么隔膜，什么仇恨，什么创痛，都消失了。

秋云这才发现黄扬的影子始终在她内心最隐秘的地方。

还没有等她给黄扬回信，调令已经来了。她去办手续时，医院领导对她说，本来讲好是对调的，我们医院缺人手，现在对方还没来，我们先放你走，回去向你舅舅问好。

秋云糊涂了一会儿，马上明白了，黄扬很可能为她找了一个很有身价的"舅舅"。

弟弟和于娟吃过饭，就匆匆忙忙地走了，秋玲也出去玩了。妈妈见秋云半天不作声，凑上来说："你不要再动那份脑筋了，你的心思我顶清楚，那个人，不可靠的，你跟他，要吃苦头的。"

秋云无法反驳妈妈的话。

"那个人太活络，太滑头，太精刮了，你是老实小囡，呆笃笃的，你们合不拢的。不相信，你叫老舅公去相一相，你们相冲的。龙虎斗，不安逸的，我听他家老大的女人讲过，他是辰时生，恐怕是个祸害之根呢……"

秋云很吃惊，妈妈连这些事都打听到了，真是为女儿操透了心。

秋云又一次抬眼朝对河人家看，她真想看一看黄扬的身影。可是，只有他的女儿安静地趴在窗上，安静地对她笑，就像窗下的河水，在寂寞中度着时光。

秋云心中不由掠过一种凄凉的感觉。

第 4 章

进关口的辰光，警察把黄扬的出境证研究了半天，又把劳协会会员证上的照片和他的面孔反复对照，具有 X 光线一般穿透力的眼睛，对他的上衣口袋和裤袋扫描。

“有表吗？”

黄扬朝警察诡秘地笑笑，扬一扬手臂，那是一块七十年代初国产的老宿货。

警察终于疑疑惑惑地把他放进了祖国的大门。

黄扬心里发笑，他从沙头角中英街回来，什么也没有带回来，甚至连个空的提包拎袋也没有，他就这样两手空空地走回来了，于是引起了怀疑。

内地人到广州，总归要想办法去深圳，到了深圳，又千方百计要到沙头角，到中英街，几乎不会有人空手而归。黄扬亲眼看见一个人买了十几块走私表，却很顺利地通过关口，因为他的大包小袋里还塞满了力士肥皂、雀巢咖啡、透明丝袜以及包装纸上印着“高级毛料”字样的化纤布料等等，看上去纯粹是一个内地的土瓜、洋盘。

每天有大约数以万计的这样的内地人进出沙头角的关口，正是他们喂肥了中英街上的香港老板。警察也许在窃笑，但绝不会怀疑他们。他们用公家的钱从千里之外万里之外赶来，在广州深圳住十块到一百块一夜的宾馆，吃十块到二十块一天的伙食，白相最低消费六十块的游乐场、度假村，回去有每天二块五到五块的补贴，外出十天就能补回一块中档石英表。他们同时都把自己以及屋里人积蓄了一年甚至几年的钞票，带到这里来，轻飘飘地花在这条很小很小的街上，买吃的，买穿的，买用的，什么都买。这里的物品也确实招眼，惹人欢喜，又洋气，又漂亮，在内地是看不见的。在北京的王府井、上海的南京路也寻不着，不买一点，心里实在不踏实。到了这地方，大家的商品欲、购物欲就自然而然被挑逗起来，哪怕那些最古板最吝啬的老头儿，也难保证不为所动。倒不是说中英街上的东西都是假货，或者特别贵，不应该买，恰恰相反，这里的东西大都货真价实，价廉物美，尝一尝无花果，敢说国内最有名气的蜜饯小吃也会相形失味。看看那些新型塑料制品，既美观又实用，品种齐全，价格公道，即使用黑市的港币比价来折算人民币，也比内地便宜得多。至于那色彩缤纷的时装常常搅得内地的年轻姑娘、中年妇女甚至老太太们眼花缭乱并且夜里失眠。所以谁也不能说到中英街来买物品是失策。可是，问题在于，这些吃的，这些穿的，这些用的，原本并不是很需要或者急需要的，倘使不出来走这一趟，不买这些物品，屋里的日脚也照常过。平常，老婆到布店转一转，买一块零头布料，回来还要盘算半天，小人吃一块冰砖，条件是保证做完功课，男人剃头涨价五分也要问问明白，要不然，这钞票就冤枉了。不过，这种种小家子气，这种种狗皮倒灶的习惯，到了中英街，都走向了另一个极端，许许多多的内地人，在这里发泄出作为人的一种本性，把中英街变成了一个小小的疯狂的世界，不断地掀起一个又一个的花钞票的热潮。回去以后，他们要有一个礼拜半个月甚至更长的辰光不能正常工作正常生活，他们还沉浸在激动之中，当然，他们主要为深圳速度而激动。然后，他们要向同事，向家属，向亲友，向邻居介绍这次远行，介绍中英街,并且拿出买回来的物品,一一品评,哪一件合算,哪一件不合算,哪一件占了便宜,哪一样吃了亏。然后再算一次总账,惊叹怎么一下子用去了那么多钞票,也不知道用在什么地方了。又怀疑是不是被偷了,据说广州的扒窃水平是很高的。又回忆是不是被香港老板骗了去,也许那几句很好听很诱人的广东普通话,是一个骗人的大陷阱。

这一切都很正常,都很自然,都很合情合理。

于是黄扬便显出了他的不正常。如果说他两手空空从中英街回来实属少见,那么他自费到广州深圳一游,恐怕也是不多的。

其实,黄扬到中英街绝不是空手而归,一无所获的。他到任何地方都不会一无所获。

从沙头角回到深圳,时间已经不早了,街上仍然很热闹。黄扬发现深圳街头入夜以后书摊很多,他走过去翻了几本,对两本相书有点兴趣,一本是麻衣相法,一本是讲星相的。他买了书,朝一条小巷走去,想抄近路回旅馆。

有个女人沿着小巷的旁边踯躅而行,她体态动人,穿着华丽,但看上去步履沉重,黄扬不由被这个人吸引住了。

从背影看,很难确定她的年龄,但黄扬总觉得这个人不很年轻了。黄扬跟着她走了几步,突然,女人停下了脚步,回过头来,对紧跟着她的黄扬甜甜地爽朗地一笑。大出黄扬的意外,他原以为她一定是满腹心事,忧虑愁苦的。

“你跟着我做什么?”她摘下茶色眼镜,笑得更甜。

果然,黄扬证实了自己另一个预感,脂粉遮掩不了岁月的痕迹,时装改变不了生活的印记,是同龄人。黄扬突然冒出一个念头,他突然很想了解一下特区的这一代人,他希望有所收获。

“我——”黄扬斟酌着词句,不知道怎么表达,他毕竟还不大了解这个地方,更不了解这里的人,哪怕是同龄人。

“想请我听歌吗?”女人的笑更加动人,带着挑逗和诱惑,“要不,去香蜜湖度周末?去西丽湖?你有车吗?叫的士?不贵,十五块,他们骗不了我……"

黄扬掩饰住惊讶,笑着说:"你在街上,就是等人请你听歌吗?"

"那当然!"女郎说,"你怎么样?"

黄扬无法猜度她的身份,但她那一口标准的普通话和外形,至少可以判断她不是本地人。

"怎么样?"女人咄咄逼人,黄扬被动得很,他知道,在这里,听歌就是上音乐茶座,同内地不同的是,这里听歌一般要在十点十一点以后开始,一直到凌晨二三点,而其消费价格之昂贵,是一般外地人所不敢问津的。黄扬不愿意把钱花在不明不白的地方。

"街上这么多人,你怎么看中了我,你以为我有钱吗?"黄扬不失时机地反问,他越来越想了解这个女人。

"我们是老乡嘛!"女人笑得很响,"苏州人!"

不知道她在什么地方听出了他的乡音。

"你是个体户,到深圳来摸摸服装行情,怎么样,开点眼界吧?"

黄扬更加吃惊,努力搜索这个女人在他头脑中的印象。

女人见黄扬不回答,就用苏州话说:"怎么样,想好了没有,到啥地方去,舍得出多少钞票?你放心,这地方的人全是这样的,只要有钞票,没有人来管你的……有得快乐不快乐,有得白相不白相,苏州人叫猪头三。有位中央领导来深圳,到湖上游一转,看见一条大船,实际上是个大赌场,那位中央领导光是笑笑,什么也不说……"

"可是对不起,"黄扬终于完全镇定下来,又恢复了遇事不慌,应对自如的风度,"对不起小姐,你说得不错,有得快乐不快乐,有得白相不白相,是猪头三。可惜,我们还没有到享受的时候……"

“我们?”女人好像被刺痛了,紧追着问,“你说我们,说啥人,你和我?”

黄扬终于从女人这反常的态度中,觉察出了什么,他从容了:“不,不不,小姐,我是说我自己,和我差不多的人。我们这种人,天生的劳碌命,恐怕永远不会有这一天呢……”他扬扬那两本算命的书,“你看,生死由命,富贵在天,命里前定嘅。”

女人的脸色有点发白,那种故作轻佻的神态没有了。停了一会儿,很正经地说:“其实,我在苏州见过你,我有印象的,你是锦帆桥市场的黄老板……”

“你呢? 你是——”

“我到深圳两年多了,”女人避开了黄扬的问题,从那只精致的小背包里摸出一张名片,“喏,这是我的名片……以后,可能要回内地,回苏州去寻你的,我们公司,什么生意都做……”她说着自己笑了一下,“只要赚钞票,只要有利——”

黄扬也笑起来:“这里恐怕有百分之九十的公司是这样吧?”

“不,百分之九十九。”

两个人一起笑起来。

“皮包公司,内地人一听就头皮发麻,胆战心惊,这里可是遍地开花……”女人说。

黄扬笑着说:“也不见得,这一两年内地的发展也很惊人呢,这种公司正如雨后春笋呢,连苏州这样的地方,都有许多大楼和深圳国商、国贸什么的一样,专门供皮包公司用……”

“哦,我倒是不通乡音了……”女人一笑,转过话题,“告诉你,我们公司,也做过大宗的服装生意……”

“哦,”黄扬有了兴致,“怎么样,听歌去?”

女人“咯咯”一笑,说:“你这个人,无利可图你是一毛不拔,有缝可钻了,你倒肯出血了。告诉你,这地方的花天酒地你可玩不起,我是寻寻你开心的,我要听歌,尽可以找阔佬,找香港老板,找发了财的本地人也可以……”

黄扬从她的笑声中听出了辛酸，听出了苦涩，他不由多嘴问了一句：“你在这里怎么样，混得下去吗？”

“为什么混不下去？别人能干下去、能发财，我为什么不能？是的，我在这里很苦，人生地不熟，没有一点牌头和靠山，我很穷，当时我已经到了山穷水尽的地步，才到深圳来的……可是我相信我自己，我凭自己的本事，我在苏州做过一个饭店的经理，我有这方面的能力和才干……”

“你来了两年多，情况怎么样？”黄扬不知不觉地关心起她来。他曾经碰见许许多多形形色色的女人，却很少遇见这种性格，这么直爽，对一个陌生人毫无保留的女人，他不明白这是为什么。

“赚了一点，也被骗了一点，没有发大财，勉强维持生存。你看我身上这套衣服怎么样，够漂亮够气派的吧，五百港币，说得难听一点，饿着肚子省下来的。这里的生活水平很高，一顿家常便饭就要几十块……可是这套衣服是非买不可的，在那种高级豪华的大楼里做事，不这么穿不行，人家看不上眼，怎么好去谈生意……这地方，就这样，用苏州话说，叫勒紧肚皮轧台型……”

“恐怕也不全是这样吧，你看我穿这一身，泥土气吧，一看就是个挖不出三块两块的户头，进大酒楼、大宾馆，门卫照样恭恭敬敬地帮我拉门，我又不去买那里的东西。在内地可不一样，不要说一流的大宾馆，进一般的招待所，先得审你半天，会客登记……”

“那是另一回事，是此地经理们的经营策略，说到底，还是为了赚钞票，没有钞票，在这地方是很难坚持下去的。”

“那你有信心？”

“是的，我已经不年轻了，但也许还有点风韵、姿色，你一定以为我会以色相为资本去搏斗，现在这里确实有一些内地姑娘是这样做的，可是我不愿意这样做。也许你不相信我的话，那没关系，别人怎么看我，我不在乎，我只关心我自己的决策和效果……好了，不说了，我可真的要去听歌，不过不是跟你去，是跟我们的香港老板。老板逢周末到这边来，不是我一个人跟他去，还有公司其他几个女职员。其实，我也用不着跟你说这个，好了，再见！我会回苏州的，当我觉得可以回去的时候，我一定回去！”

“哎！”黄扬喊起来，“要不要我留个地址给你？”

“不用，锦帆桥市场上的黄老板，大名鼎鼎，还怕我寻不着你？”

黄扬惊讶地目送她消失在繁华的大街上，仔细地看了一下她的名片：

香港龙胜贸易公司深圳分公司

潘奇娜

潘奇娜？他怎么也想不起来，他记忆中没有这个名字，他确信自己没有和她打过交道，不知道她是怎么认识他的。世界上的人，有的只需看一眼就会永远记住，有的朝夕相处却记不住什么。潘奇娜属于前一种人。

黄扬回到住处很长时间没有从这件事中摆脱出来，他苦苦思索不得其解，不明白潘奇娜怎么可能站在深圳街头，对他说了那番话。他回忆着她的眼神，又觉得很熟悉、很切近，他好像从她的眼睛里看见了他自己的影子……那一次，李秋云回家探亲，他找了个机会去看她，当他站在织里巷口，站在李秋云面前，他多么想向她倾吐一切啊，可是，他终于什么也没说就走了。他从李秋云的眼睛里看到了一种可怕的隔膜和距离，他明白，他已经失去了理解，失去了信任，失去了求人谅解的权利和资格。当他拖着沉重的脚步，离开李秋云时，他觉得自己是那么的孤独，那么的可悲和可怜。

他突然明白了，潘奇娜也是来倾诉的，她很孤独，她可以在没有家庭温暖、没有人情之爱的环境中生存，她需要钱，但同时也需要有人理解。一种抑制不住的一吐为快的急迫感，促成了她对他这个同乡人的信任。

黄扬的广州深圳之行是达到了预期的目的，他着重从服装行业怎么快速掌握信息，怎么提高办事效率，怎么处理引进和国情的关系，怎么盯住主要市场等方面作了大量的细致的调查了解，对他自己的那个计划，心中更有底了。

三年前，当他在锦帆桥服装贸易公司开始立足时，那地方正在兴旺的风头上。由于人们对服装的兴趣日益浓厚，加之政府对锦帆桥服装市场的支持、宣传，在那里搭起了遮风挡雨的简易棚架，还拉了电灯，以供夜市之用。许多原先经营其他项目的个体户纷纷转行到这里来插足，一些新领了执照的人，更是争先恐后来抢占地盘，好像锦帆桥北遍地黄金似的。黄扬曾经动摇了一下，他不知道也无法预测这种热潮能维持多久。

老大曾经劝他，说大家都晓得那地方会犯忌，黄扬还是坚持住了。他之所以在风头上也到那里去轧一脚，完全是去踏跳板的。

这三年中，这个市场果真不很太平，有人把三年中发生的一些事情归纳成八个字：三次浪潮四个人物。

第一次冲击波，是由许许多多好像是一夜之间冒出来的贸易公司带来的，这些公司有的是集体性质，有的是官方支持民间办，也有的是国家机关的派生物，和势单力薄的个体户相比，它们有着更大的优越性。正当顾客们渐渐失信于一些官商作风严重的国营商店，又不敢完全信赖于个体户的时候，这些半正规的贸易中心、售货集团受到了消费者的青睐，柜台后面一张张热情的笑脸，在国营商店里是很难看见的，而那充足的货源，货架上那些抢手货紧俏货，又使个体户们望洋兴叹。那些公司一般都有很硬的后台老板，所以大胆在横向联营中采用物质形式的感情投资，可以用吃回扣的方法抢到好货源。而个体户们既无雄厚的实力去投放优厚的钓饵,又无壮胆撑腰的力量,货品自是比不过人家。于是,顾客被拉走了,这地方生意清淡了,人心动摇了,锦帆桥服装贸易市场的事业才刚刚开始,就冷落了下来。但是,他们毕竟没有被冲垮,他们不是一个两个,他们是一大群人,一大群人就有一大股力量。在冲浪中,他们整体地站住了脚跟,靠了一个“新”字,不断变换新花样,不断上市新品种,不断推出新式样,吸引了许多年轻姑娘和女顾客,于是市场的气氛又活起来。

第二次冲击,是服装行业内部规律的变化所致。从 1984 年下半年开始,真丝绣服、羊绒毛衫、毛皮大衣等一些高档服装开始为广大消费者所接纳,大家对那些价廉物次的化纤、尼龙以及腈纶等产品逐渐失去了兴趣,市场又一次受到冲击。这个市场是以“时装”出名的,赚的是新头钞票、式样钞票,这种货,进价不高,万一不好销,也不会蚀大本。倘是进高档货,那是要担大风险的。而新颖的式样,流行的色彩,常常是短命的,所以,采用的原料就不能很高档昂贵,否则开价一高,顾客就会望而却步。他们可以到正规商店花一千块钱买一件毛皮大衣,却不敢在这里的摊子上花五十块钱买一条连衣裙。服装高档化这一变化,又使市场行情下落了一阵。后来,随着大家对个体户逐步信赖,有的个体户也开始进一些高档货了。

第三次冲击,是在去年下半年提高税收以后,一些急于发财,想赚大钱的人坐立不安了。而这一年,整个服装行业的周期运转到低谷,于是市场上拥挤的摊位眼看着空出了一部分。不过,这边有人走,那边有人进,空了的地盘很快有人填了进来。今年以来,服装行业开始复苏,形势好起来,但货源又紧张了,大家又要为进货跑断脚筋,伤透脑筋了。

四个人物,则更是这市场上的四桩奇谈。十四号摊位的户主杨平,是个老实人,做生意没有什么门槛,有一次到福建去进了一批货,进价极低,连他自己也不晓得到底是不是卖主搞错了。回来以后，看看这批货确实招眼，大着胆子翻了两个跟斗，三块买进九块卖出，还是十分好销，而且同行中又无此货，老实人也会赚钱，又翻了一个跟斗，叫到十二块，照样出手。仅两个礼拜，这批货全部卖光，眨眼之间，杨平成了万元户。杨平的女人是在穷水里泡大的，从前是每日三分青菜两分咸菜过日脚，现在看见男人拿回来一张一万块的存折，喜伤了心，乱了脉息，发了神经，从此闹得全家鸡犬不宁。杨平去做生意，她就跟过来又是唱又是跳，杨平送她到精神病院看病，看了无数次，直到那一万块钱全作光了，再也没有钞票买药吃了，女人的病倒好了，一家子重新过从前的苦日脚，倒蛮太平。杨平经过这番变故，气伤了心，只怪自己命中无富无贵，不该自己的财是得不到的，从此做生意全无兴致，每况愈下，后来索性歇了服装生意，到大街上摆个茶水摊，卖三分钱一杯的茶叶水。

同杨平的脾气性格相反，陶桂林是个老门槛，绝顶精明，肚子里一把铁算盘，谁也算不过他。陶桂林交了一个跑码头的朋友，此人帮了陶桂林的大忙，帮他赚了几笔现成钞票，陶桂林对他十分信任。想不到有一日陶桂林回家，发现自己的存款和女人一齐不见了，连他塞在墙缝里的准备还借款的八千块钱也搜去了。消息一出去，债主纷纷上来逼债，陶桂林是能干人，能干人一般总归心气很高，一口气别不转，一根绳吊死了。

飞飞的事情更加惹人发笑，那小子原本也和野猫他们是一类货色，不晓得怎么一来，想到送一千块钱给托儿所买玩具，一下子就上去了。先是选了劳协会的什么委员，后来又是区的人大代表，再后来又是什么市的政协委员，一日一日上升。小子乐昏了头，去看淫秽录像，看痴了天天往女厕所跑，后来就被抓起来了，什么委员也没有了。听说在里面表现不错，做了个犯人小组长。

四个人物中只有琪琪是织里巷的人。琪琪到市场上摆摊不长久，屋里的日脚就活络起来了。连琪琪自己也没有想到，生意会做得这样发落。琪琪的货，是通过别人到一个叫“侠客”的人那里弄来的，琪琪从来没有见过“侠客”。不过只要看看“侠客”的货，就晓得“侠客”是什么样的人物了。靠了“侠客”的相帮，琪琪站稳了脚跟，撑开了台面，同行之中，要外出进货，先要到琪琪这里来探探风声，摸摸行情。他们都晓得“侠客”的花露水，所以，琪琪在桥那边的地盘上，是很神气，很威风的。可是桥这边巷子里的人，都晓得琪琪这个小姑娘坯子不正，中学生念书辰光，就同一个劳改分子有不清不爽的勾当，后来那个人两进宫，琪琪就被学校开除了。这种货色，做起事体来，自然是无法无天的，所以琪琪就到桥那边去摆摊，织里巷的人是很看不惯的，等到琪琪做生意做出点名堂来，又有了点小名气，大家就又气愤地说，现在这爿世界，专门挑这种人。不久，“侠客”又犯了事体，吃官司了。据说“侠客”进去之前给琪琪写了一封信，琪琪看了信哭起来，奔到“侠客”屋里去，可是“侠客”已经被铐走了，没有见到面。大家都说“侠客”已经是三进宫了，所以出来日脚还没有头呢。又过了一阵，琪琪嫁人了，嫁给一个香港人，跟出去再也没有回来过。听说这个香港人和“侠客”是生死之交。

其实，把一个市场上几年来发生的事体归纳成八个字，是远远不够的。在这地方，有哪一日没有一些或大或小的冲击，有哪一个来摆摊做生意的人，不是一个像模像样的人物狠天霸地的角色，啥人又没有点出奇怪样的事体。

几年来，黄扬正是在这种环境里不断地发展着自己的事业。如今，他已有了一定的经济实力，他踏在跳板上，蓄足了力气，准备起跳了。

广州深圳之行，是他起跳的前奏。

现在他从南方回来了，带回了他所需要的东西，同时也带回了一份似乎早已不属于他的惆怅的心情。这惆怅，是被潘奇娜引起的。

黄扬到家已经是晚上了，一进门，女儿就对他招手，说有重要事情告诉他。

黄扬连忙去抱起女儿，悔悔咬住他的耳朵说："爸爸，对河人家新来了一个阿姨，看见我就笑眯眯……"

黄扬立即明白，李秋云回来了。他从深圳带回来的那份淡淡的惆怅，一下子变得浓重了。

李秋云，他曾经和她离得那么近，可是他却永远地失去了她。一切都怪他自己。他这半辈子人生走错了许多步，最后悔的就是这一步，她的心被他亲手撕破，再一点一点地揉碎。

他有好多年没有见到她了，正因为她的消失，他得以保持暂时的表面的平静。

现在她又回来了，又出现在他的生活中，又离得那么近，伸手可触。女儿的悄悄话不仅敲打着他的耳膜，而且敲打了他的心，他才发现她仍然占据着他心中很重要的位置。

黄扬和李秋云下放在同一个公社的两个知青点，和这里一样，也是隔了一条河，不过那条河比眼前窗下的河宽得多。

下乡第二年开始，由于生活的单调和寂寞，知青里一对一对地谈起了恋爱，也有和当地农民相好的，有的甚至正大光明地做起了夫妻。黄扬他们点上有个女知青很中意黄扬，就叫另一个知青来问黄扬，黄扬不欢喜那个女同学，却不大好意思直言回人家，当时就编了个谎话，说他已经有女朋友了。想不到那人很顶真，还追问是啥人，黄扬不假思索地说是河对过的李秋云。点上的知青都笑他吹牛，说他想吃天鹅肉，李秋云那么清高，那么自好，是绝不会同他好的。黄扬一急之下跑到对河，把李秋云从宿舍里叫了出来。

那天夜里，没有月亮没有星星，李秋云一声不吭地跟在黄扬背后，走出很长一段路，黄扬也没有开口，不仅李秋云觉得反常，连黄扬自己也奇怪，平时能说会道的嘴，这时却像被封条封住了似的，怎么也说不出话来。李秋云不再往前走了,黄扬也停下来,两人站在田埂上,僵持了好半天。终于,黄扬开口说:“我们那边的人,说你清高,说……”

“不要说了,”李秋云打断了黄扬的话,“我晓得了”。

已经有人把黄扬的话传过河来了。黄扬心里很乱,想看看李秋云的面孔,却看不清,四周漆黑,李秋云侧对着他。

“那你——”黄扬充满着期望等待着李秋云的答复。其实,那辰光他并不懂爱情,也不懂人生,他找李秋云,似乎并不是为爱的力量所驱使,而是另外一些东西,年轻时的无知,轻薄的好胜心,对异性的好奇新鲜感。当然,他看中李秋云也是合情合理的,在别人看来,李秋云不苟言笑,生性拘谨,可黄扬同她青梅竹马,相互十分了解,黄扬知道李秋云是外冷内热。可是当他走出了这一步,却没想到,一个二十岁的姑娘应说是一个成熟的姑娘了,他竟然没有考虑一下李秋云是怎么想的,就这么慌里慌张急急忙忙地跑来了。

李秋云是怎么想的,当时他确实不晓得,他总觉得她会给他面子的。可是等了半天,却从李秋云嘴里冒出一句冷冰冰的话:“我们现在应该为前途着想。”

黄扬一时蒙了,想不到李秋云这么无情,他转身就走了。回到自己点上,大家早已等着拿他寻开心了,原来有人恶作剧,跟踪了他和李秋云,还不等黄扬回去,李秋云的那句话就在那里传开了。

黄扬大失面子,当场说:“她有什么了不起,我马上去找一个比她更好的,让她看看,我姓黄的是什么人,有没有出息!”

知青们一起帮他出馊主意,就叫他追吴文满。黄扬犹豫了一下,终于点了头。

吴文满是书记吴全的独生女儿,虽然农村生农村长,但出落得如清水芙蓉,又有文化,书念到高中毕业。吴书记就这么一个心肝宝贝，自然捧上了天，不许任何人碰她一根毫毛，周围乡下的小伙子连正眼看她的勇气都没有。知青下来以后，有几个邪乎乎的，也曾想挑逗她，可吴文满尽管到了怀春的年龄，又见了这些城里下来的白面书生，却依旧坐怀不乱，冷若冰霜。大家背底里叫她“冷公主”。黄扬自从当着大家的面发过誓，就开始向吴文满进攻。过去，吴文满曾经有过许多崇拜者、追求者，但无一不是以低她一等的屈就姿态出现在她面前。为了达到目的，那些人总是奉承她，想以此来获取好感。而黄扬偏生相反，他本来并没有什么目的，只是恶作剧寻寻开心罢了，所以也不想屈就于她，一开始就以高她一头的神态出现了。说来也怪，在李秋云面前，他口呆舌笨，可到了吴文满而前，他那张嘴的水平发挥得淋漓尽致，专拣吴文满不晓得的事说，说得天花乱坠，把个高傲的公主弄得晕头转向，冰冷的心终于被融化了。吴文满原来是个纯洁善良的姑娘，一旦喜欢上黄扬，她就不顾一切地把自己所有的爱都给黄扬。于是，黄扬享受到了别的知青享受不到的待遇，吴家有什么好吃的，少不了黄扬一份，队长也闻风而动，派给黄扬的都是轻松活计。黄扬无聊的时候，吴文满就来陪他解闷。很快，假戏真做了，吴文满的真情把黄扬的假意打跑了，两个人真的好起来了，并且好到了不可收拾的地步。

吴书记对女儿的事自然有所闻，从来未加阻拦，一旦出了事情，未婚先孕了，老头子就不能等闲视之了。他深知女儿离不开黄扬了，就把黄扬找去问他的态度。黄扬这辰光慌了手脚，不管吴文满怎么漂亮，怎么温柔，但她毕竟是个乡下人，黄扬不能不考虑。可是闯了这样的祸，再甩手，那还算人吗？更何况，吴书记能允许他甩手吗？听他的口气，只要对他女儿稍有不利，他就不再会以礼相待了，弄不好告他一下，吃几年冤枉官司。黄扬思来想去，终于做出了决定，和吴文满结婚。

吴书记为女儿大摆酒席，黄扬到河对过知青点上去通知大家，让他们去喝喜酒，说不吃白不吃。大家也说不吃白不吃，都去了。吃饱了，喝足了，借了酒意把黄扬臭骂一顿。黄扬只当没有听见。他发现李秋云没有来，问了几个人都不回答，他也没有很在意。到那年冬天，黄扬就去当兵了，临行前到对河点上去告别，大家又骂了一阵。黄扬是在骂声中走的，他仍然没有看见李秋云。一打听，说他父亲因工伤事故去世了，家里来了电话，让她回去，她刚走半小时。黄扬一冲动，穿着不戴领章帽徽的新军装，拔腿去追。当他赶到车站，汽车刚好启动，他大声喊李秋云，李秋云从车上回头，看见了他，突然呆呆地流下两行眼泪。黄扬的心被狠狠地刺痛了，直到以后很多年，他还清楚地记得，这是他有生以来第一次尝到心疼的滋味。他从李秋云含泪的眼神中，明白了自己犯下了一桩无法挽回的错误。车子开走了，他还久久地站在空无一人的车站上，以至于忘记了部队集合的时间。为此，他没有正式入伍，就挨了部队连长的一顿训斥。不知是因为这顿批评，还是因为李秋云的那双眼睛，他一开始就对部队产生了一种反感。到了部队，他想给李秋云写信，可是几次提笔，却不知说什么好，后来终于没有写成。他写信给吴文满，希望通过她父亲的关系，帮李秋云安排一个适当的工作，并嘱咐吴文满不要让李秋云晓得是他的主意。下次文满来信，告诉他，李秋云已经在大队合作医疗站上班了。黄扬十分感激文满。部队喜欢当兵人老实苦干，对黄扬这样的活络人，班排连长都头痛，当兵不足两年，黄扬就退伍回来了。回来不多久，他又走了，靠了老丈人的牌头，他被公社推荐成了工农兵大学生。他又穿着没有领章的军装，到大队医疗站去向李秋云告别。见到李秋云，黄扬大吃一惊，她又瘦又憔悴，连从前的满头乌发也发了黄。站在李秋云面前，黄扬又哑口无言了，顿了半天，才问了一句："你家里，都好吧？"

李秋云平静地看着他，既无高兴的样子，也无痛苦的表情。

"当兵……"黄扬搜肠刮肚，没话找话，"当兵真苦欸，那地方冷啾，每日看见苏联人……”

李秋云仍然无动于衷地忙她的事。

“我——马上要回去了，你有没有什么事，我——”

李秋云淡淡一笑，不置可否。

黄扬终于蔫了，一肚子的话被李秋云的冷淡压了下去。但他不怨她，他晓得她不是个冷酷的人，要怪只能怪他自己。进了大学以后，他给李秋云写了一封长信，不是忏悔，也不是求她谅解。他们都已经不是少男少女了，忏悔挽回不了生活，谅解也改变不了现实，他只是想把自己这些年来对生活的认识向李秋云倾诉。可是这封信原封不动地被退了回来。他大学毕业，就分配在市里工作。文满在乡下，他在城里，夫妻长期分居，突然有一天，文满带着他的瘫痪的女儿和一张离婚证明书来了。文满告诉他，这几年里，她和队里一个叫余三龙的人同居了，并且有了一个男孩。余三龙为人忠厚老实，又是一把好劳力，家里实在需要这样一个人。文满求黄扬为了残废的女儿和她离婚，女儿判给他，就能跟回城了。黄扬突然奇怪地笑起来，他知道这绝不是文满的主意，像文满这样的女人，宁愿带着瘫女儿苦一辈子，也绝不会把女儿推出来的。黄扬和文满就这么了结了。

离婚以后，他又有几次遇见李秋云，他发现除了冷淡之外，李秋云的眼神中又多了一层鄙视。他想象得出，对于他的离婚，外面是怎样议论他的。后来，他有了自己追求的东西，抛开了这一切情感纠葛。

可是有一天，他无意中听说李秋云在县城的不幸，终于忍不住跑去看望她。想不到，这一次重逢，竟然消除了这么多年的隔膜，他和她都明白了那许多疑窦、许多误解、许多悔恨，原本只出于一个原因。他进一步证实了自己的感觉，这么多年来，李秋云一直爱着他。

他在为李秋云的调动奔波时，还没有来得及考虑的问题，随着李秋云的回归，出现在他面前。他很了解李秋云，她可以理解他所追求的事业，也可以给予他帮助，但她却不能接受他的追求。一旦他们把自己的命运捆绑在一起，李秋云就会成为他的事业的障碍，这一点他深信不疑。更何况，这么多年，李秋云被生活的巨浪颠簸得筋疲力尽了，她应该靠岸休息了，如果绑上了他这条随风漂浮的小船，也许一辈子都不得安宁。

所以，他很清醒，他将又一次失去她，也必须失去她——为了她，也为了他自己。

黄扬沉思了一会儿，见女儿已经睡了，他站起来，推开沿河的小窗，看着对河那扇紧闭着的窗，窗里已经熄了灯，一片漆黑。晚风把远处婴儿的啼哭声送了过来，黄扬心里突然有了一阵荒凉感。有一次，他和战友林残冬，在中苏边境的雪地里迷了路，突然听到一声婴儿啼哭，他和战友一起哭了。

第 5 章

半夜里天没有一丝亮，地没有一息声，咳嗽咳嗽咳嗽。

他去推那扇门，门很沉重，推不平。红的十字就是血的十字。

他看见死神在走廊里微笑。

他极力抵御那微笑，却是很难很难。他很疲劳。那极有魅力的微笑，原来是那样的神奇，那么动人心魄。

他又去推那扇门，竟是很缥缈。

推开的是一双惊恐的眼睛。

他努力地笑，汗在脸上缓缓地爬过，搔得很痒。

眼睛愈发地惊恐。他想也许她是看见了他背后的东西。他不明白她为什么怕。那不是一种很可爱的微笑吗？他是不怕的，记不清什么时候，他曾为死神的微笑写了些什么，总想谱了曲来唱，却总也配不起来。他们说他的曲子可以拿到少年宫合唱团去唱。

仍然是惊恐的眼睛。

应该唱一唱，他有男中音的音质和男高音的技巧。两肩扛过耳垂，上体向前倾斜，咳嗽咳嗽咳嗽，没有一丝乐音。唯有持续不断的哮喘，呼哧呼哧呼哧呼哧呼哧呼哧。

他非常厌恶自己，厌恶得喘不过气来。

死神的微笑又过来,他终于抵挡不住诱惑。武侠书里说“慑心术”要将心比心方能解脱,他寻找自己的心,却寻不到。他飘起来,飘起来,坠下去,坠下去,听见很遥远的地方有个冰冻过的男声:“病……历……呢……”

接着有低低的却带着灯火般温暖的女声:“没有——病历,他好像没有到急诊室,直接到这里来的……”

一片空白以后,仍是遥远的地方,冰冷的恶狠狠的男声——又是他,又是他一个人来的,又是没有挂号,又是晚上来的,又是我值班,又是……

——他走到门口就这样子了,我可以帮他去挂号——他听出来,是那双惊恐的眼睛。记住要还她二角钱,哦不,急诊挂号好像是三角,还她三角,好像有点俗气,不还自然也俗气。

可是名字不知道,工作单位——

后来他听见男声说,我想起来了,他是家具厂做木匠的。唉唉为什么现在的家具这么贵这么贵,为什么现在木头这么少这么少。

他的心笑起来说那地方除了木头还是木头,一点也不少。

再后来,男声又说这样的情况他一个人是怎么来的,他家里还有什么人?女声说,我也不知道他是怎么来的,没有听到车子的声音他大概是走来的,我也不知道他家里还有什么人……

家里有父亲,有父亲的妻子,不是他的母亲。可是他们并不在家,去游行哦不对是叫旅游。父亲六十年第一次游山玩水。感谢他的妻子,说千岛湖有一千个岛,漂亮煞了,说你走过多少个村庄多少个城市,你爬过多少座山翻过多少道岭,你越过多少条河绕过多少道弯,你都不是为了玩,是为了打仗为了革命为别人跋山涉水。现在你可以也应该为自己去玩,现在旅游是很热门的,哦不,绝不会玩不动的,绝不会上山容易下山难,你看小夏不是吗，到什么黄山泰山庐山，要不就是打拳的什么山，舞剑的什么山，她可爬了不少山，也没爬破一条裤子，说现在的裤子都用牛皮筋来做。还有鞋子，学习材料上有那个华山抢险我们就不去了……

女声于是很轻又很气愤地说，他家里人怎么……他家里难道没有人吗……

哦不，家里还有个小妹妹，小妹妹说做木匠你就做木匠。现在做木匠是很吃得开的，你要是下班回来做木匠你是聪明的，可是你真笨，泥土气，你为什么要写那些没有人看的文章呢。他很伤心，小妹妹很生气。小妹妹生气的时候也是很好看的。小妹妹已经不是三分钱咸大饼掰一半的小妹妹了，小妹妹订购港式组合家具×千×百块。他要呼吸新鲜空气，人人都有呼吸他却例外。小妹妹要雀巢咖啡麦氏咖啡外加什么知己和伴侣，他要到这个白色的世界来抵御黑色世界的诱惑。小妹妹要去舞场享受青春玩迪什么和霹雳什么什么。

护士生气了说没情没义，医生发火了说狼心狗肺驴肚肠。他想对他们说小妹妹是标准的人心人肺人肚肠，还有优秀的人脸人身人四肢。可是他不优秀，他很拙劣，于是小妹妹去跳舞去唱歌去笑去开心去寻找美的世界。

冰凉的听诊器从前胸移到后背，从后背移到肋下。

“为什么到现在才来喊我？”医生很威严地问护士。他不喜欢。很远很远的过去时，父亲也是这样讲话的，他不喜欢。

“人命关天，你懂不懂，为什么……”

他很想笑，危言耸听。

“他刚来，刚来我就喊你的……”

是刚来。他想坐起来作证。那始终盘旋着不肯离去的微笑抚平了他的身体。

“……给氧吗？”

他不喜欢听见氧气这样的字眼，他很厌烦。

“明显发绀，马上给氧。”

他飘起来，飘起来，坠下去，坠下去，一双眼睛俯下来。

小妹妹也是这样的眼睛，也是这样的鼻子，这样的嘴。后来，小妹妹怎么样，到哪里去了，他怎么也想不起来。

眼睛俯下来，鼻子被捏住了。小妹妹也捏他的鼻子。妈妈来掀他的被窝，打屁股，骂“懒鬼”，小妹妹就来捏鼻子。

他笑起来，听见自己的肺在唱歌，唱得很拙劣，很沉重，很苦。小妹妹唱歌也是很拙劣的，小妹妹没有天赋。小妹妹六岁的时候会唱“社会主义好”和“无产阶级文化大革命好”，老是走调，从A调走到C调，从135走到531。小妹妹六岁的时候他十一岁，好像什么都很懂了，却不知道为什么爸爸妈妈要扔下他和小妹妹，到很远很远的见不到面的地方去。他和小妹妹在机关食堂用完了家里的饭菜票，就在家里寻钱，钱寻不到，却有好多粮票，一个陌生的小哥勇士般地出现，帮他用粮票换钱，一斤粮票换八分钱。很多年以后，他发现那个勇士小哥，得到每斤粮票两分钱的好处。终于他和小妹妹把粮票也吃完了。小哥临走的时候告诉他，家里的东西也能换钱。家里的东西都被搬走了，他找不到什么，只有自己的一条西装短裤和小妹妹的一件粉红连衣裙。他携带了户口簿和小妹妹，胆战心惊地踏上了旧货店的楼梯。那楼梯好像是很旧很旧了，踩上去咯吱咯吱响。在那个很光滑的柜台前，他刚好探出一个头，小妹妹鼻子触着柜台板说我要回家我要连衣裙我要甜大饼。那个老头儿在咳嗽，咳嗽咳嗽咳嗽。老头儿说回去回去回去，当心你老子敲你屁股。然后又是咳嗽咳嗽。

他也咳嗽，很小的时候就咳嗽，在春天什么树开花和秋天什么树结果的时候就咳嗽。妈妈用一条毯子裹了他去医院，一路“哼哼哼哼”，三轮车工人说是你生病还是小人生病？医生说这个小孩是很危险的，妈妈哭了。

嘴巴也罩住了，心还在咳嗽，咳嗽咳嗽咳嗽，什么也咳不出来，也许原本是什么也没有的。

惊恐的眼睛不见了，什么眼睛也不见了。小妹妹的眼睛为什么这么好看，睫毛一闪一合，菁菁说小妹妹有情书塞了一抽屉，很有忌妒的意思。小妹妹说我怎么有这样一个哥哥，懊恼并且蔑视。那个男孩又是一张陌生的脸，硬汉的脸，说什么陪衬人。于是他们一起笑。他不生气，他是生就的丑陋，小妹妹没有夸大什么或贬低什么。他曾经想自己是不是垃圾堆或女厕所里捡来的，又想是不是妈妈怀着他的时候常去动物园，又想是不是咳嗽咳嗽咳嗽把五官咳错了位……

声音又飘过来飘过来说没有好转，于是有很多的眼睛俯下来，只是没有小妹妹那双好看的眼睛，也没有父亲的眼睛。父亲的眼睛，他又记不起来了。

“下病危通如吗？”平稳低沉的声音，谱上曲该是111112。

“下病危通知吧。”同样平稳低沉的声音，谱上曲是222223。

其实下死亡通知更干净。父亲从什么山什么岛回来会流眼泪，父亲的妻子会红着眼睛说节哀欧节哀欧，保重欧保重欧，小妹妹也会哭的，说丑哥哥终于怎么怎么了。小妹妹有好久不哭了，光是笑。有一回小妹妹伸手拿了一张甜大饼，立即咬了一口，黄黄的糖汁溢出来挂在嘴角。一只粗糙的大手掌竖过来，他挡住说大饼是我拿的。小妹妹哭，说我饿了我饿了。大手掌说去吧去吧去吧，后来小妹妹买了奶油裱花大蛋糕，插上小蜡烛，像美国人、英国人、法国人、德国人，小妹妹的眼睛对他说生日宴会你也参加吗？一切都是美的，什么什么裙子什么什么项链，什么什么发型什么什么眉眼，一切都是美的。咳嗽咳嗽咳嗽，五官挤在一起可以参加选丑。可是他想世界小姐也要来的，他想世界小姐化为乌有时并不会比他更优美。他笑了，感谢死神的公正。然后飘起来飘起来坠下去坠下去。

坠下去的时候,他好像看见窗外很白,他想这是东北树林里的雪。他还来得及说我想见我的战友他叫黄扬。

他最后看见那双惊恐的眼睛里有了一种奇异的光彩。

死的寂静。

咳嗽咳嗽咳嗽,终于停息了。

医生说这个小孩恐怕要到发育的时候才能好转。

妈妈又笑又哭抱住儿子。然而毕竟是该笑的。

咳嗽咳嗽咳嗽,终将有一个停息的希望。

十六岁以后他果真不再咳嗽。可是妈妈并没有看到这一天。爸爸好像从来不知道他咳嗽,自然也不晓得他不咳嗽。他咳嗽的时候,爸爸从来不在身边,妈妈说爸爸忙,爸爸出差,爸爸开会,爸爸学习,爸爸写字。他说妈妈是个好妈妈,爸爸是个坏爸爸。妈妈眼泪汪汪说冬冬你不要怪爸爸。那一年春天以后又过了夏至,他还没有咳嗽他高兴得要唱歌要发疯要告诉所有的人。他要去告诉妈妈,却找不到妈妈的坟。他要去告诉爸爸,人家说你爸爸是反革命是走资派是老地主是狗特务是什么什么什么,你爸爸要火烧要油煎要炮轰要枪毙要什么什么什么,要叫他变成狗屎变成烂泥变成一堆灰变成什么什么什么。他说我不再咳嗽,我要告诉爸爸我不再咳嗽了。有个阿姨眼睛红红地说你一定要找你爸爸我告诉你,你爸爸关在监牢里像个坏人一样在吃官司,你不要告诉别人是我说的。他后来想起来这个阿姨是父亲现在的妻子。她是一个好女人,当时他这样想,现在也这样想。他终于看见了爸爸,他奔过去大声喊爸爸我不再咳嗽了我不再咳嗽了,爸爸看着他说你说什么,什么不再咳嗽,你怎么到这地方来。谁叫你到这地方来的,你快走快走,你快回家去,你的小妹妹呢,你要带好小妹妹,你要懂事你要学会做家里的事你要……他垂头丧气地离开了那个地方,又忍不住回头再看爸爸,他看见爸爸的胡子很长很长,他说,爸爸我明天再来看你,把你的刮胡刀带来。爸爸笑了,笑得歪鼻子歪嘴,很难看。他明天再去的时候,他们说你爸爸走了,不在了,你走吧。一直过了好多年,爸爸终于回来了,他说,爸爸那时候我真的以为你死了,真的,小妹妹也这样想,我们哭了好久好久。爸爸笑起来说,生命,哪能那么轻易地完结。

他挣扎了几下,生命,哪能那么轻易地完结,他想爸爸说得真好。

他又听见了人世间的声音,夜班医生说再等一等,再等一等,你们看,好像有点转机……

哦是的,他想大声对他们说,我不会死,我还活着,生命不会这么轻易地完结。

他突然找到了自己的心,他有了支撑点,飘起来坠下去的时候,他可以用自己的心把握自己。可是,这颗心,却是那么沉重,比那一车砖头瓦片沉重得多,沉重得多。

小妹妹长大了,小妹妹上中学了,小妹妹说哥哥我要买一件带小花的衬衣,她们都有为什么我没有。

他说小妹妹哥哥没有钱实在没有钱。

小妹妹说你骗我你骗我你工作了怎么会没有钱。你不喜欢我你骗我,呜呜……

他是有工作了,在砖瓦厂拉砖头,头发根子里也是灰,眉毛染白了,肺也染白了,一个月十八块学徒工资养活小妹妹和他自己。小妹妹说你不给我买我去找爸爸,我要爸爸我不要你……

他真想把自己的心挖出来,给小妹妹看一看,他自己也要看一看。

爸爸终于回来了,回来的爸爸已经不是从前的那个爸爸,是一个很老很老的爸爸。爸爸说冬冬你去当兵吧,当兵也艰苦可是有出息。于是他拿了爸爸写的一张字条去叫了一声什么叔叔就穿上了军装。可是那地方实在太冷,他又咳嗽了。在部队上是不许咳嗽的。他差一点点光荣在那地方永远也回不来了,他和战友被埋在雪地里，黄扬把大衣脱给他抱着他说你咳吧咳吧咳吧，这地方没有纪律也没有处罚，你把一切都咳出来吧，他却被堵塞了咳不出来。后来他们在一堆雪里捡到一个婴儿，粉红的小身体还没有冰紫，有一张纸片上写了汉字和俄文，他们不认识俄文但认识汉字，这小孩是一个中国兵和一个苏联姑娘生的，苏联姑娘生孩子的时候，中国兵正在中国的军事法庭上受审。等死的心被这个小生命唤醒了，他们把婴儿放进内衣，艰难地向前走，终于走到了一个村庄，看见村子里走出一张陌生的惊恐万状的面孔，听见了一声稀奇古怪的叫喊，他们就摔倒了。

咳嗽咳嗽咳嗽，终于停息了。

他听见夜班医生打个哈欠说一夜了一夜了，总算……药要继续用……

他看见医生稍稍有点佝偻的背，看见他很困倦很疲惫的背影，看见他走出门去。他想家具真是很贵很贵的，他想医生的儿子大概快要结婚了，他想是不是帮医生弄一张优惠券，可惜优惠券享受百分之十的便宜，只能使两千块降到一千八，而不能变成八百更不能变成四百。

接着他看见了夜班护士，他没有想到她已经三十出头，她的眼睛已没有了惊恐，喜悦中却仍夹着些忧虑，他分辨不出这层忧虑是为他而生，还是为她自己，或者两者兼而有之。

他笑了笑，他知道自己笑的时候很丑。他不笑的时候也很丑。

她接纳了他的丑，就像医生护士接纳每一个病人的病。

“你感觉好点了吗？”她说，“你可以吃点东西了。”

他心里一热，感觉到一股母爱的温暖，他嘴唇嚅动了一下。

“哦，你说什么？你想说什么？”她俯下身子。

他想说的好像很多很多，又好像什么也不想说，他终于说了一句最想说的话：“我想吃葱油烧饼。”

女护士忍不住笑了，问他：“怎么通知你的家属？”

他没有回答，嘴里为那张葱油烧饼渗出了唾沫，他偷偷地咽下去。

女护士说："你脱离了危险，但你要住医院，恐怕不是一天两天，恐怕不能……不能不通知家里人的。"

他只想见见黄扬，于是他把垂危时说过的话又说了一遍，清晰而明白。

他又看见女护士眼睛里的哪一层奇异的光彩。

第 6 章

天亮的辰光落了几点小雨,地上有点潮湿。

蔡师母在医院最忙乱,门卫检查最严厉的早晨闯过三道关,进入住院部的内科病区。小老太婆人小脚大脚劲不错。

“他真的要死了吗?他死过好多回又活了,这一回怎么说呢?”蔡师母一到医院喉咙就发痒,非要大声说话才惬意。

交接班的时候,夜班医生还没有回家睡觉,很困倦地说:“老太太你轻一点好不好?”

早班护士精神抖擞火气也很抖擞,很凶地说:“你吵什么啊,你是他什么人?”

“我是他什么人也不是,我不是他娘不是他好婆,我是居委会主任!是的,官不大责大权不大理大。他死过去好多回,又活过来,这一回是真的还是假的,我看他还会活过来。”

夜班医生捏着病历打了个哈欠说:“他们家里怎么一个人也不来,什么名堂?”

蔡师母于是更有了兴致。

“什么名堂我不能不晓得,我是居委会的主任,我不晓得我怎么做主任。哼哼,他们是新公房四楼的,两个大户一共一百二十四平方米,你说公平不公平,总共三个半人住,半个人就是他,平常住在厂里，礼拜六回转。对了是个猪头三，为什么事我也晓得，他老头子的老婆不是他的亲娘。你说气人不气人，我们屋里四代人眨眨眼就是五代人还轧在三十年前的老房子里，下雨漏雨，发水浸水。是的是的，你这话很有水平，你这位大夫就是水平高，现在外面不公平的事体多煞的，我又不能去咬谁的卵，我是懂政策的，我也是有水平的。哦，你说什么？他们家是老干部？是的，是老干部。什么式的？什么什么式的，我不晓得，你说什么三八式的，就算是三八式的。哦，你说为什么不来看儿子？他们来不了，在什么岛什么山上看风景，风景比这个儿子好看，这个儿子怎么这么难看，隔夜饭呕出来再加隔年的。是的，他有个妹妹，她是不上夜班的，夜里做啥，总归是跳舞，不把脚脖子跳歪了，上了石膏就不算完。你说怎么办我也不晓得，他们昨天刚走，等他们回来还是派人去追，人我们可以派出钱却派不出……是的人还没有死我急啥。是的他有单位我来做啥，他老头子还有老干部局，可以乘小汽车，可惜我们的弄堂太窄了。是的他的事关我啥事，我又不是他娘他……”

蔡师母叽叽呱呱，把大家的头都吵痛了，早班护士挑起眉毛说：“出去吧出去吧，马上查房了。这时间，怎么把这种人放进来，真是天晓得，门卫在干吗？”

蔡师母还想往下说，早班护士瞪起眼睛说：“好了好了，怎么进来你就怎么出去。”

蔡师母威风凛凛地走出医生办公室，脚劲是十六岁而不是六十岁的，脸上擦点什么霜什么蜜，喷喷香，绝不是什么骚狐狸的味道。

蔡师母在走廊里尖声叫起来：“哎呀，妹妹，你是李家妈妈的女儿，李秋云！”

李秋云端着放药的白瓷盆，吓了一跳，说：“我……我……你……你……”

“我就是蔡师母呀！蔡师母你不晓得吗？我和你家妈妈是小姐妹呀，几十年前轧下来的，你这张面相像你家妈妈的，甜蜜蜜的，招人欢喜的。哎哟，你个老实小囡面孔红了，你回来的事体你妈妈老早就告诉我了，托我帮你寻男朋友呢，你不要急，我手里已经捏住几个了，再掂掂分量，看哪一个配得上你，你放心我做事体牢靠的，只要你宝宝开口，要长的要圆的，保你称心如意。这只西瓜是包拍的，不然怎么做居委会的主任呀……”

许多医生护士病人都探出头来看她们。

李秋云连忙打断蔡师母的话，问：“蔡师母，你到这里来看啥人？家里什么人住医院了？”

蔡师母长叹一口气，从头说起：“李家妹妹呀，你们这里全是白的，房间是白的，气味也是白的，又刺眼睛又刺鼻子，我打三个喷嚏医生说你代表什么，我代表什么？气人不气？嗲兮兮娇滴滴的小护士说你哇哇叫什么，皇帝不急，急煞太监，血血红的嘴唇里雪雪白的牙齿，现在小姑娘全涂口红，拿漂白粉来漂牙齿。你说我看病人，病人就是那个林残冬，真是的，什么名字不好取取这个名字，这个名字你说是不是有点霉气的。我不是他家的什么人，我是听见别人说看见他半夜里一个人上医院，我不放心我来看看他，他们说他这回真的不来事了，我说他还是会活过来的。对了，他们屋里的事体我全晓得，他们干部楼的户口全在我手上，我来慢慢告诉你……”

“小李，李秋云……”医生在办公室里喊。

蔡师母很遗憾很惋惜又很识相地说：“叫你你就去吧，以后慢慢说。这个林残冬有什么事体，告诉我一声，我也好放心。”

李秋云心里热乎乎的，这老太太嘴巴很碎心却很善。她走进医生办公室，看见一个长得很漂亮穿得也很漂亮的姑娘正在那里抹眼泪。

医生说：“小李，这是林残冬的妹妹，该办的手续你告诉她。”

姑娘抹干了眼泪说:“我哥哥怎么样,吓死我了,吓死我了,我爸爸不在家里……”

李秋云安慰她:“你不要急,现在好多了,昨天夜里来的辰光是很危险的。”

姑娘马上说:“就是就是就是,他总是这样,每次都是这样,每次都把我吓死了。他这个病,什么时候能治好? 人家都说他这个病是治不好的……”

李秋云不好回答,只好对姑娘说:“这是住院证,你去办吧。”

“他要住几天?”

“那要看他的病情。”医生干巴巴地说,并冷冷地加了一句,“还要看家属的护理配合。”

姑娘沮丧地走出去,李秋云突然喊住她,“哎,想问一下,你哥哥说他想见一个叫黄扬的人,你知道这个人吗?”

姑娘不屑地翻翻眼睛,口气中明显地流露出轻蔑:“黄扬,我知道这个人,锦帆桥市场上卖牛仔裤的。”

果真是他。李秋云说:“你哥哥要见他,他是你哥哥的朋友吧?”

“朋友,哼哼,当然是朋友,我哥哥就是欢喜交这种朋友,不上台面的货色。我爸爸说他,他还不听,还要帮卖牛仔裤的人写什么‘牛仔裤之歌’呢。笑煞人了,那种人,也配唱? 恐怕什么叫音乐还弄不清爽呢……”

“好了,我们可以下班了。”医生懒洋洋地打断了她的长篇大论,这里谁也没有闲工夫听她发表对个体户的偏见。

李秋云拖着疲惫的脚步从医院下班,心里不痛快。她本来想把林残冬的要求告诉他妹妹,让她去找黄扬,可现在她打消了这个念头,她必须自己去找黄扬。

李秋云相信黄扬一定晓得她回来了,但他没有来寻她看她,李秋云心里不由有些酸楚。她有点犹豫,可是一想到那个生命垂危的林残冬,想到林残冬的那个妹妹,她又觉得这是她义不容辞的责任，她应该为林残冬做一点事情，给他一点帮助，哪怕是微不足道的。

李秋云终于走到了锦帆桥服装市场，她打听了一下，找到了黄扬的摊位。

黄扬正在招呼生意，向几个顾客介绍一种新款式的女衬衣。

李秋云在旁边站了一会儿，从侧面看过去，黄扬老颜多了。看他做生意的那种专注的样子，李秋云觉得他变了，过去，黄扬好像从来没有这么认真、这么专注地做过一件事。她等那几个人走开了，才走过去，轻轻地叫了一声："黄扬。"

邻近几个摊位上的人都探过头来看李秋云，李秋云连忙抬高声音平淡地说："我刚下夜班，有个病人想见见你，要我帮他带个口信，他叫林残冬，内科病房134床。"

"啥人?"黄扬的声音沉闷得吓人，和刚才那个快活轻松的黄扬判若两人，"你等等，你说啥人？林残冬?"

李秋云很低沉地对黄扬说："我想你应该抽空去看看他。"

"他……"黄扬的声音有点发抖，"他，怎么样？危险吗?"

"昨天半夜他一个人走来的，差一点……"李秋云想到一个人的生命就差那么一点点，心里不由悸动了一下。做医务工作的人对死人的事是司空见惯的，李秋云也早已习惯，可不知为什么，她对林残冬却有着一种特殊的感受。

黄扬突然问她："你愿意同我一起去吗?"

李秋云没有想到他会这样要求，她不晓得怎么回答他，也不晓得和他一起去是怎么回事体，她慌慌忙忙地说："我，刚下夜班，假使你要我……一起去。"

李秋云连自己也不明白自己在说什么。

黄扬却点了点头，他听懂了。

黄扬喊住一个小青年，让他到他屋里去喊个人来守摊。小青年应声而去。黄扬对李秋云说："走吧。"

李秋云看看他摊上的货物,说:“人还没有来。”

“不要紧。”黄扬指指附近的个体摊主,“他们会代看的。”

李秋云同黄扬一起走出来,她又犹豫了一下:“我,一起去,有必要吗?”

黄扬停顿了一会儿,没有说话。

最近一个阶段,林残冬发病更频繁了,不祥的预感常常搅得黄扬神魂不安。林残冬的生命也许不会很长久了,一旦他不在人世,两个人共守的秘密就要由黄扬一个人来承受,他可以承受种种压力,却似乎承受不了心灵上的这一点负担。现在他非常想把这个秘密告诉李秋云,也只有她能理解他这种心情。可是这个秘密,是他和林残冬两个人的,他们曾在一个生死关头立下誓言,一辈子不告诉任何人,黄扬张了几次嘴,终于还是没有讲出来。

李秋云和黄扬一路走出来,李秋云忽然发现在挤挤轧轧的摊位中空出了一块狭小的地方,一看,是15号摊位。

黄扬看出了李秋云的疑问,这么金贵的地盘,怎么会放弃掉呢。他不等李秋云发问,主动说:“这个地方,大家怕鬼呢。”

李秋云“哦”了一声。

“你一定不相信,这地方,这么闹猛,阳气这么足,怕什么鬼,可偏偏大家怕,这个摊位的主人就——吊死在这个地方,喏,那根横杆上。”

李秋云一惊:“为什么?”

“为什么,那要问他自己了,外面的传说各种各样,谁晓得哪个是真哪个是假呢。但有一点是肯定的,那个人赚了不少钞票,后来又身无分文了。我们这种人就像赌场上的赌客……”

李秋云注意着黄扬的神情,她不明白他现在怎么变得心肠这么硬,谈论一个不幸的人,口气竟这么轻松。

“这个位子从此就空着了,没有人敢去占,大家都怕,有不少人说,陶桂林的鬼魂夜里经常到这里来游荡呢……”

“这么迷信!”李秋云说话的时候,浑身一抖。她胆子很小,从小就怕鬼,好婆讲过那些鬼故事三十几年来一直紧紧地缠着她。

“迷信?迷信和科学,本来就不是绝对的,昨天为迷信,今天成了科学,今天为迷信,明天又成了科学……”

李秋云又回头朝那个空位子看了一眼。

黄扬说:“过去老人常说,心中无鬼不怕鬼,心中有鬼才怕鬼,这些人,人人怕鬼,真是人人心中有鬼欧……”

李秋云看了黄扬一眼,摇摇头。

李秋云和黄扬赶到医院,正好查完病房,林残冬安静地躺在床上,两眼盯着天花板在想什么心事,脸上看不出有丝毫死的恐惧和遗憾。

黄扬和李秋云刚刚走到病房门口,林残冬就很警觉地转过脸来。

“黄扬!”林残冬叫了一声,一下子激动起来。

黄扬赶上前,哈哈一笑:“好啊,你小子又进来了,你真是屡教不改啊,你对医院可真有感情啊!”

哈哈一笑,赶走了病房里沉闷伤感的气氛。黄扬的神情和刚才听到林残冬病危时的样子完全不一样了,李秋云看看他,觉得很奇怪。

林残冬笑着说:“我这是无可救药啦,大夫们仁至义尽,我这把贱骨头不领情呢……”

同病房的病人和一些陪夜的家属都很惊讶,这么重的病,真是死到临头了,还在寻开心,昨天半夜进来的时候都死过去了。有一个中年人又是羡慕又是不解地说:“喔喔,你真是个乐观主义者。”

林残冬说:“哈哈,我还乐观主义呢,昨天夜里我以为这一次肯定回不来了……”一边说一边从上衣口袋里拿出一张活期存折单,递给黄扬,黄扬一看,是六千块钱。

“你看,我连这个都带出来了,可是个悲观主义呢……嘿嘿,哪里想到又回来了，要是在临终前拿出来多么悲壮，多么感人啊，可惜阎王爷不作美，却不收我。好了，就少一点悲壮吧，现在就交给你。”

黄扬把存折捏在手里，停了一会儿，又开玩笑：“怎么，我做继承人？非亲非故的。”

林残冬说：“这是我父亲给我结婚用的，我到那边去结婚，可用不上人民币，日元、美元也用不上，黄草纸就可以了。这个，还是交给你。我晓得，你现在是急等着用呢，这是雪中送炭吧。你拿着，先解决些困难，让我也积点阴德，到了那边过几天惬意日脚……”

黄扬再也没有笑出来，眼睛看着林残冬床头上吊着的盐水瓶。

李秋云想象不出黄扬和他这个战友有着什么样的关系，但她凭着女性的敏感，发现黄扬和林残冬的感情是非同一般的，而林残冬，居然要把那么多钱留给黄扬……

病房里其他人不知其中原委，听说有六千块钱要给一个外人，都来了兴趣，有的羡慕黄扬，有的说林残冬发神经，有的怀疑黄扬在搞什么鬼。正在热闹之时，门口突然传来一声叫：“阿哥，军军来看你。”

林盛夏领着一个戴眼镜气度不凡的年轻人走了进来。

林残冬欠了欠身体，算是致意。

林盛夏一见黄扬，眉毛一皱：“又是你，牛仔裤大王，你的消息真灵通。”

黄扬说：“林小姐，过多扭动面部肌肉，容易产生皱纹。”

“你——”林盛夏哭笑不得，“现在不是探视时间，你怎么混进来的？”

黄扬反问：“那你怎么混进来的？”

林盛夏眉毛一挑：“军军的叔叔是这里的书记，怎么样？”

那个叫军军的男青年对黄扬彬彬有礼，表现出一种真诚的谦虚。

林残冬笑着对妹妹说："黄大哥是为你好呢。"

"黄大哥，哼哼。"林盛夏冷笑一声。

黄扬说："欧，你好像不欢迎我这个大哥吗？"

林盛夏犹豫了一下，终于说："每次你来看过我阿哥，我阿哥就总有点新花样出来，家里就要动一次气，我怀疑你在里面搬弄是非，挑拨离间。我阿哥为啥一直不肯住回家，家里又不是没有地方住，我爸爸就怀疑你肯定是有目的的。你这个人，没有目的是不会下手的，你敢说不是吗？"

黄扬一点也不气恼，和林残冬交换了一下眼光，好像林盛夏和林残冬不是亲兄妹，他倒和林残冬是亲兄弟一样。

李秋云开始很替黄扬难堪，但一看这情景，知道黄扬和他们一家很熟，这种场合肯定不是第一次，要不然，林盛夏何至于这样攻击黄扬，而黄扬又何至于谈笑自如呢，而林残冬又何至于不指责妹妹呢。

果然，林盛夏气势更旺："你敢否认吗？你敢说你没有从我阿哥这里捞到一点好处吗？"

病房里的人紧张起来，又都很兴奋，他们的猜测开始证实了。

黄扬笑着点点头："林小姐你可真聪明，又有先见之明，我从你阿哥这里得到的可不止一点点好处，而是一大笔好处。喏，这张存单，六千块，这个好处不小吧，请转告你父亲，他怀疑得很有道理，我是有目的的，我的目的是一定要达到的，我的目的是一定能够达到的。"

这六千块钱狠狠地刺激了林盛夏，也刺破了她那一腔的盛气，她大概晓得这笔钱是很难弄回来的，一下子瘪了，高挑的眉毛倒挂了下来。

李秋云惊愕地看着黄扬，她简直不晓得黄扬究竟在唱什么戏，他为什么要把这六千块钱的事告诉林盛夏，这不是在自寻麻烦吗？李秋云渐渐地感觉到，黄扬变得很厉害，变得她都无法理解了。过去，黄扬的那些曾被人唾骂的事，那么残忍地伤害过她，她尽管恨他，却还能理解。可是现在，她突然发现，眼前的这个黄扬是那么的陌生，那么的奇怪。从前的黄扬无论怎样，只有一张面孔，可现在这个黄扬，好像有几张面孔。李秋云实在弄不清，哪一个是真实的他。

那个军军清一清嗓子开始发言了，他很有礼貌地叫了林残冬一声大哥，然后又平静地看了黄扬一眼，摆足了架势说："我目前正在攻心理学硕士学位，对当代青年的心理状态很感兴趣，也作过一些调查、分析，写过几篇论文，在全国性的刊物上发了。我以为当代青年，大体可以分这么几种类型……"

林盛夏怒气冲冲地打断他的话："你兜售你的臭货，怎么不找个好地方？"

军军宽容地一笑，林盛夏的干涉并没有使他中断发言，也丝毫没有影响他的情绪："第一类，有远大理想的，这些人……"

"哦，"黄扬很感兴趣地打断军军的话，"那么照你说，我是属于第几类的呢？"

"你嘛，"军军因为黄扬对他的话如此感兴趣并且如此认真地听他讲，不由得更来劲了，"你应该是属于第三种人……"

"哈哈哈……"病房里一阵大笑，连一直板着面孔的林盛夏也笑了。

军军并不明白大家笑什么，固执而顶真地说："是嘛，是属于第三种人。"他悟过来了，啰里啰唆地又补充说，"噢，不过不是'四人帮'的三种人啊，是当代青年中的第三种类型。这一类人，没有浪漫气息，没有幻想，也没有远大的理想，只注重实际，是极端的实用主义者……"

林盛夏插上来说一句："为了达到自己的目的，可以不择手段……"

军军根本没有感觉到林盛夏的情绪，还一本正经地想了一下说:“也可以这么说,不择手段达到目的……”

林残冬忍不住问:“你了解黄扬吗?”

军军停顿了一下,面孔有点发红,过了一会儿又说:“我是不够了解他,我只是听盛夏说过,今天又见了面,我想他是应该算入这一类的。如果本人不同意,我可以泛指第三种人,不指他这个具体的人。”

李秋云被这个书呆子的话引得直想笑,她又觉得这个人虽然呆,讲出话来倒不是没有道理的,经他一分析,她觉得黄扬确实变得像个商人了。

黄扬对军军点点头,说:“谢谢你!”

军军一愣:“什么?”

“谢谢你为我画了一张像,不过我还不清楚你自己的观点,这三种人中间,你是褒谁贬谁呢?”

军军很认真地回答:“既不褒谁也不贬谁,既不应该褒谁,也不应该贬谁。现实就是存在,存在就是真理。凡一物存在总有它的合理性,不必人为地加之褒贬。就说实用主义,谁能指责它荒诞?”

黄扬又点点头,嘴上却半真半假地说:“不过,你倒是提醒了我,极端的实用主义,”他停了一下看了李秋云一眼,又对着林盛夏说,“不就是满身铜臭吗,那可不好,臭烘烘的,讨人厌。对不对,林小姐,实用主义的汤,再来点浪漫主义的味精,来点理想主义的胡椒,哈哈哈……”

军军也笑起来,以为找到了知音,还想缠住黄扬往下说:“你的话也有道理,存在不等于完美……”

“算了!”林盛夏实在没有心思听军军的废话,为了那六千块钱,她得马上去告诉老头子,手脚慢了,真会被黄扬弄去的。爸爸虽然是个老干部,却没有什么钱呀,一家人全是寻的死工资,没有其他来路,这六千块不能这么轻易地被黄扬骗去。林盛夏越想越急，呼地站起来，对军军说："你这个憨大，和人家纸上谈兵，别人可是真刀真枪地上膛的，走吧走吧！"

军军说："咦，怎么这么急就走，陪你阿哥一会儿嘛。"

李秋云突然发现盐水瓶快完了，连忙出去喊了值班护士来。和值班护士进病房正遇上林盛夏怒气冲冲地出病房，连看也没看她一眼，军军呆在那里，很是尴尬。

同病房的人这时议论起来，为那六千块钱着急。

"咦，那个小姑娘就这么走了，这钞票就这么给别人了？"

"不会这么便宜的，肯定去搬救兵了。你听不出，他们家老头子是个大好佬呢，这个人，个体户，弄不过他们的。"

"那倒不一定，现在外面有的个体户本事大煞的，拆天钻地全套功夫……"

"其实，别人讲闲话全是空的，倘是本人愿意，法律上规定是可以给别人，不给自己人的。"

"法律有啥用，他拿了这笔钞票，不要想过一日安静日脚吧，人家有得同他撬呢。你们尝尝滋味，别人的钞票，一分两分也不是好拿的，六千块，哼哼！"

……

李秋云听了他们的议论，也觉得脸上发烫，好像拿林残冬六千块钱的不是黄扬，而是她自己。

值班护士换了盐水，回头对黄扬和军军看了一眼说："你们来一个家属，医生有事体关照你们。"

军军一愣，黄扬不假思索地站了起来，跟着值班护士走了出去。李秋云犹豫了一下，没有跟出去。

军军并没有因为林盛夏发火而难受，他仍然兴致勃勃地要谈他的学问，黄扬一走，他只有对着林残冬讲了。

"咦，你这个朋友，是个体户，还是蛮有水平的。我猜想可能是因为生活的磨难，把他的理想磨平了。他现在很实际、很世故，也很淡泊……”

“恰恰相反！”林残冬打断军军的话，“他是个很有理想、很有激情的人，你不了解他，你们都不了解他！”林残冬激动起来，想坐起来，李秋云连忙把他按了下去。

林残冬喘息了一会儿，又说：“他真要淡泊一点也好了，可惜他一辈子也淡泊不了的。他有本事，做什么事都会有名堂的，要做官他也能做官，要发财他也能发财，要名利他也能有名利，可他为什么偏偏去做个体户，为的是事业，他所追求的事业偏偏最容易被人误解……”

一阵剧烈的咳嗽使他难以再往下说。

李秋云连忙说：“休息一会儿，休息一会儿，不要说了！”

林残冬摇摇头，等平稳了一点，继续往下说：“尽管没有人理解他，没有人支持他，他还在坚持着，你说说，如果没有理想，他能这样做吗？”

军军点着头，疑疑惑惑地说：“那你说他的理想也就是个体服装生意，这个理想——我们权且称之为理想，以什么为起点？以什么为支点？又以什么为终点？”

林残冬对军军说：“关于黄扬的一切，不是一时能讲清楚的，也不是每个人都能理解的。”

军军又点点头，还想往下说，黄扬走了进来，很高兴地告诉林残冬：“医生说，只要你乖乖地躺着，三天能出院。”

医生查过病房，就到办公室写病历，开出的药方，由护士配药，现在轮到护士们忙了。李秋云是晓得的，护士们忙乱的时候，最恨旁边有人干扰，有的小护士打静脉针，旁边有人看，就怎么也找不到血管。这辰光还是识相一点为好，她对黄扬示意了一下，黄扬对林残冬说：“躺着吧，躺着是为了站起来。别急，我下午再来。”

军军也安慰了林残冬几句，三个人一起走出病房。

军军在医院门口，就和他们分手了，骑上自行车慢慢地远去，好像还在思考问题。

李秋云和黄扬默默地走了一段路，她突然问黄扬："你怎么想到要去做个体户生意的？"

黄扬笑笑说："我也不晓得怎么一想就想到了。"

李秋云想不到黄扬对她也这样滑头，她真不明白黄扬究竟是怎么回事。她是个耳根子很软的人，听别人谈话总是觉得有道理。军军和林残冬对黄扬的看法，她从理智上偏向军军的观点，可在感情上她却愿意相信林残冬。她有些茫然，不管怎么说，重新出现在她面前的这个黄扬，已经是一个很陌生的人了。

两个人在织里巷并肩而行，巷子里不少人投之以探究的目光，李秋云不自在，脸红了。黄扬淡淡地一笑，道了声"再见"，一个人先走了。李秋云平静下来，望着黄扬的背影，她重重地叹了一口气。

第 7 章

河沿老家的住宅，听说还是明朝时的根基，后来塌了多次，一次次又重新建起来。现在这房子说是民国初时造的，典型的沿河民居。

在苏州城里，沿河民居住宅是很多的，当然，这种沿河住宅，并非是一律格式、一种类型的，在沿街临水这个大的风格之中，处处呈现出别具一格的姿态。有的人家，住宅紧贴河道，叠石为基，这种房子就造在河道和小巷互相平行的中间地带上，因为地盘狭窄，所以建筑布局一般都很紧凑。建筑学上称这类民居为临水民居，这类住宅，占地少，进深浅，一般人家进门就是客堂。这客堂一般比街面还要低一点，少至几寸，多至尺余，进门先要下台阶。这种人家的客堂，大都是青砖铺地，加之地势低，又临水而筑，所以常年生活在这种环境中，什么都是湿漉漉的。地上湿漉漉，墙上湿漉漉，家具湿漉漉，被头也湿漉漉，连人的身上甚至人的心里也是湿漉漉的。好在大家住长了，习惯了，也不觉得日脚有什么难过，倘使偶尔到北方小住几日，就会有种种不适，口干舌燥，肝火旺盛，大便干结，连嘴里也像吃了满嘴沙土，自然不如自家那种湿漉漉的环境惬意。客堂间的两侧，有两扇门或一扇门，通向正房，正房的前后窗则是名副其实的面街枕河，这里住的主人，一般地位较低,大都是些自食其力的劳动人民。

另外有一类被称为“面水民居”的住宅,就要高级一些。房子造在沿河小道的另一侧,沿河这一侧,常常植一行垂柳,筑半截石栏,建房的一侧,民居排列成线,面街而筑。这样的住宅,都是深宅大院,院内住房少则三四进,多则五六进、七八进,最后面的房屋一般是厢房、柴房之类,开出后门,又面临另一条小河,构成前街后河的格局。这样的住宅,地势较高,主人的身份当然也有所区别。

黄扬家的住宅正是属于这一类的。

据老舅公说,这一空房的房基,还是当年孙亭初来苏州时打下的。当时,孙亭举家迁来,就住在这地方。几百年过去了,虽然房子早已重建翻修过了,但格局原貌却基本未变。整座宅第面东坐西,总共两落四进。经过几百年的变迁,这房子早就几易其主了,后来又被零零落落地分给了好几户人家。

黄扬家住的这一进房子,是北落的后一进,又是沿河的一进,三间正房的后窗临水,前面是一方小天井。天井里有一间偏房,恐怕是后来的住家造的。狭长的天井里没有水井,倒有一棵很古老的香樟树,盘曲脱空,老态龙钟,被一株老紫藤死死地缠绕着,给人一种喘不过气来的感觉。在树的弯曲部分,又冒出许多新树枝来,倒是显现出一派生机。那是鸟儿们的杰作,它们衔来泥土垒窝,泥土中夹着种子,种子发了芽,长成了小树。这棵香樟树,黄扬曾问过老舅公,是不是当年孙亭种下的,老舅公不置可否。因为这一进住房,在整个大宅中,应该是较差的一部分,孙亭总不至于跑到这屁股头上来栽一棵香樟树吧。再说,从孙亭那时到现在,少说也有四百多年了,活四百多年的树应该是个什么样子,谁也说不准。但有一点很使黄扬家的人奇怪,老舅公住在北落第一进,他的后窗正对着黄扬家的天井,不知是为了到那香樟树下来乘凉,还是因为其他什么原因,老舅公关了前门,开出一扇后门,从黄家天井进出。

黄扬屋里的这一进房子是祖父辈上买下来的,前面的主人是啥等样子人,祖父辈没有告诉下一代,也就成了一个永远的秘密。好在下一代也不会关心这个秘密。黄扬出世那时,祖父辈已经没有人了,房子传给了黄扬的父亲。黄扬小辰光,尽管屋里小人多,兄弟四个,但六口人住两大间正房,一大间客堂,天井两边还有一个偏房,显得很宽裕。后来,父母相继去世,兄弟四个相继长大。再后来,大家都成了家,有了老婆,又有了小人,房子问题就紧张起来了。黄家兄弟间的感情总算不错,没有为房子的事反目,但女人之间总免不了摩擦,常常弄得大家很难堪。

老大结婚早,先占了沿街的一间。十多年过去了,老大的女儿已经上高中了,儿子也十四岁了。老大的那一间里已经搭了阁楼,儿子就在离天花板三尺的空间睡觉。黄扬最先从乡下回来,带着女儿住了沿河的一间。老三是带着老婆儿子和一大堆破烂家具一起回来的。黄扬犹豫了两天,把沿河的大间让给了老三,自己和女儿住进了天井里只有八个平方的小偏房。老四的婚期为了房子一推再推,最后只有把客堂改作卧室,两侧的门封上,两间正房另开房门直通天井。老四媳妇虽不满意,但也无法,只好将就了。客堂改掉了,烧饭、吃饭的地方没有了,手脚伸展不开,日脚过得别别扭扭,四个小家庭十二口人,被房子轧得喘不过气来。

在这种环境的逼迫下,黄扬多少次想把这几年赚下的钞票拿出来,造房子,让一家人过几日舒心的日脚。他却又一次次地逼迫自己打消这个始终纠缠着他的念头。兄弟之间尽管不能互相理解,但至少还能互相谅解。可嫂嫂和弟媳妇们就不同了,以为他小气,就常常拿些很难听的话来旁敲侧击,有时索性直愣愣地问他什么时候造房子。

黄扬总是嘻嘻哈哈地应付,心里却不是滋味。他可以摆脱她们的纠缠,却摆脱不了自己内心的烦恼。他从广州回来后,就托一个朋友帮他在闹市区去物色店面。锦帆桥市场上的人听说黄老板要挪窝，一时间大家议论纷纷。

这天，黄扬收了摊子回来，一进门，女儿就从沿河的窗口转过身来，对他忧郁地一笑。

黄扬赶紧过去抱起女儿。

“爸爸，”女儿贴着他的脸轻轻地却又很沉重地问他，“爸爸，你要那么多钞票做啥？你要做资本家吗？”

黄扬立即明白，已经有人把这件事传进家门了。

他不晓得该对女儿说什么才好。

“爸爸，伯母娘娘说，你是帮我存钞票的，你怕我长大以后不会做事体，不会寻钞票。爸爸，你说是吗？”女儿又问他。

黄扬紧紧地搂住女儿，又看了一眼在忙碌着准备夜饭的大嫂，心里一阵紧缩，他对不起女儿。

“爸爸，我不要钱，我要你，我要跟你在一起，你不要走……”

女儿轻柔的话语猛烈地敲击着他的心。他计划做什么事，常常有心理障碍，这种心理障碍，恐怕主要来自于女儿。每当他看着女儿清瘦的面孔，他就想对她说，爸爸什么也不做，就和你在一起。

悔悔平时很少笑，也很少哭，生活的不公平待遇，在她幼小的心灵上压下了沉重的负荷，她享受不到母爱，也无法和其他孩子一样，享受正常的人生欢乐，唯一能给她带来欢乐和安慰的就是父亲。可是他不仅很忙，他所做的事体，在屋里几个妇人家眼里都是豁边的，险乎乎的，弄不好就要拆烂污的。这些话又在悔悔心里烙下了那么深的印象。她不仅得不到父亲的宽慰，反而要为他担忧。悔悔的很多时间就是趴在沿河的窗上想心事。在老伯伯和叔叔这里，她也能得到爱，可这种爱更多的是出于怜悯。自从河对过那家人家的窗口上出现了那位陌生阿姨以后，悔悔的小心眼儿里就荡起一种奇怪的感觉。过去她从来没有见过这个阿姨，可是那天早上第一眼看见她,她就觉得这个阿姨很面熟、很亲近,好像是多年的老朋友了。她把这种感觉告诉爸爸,爸爸半天不作声,后来却突然说:“悔悔,爸爸喜欢你,爸爸顶喜欢你。”

悔悔不可能理解爸爸的全部心情,可她却晓得爸爸也和她一样需要爱,需要有人喜欢,于是她说:“爸爸,我喜欢你,我顶喜欢爸爸!”

黄扬的大哥走进来说:“饭好了,吃饭吧。”

饭桌放在天井里新搭的一个披屋里,不到七平方米的地方,放了三张吃饭台子,外加三套煤炉与烧饭用具。黄扬的大哥和两个弟弟三个小家庭都轧在这里烧饭吃饭。

黄扬和女儿一日三顿是寄在大哥屋里吃的。凭良心讲,阿哥阿嫂待他不薄。虽然每日家常便饭,但吃得舒舒服服,熨熨帖帖,一家人一起吃饭,说说笑笑,拉拉家常,这种天伦之乐是金钱买不到的。

老四一家今天不在屋里吃晚饭,到老四媳妇娘家去了,所以小披屋显得稍微宽绰一点。吃夜饭的辰光,大嫂终于忍不住开了口:“老二哎,不要怪我多嘴,隔壁邻舍里全在讲你,胃口野豁豁的,做起事体来毛手毛脚,你总归要摆点魂灵头在身上……”

老大马上接住话头说:“是呀,老二,你做事体太贪心。你想想,以前你做什么事体,我们从来没有拦过你,当初你辞职,搞个体户,我们也没有讲什么闲话。这一次你要好好想想再拿主意,你要到那种地方去盘店面,什么代价,你心里比我们清爽,你能保证立得牢脚?”

在另一张台子上吃饭的老三勾过头来说:“我说老二你用不着犯心思,做人嘛就要做得惬惬意意,扬眉吐气,想得太多,东也怕,西也怕,做人还有什么滋味?”

“哟,老三,你这句话倒讲得蛮有派头蛮有志气的。你想做人做得有滋味有志气,你自己去做做看看,你为啥自己不做要叫老二做?”老大媳妇边说边斜眼看老三媳妇的反应。

果真,老三媳妇坐不住了,不过她从来不同大媳妇明显对阵,总归打破水缸阴过去的。她用筷子敲敲儿子的头,骂道:“你个贱骨头,一顿不吃辣糊酱,你嘴巴又发痒吧?”

十岁的儿子摸摸头顶,平白无故吃了两记筷子,他不服气,翘嘴笃舌地说:“我啥辰光嘴巴发痒啦?”

老三媳妇赏了儿子一巴掌:“你嘴巴还凶,你同我来作对!”

老三看儿子代人受过,也不平了,对老婆说:“你这个人,不讲道理的,小人蛮好在吃饭,蛮乖的,你要去撩他,弄得他作起骨头来,你又没有办法了……”

老三媳妇瞪了男人一眼:“你少插嘴,别人的事体你少搅进去。你这张嘴,别人不晓得我晓得,讲出话来,不讨人欢喜的,你给我闭了臭嘴,吃饭!”

老三对黄扬吐吐舌头,回头对自己老婆说:“是,三支部书记。”

大家笑了起来,两个针尖对麦芒的女人也笑了。党支部,团支部,家支部(家主婆),恐怕还是第三支部的威力顶大一点呢。

大家闷头吃饭,黄扬倒来了劲头,半真半假地说:“现在下赌注是好机会呢,人家都讲,老虎打瞌侬,过了这个时辰,要想做,恐怕也做不成呢。”

“不过嘛,你心里比我们清楚。”老大说,“做你们这一行的,有几个人赚了钞票是用来扩大再生产的,全是造房子买家当,吃吃用用。你当他们不想赚得更多点,为啥不想?为啥不要?这一点,你肚皮里比我们清楚得多……”

黄扬承认大哥的话有道理,个体户中赚了钞票用于再生产或扩大经营的并不多,不少人是花天酒地,赌博玩乐把钞票花掉的。这里面的原因好像人人晓得,却没有人肯讲出来。

黄扬不愿意因为他把饭间的气氛弄得这么沉闷,他轻松地一笑，说：“你们不是讲老舅公说那地方必有一忌吗，我现在挪出来，忌也忌不到我了，不是好事体嘛。”

老大叹了口气，朝老婆看。老大媳妇无可奈何地翻了翻眼皮。

吃过夜饭，黄扬陪女儿看了一会儿电视，悔悔很快就上床困了。

“笃笃”，有人敲门。

黄扬过去开了门，亭亭玉立地站在门口的女人，顺手摘下了眼镜，对他甜甜地一笑。

是潘奇娜。黄扬吃了一惊：“是你……”

“怎么，黄老板，不认识我了？”潘奇娜扬了扬眉毛，她那一身华贵的服饰使黄扬简朴的房间顿时生辉。

黄扬“哦”了一声：“请，请进……”

潘奇娜一边进屋，一边打量黄扬的住处，惊奇地说：“你住在这地方，这种环境，我不敢相信。我以为黄老板嘛，总该……”

“总该什么？”黄扬笑笑，“你没有想到我会不会因为破产跳楼投河呢！”

潘奇娜说：“不会的，我相信黄老板的能力和气度。”

黄扬把香烟递给潘奇娜，潘奇娜摇摇手。黄扬自己点了一根，吸了一口烟，慢悠悠地说：“光有能力是不够的，你不是很有能力吗，怎么要往外跑呢？”

“我和你不一样，我是命中注定的，不得安分的……”

黄扬想正是这一点我同你很相似。

潘奇娜递给黄扬一张名片，黄扬正奇怪怎么又给了一张，发现名片上潘奇娜的头衔不同了：

香港龙胜贸易公司深圳分公司

潘奇娜　经理

“哦，恭喜，潘经理。”

其实黄扬从开门的那一刻就发觉潘奇娜的精神状态和上次在深圳遇见时大不相同了。她踌躇满志，信心十足，表现出一种对新的事业前途的向往，并且毫不掩饰也不隐瞒这种奋发的斗志，这一点，黄扬佩服她。

前不久，龙胜公司决定做一桩比较大的服装出口生意。他们在同外商商谈其他项目时，偶尔触发了这个想法，于是，公司把情报人员在欧美服装市场上掌握的信息，把通过内线了解的一家服装研究公司在香港市民中所做的服装流行趋势的调查结果，以及国内市场的一些迹象加以综合分析，才下了这个决心。这种公司是买空卖空的皮包公司，手里既无一匹布一根线，也无一台机器。既无优秀的设计师，又无一个出色的管理人员，要想拿出几万套够得上出口水平的真丝绣服，根本是不可能的事。通常，这类公司做生意，买甲方的茶叶卖给乙方，把丙方的木材转给丁方，自己从中周旋，牟取利益。

可这一次不同了，他们需要的东西还不知在什么地方，一旦货物有了，还很难保证顺利地销出去，这是要承担一定风险的。但是龙胜公司的老板相信事在人为，许多不可能办成的事体办成了，这一次也一定能成功。

在一次周末度假时，老板同深圳分公司的潘奇娜小姐谈了十分钟话，就从她身上受到很大的启发。要保证真丝绣服的质量，为什么不到丝绸之府，刺绣之乡去呢？那是一条可行的路。潘小姐是苏州人，虽属女流，却精明强干，头脑清醒。老板慧眼识才，很果断地把这个任务交给了潘奇娜。为了谈生意方便，潘奇娜就从一般职员变成了经理。

自然，在香港老板看来，这只是他的许多生意中的一小部分，他拥有好几个龙胜级的公司，而龙胜公司的经营范围又何止这一宗。可是对潘奇娜来讲，这个任务就非同一般了，命运给了她一次机会,她必须抓住它,表现出自己。何况,她很敏感地发觉,正当中年的老板不仅赏识她的才干,对她作为一个有修养的女人所具有的气韵、风度,绝不是不为所动的。潘奇娜很少见到老板,但就是这很少的几次接触中,她发现老板对她的态度有别于公司的其他女职员,潘奇娜好像看到了一线希望,她要为之努力。

然而,她两手空空,从哪里变出十万套能保证打入欧洲市场的真丝绣服来呢?

她想到了故乡许多人,逐个地排队、分析,她的目标终于落在黄扬身上。

她曾发誓不变样不回苏州,可是现在她必须回去,她心里有点酸楚,但是为了她的前途她必须走出这一步。

她原想先写一封信给黄扬,把她的计划透点风给他。可是她并不晓得自己该有什么样的计划,她的计划必须在行动中一步一步地形成、完善,所以,她给黄扬来了个突然袭击。

当潘奇娜站在黄扬的这间低矮简陋的屋子前,心中不由一沉,不晓得是走错了地方还是下错了赌注。

一直到黄扬开了门,她又看到那张毫无沮丧之色的面孔,才松了一口气。

“黄老板,”潘奇娜亮开了她那副又甜又柔的嗓门,“最近得意吧?”

“嘘!”黄扬朝潘奇娜做了个手势,她才发现床上有个小人在困觉。

“哦,对不起。”潘奇娜压低了声音,神情也没有那么激昂了,“这,这是啥人?你的小孩?”

黄扬点点头:“我的女儿,悔悔,她生下来就不会走路……”

潘奇娜又朝床上的小人看了一眼,问:“她妈妈呢?”

“离婚了,她是个农民,合不来。”黄扬好像是在背诵课文,又像是在讲别人的事,毫无感情色彩。

潘奇娜尖利地说："那你为什么要结婚？你这是害人害己……"

她有点动情了，真奇怪，也许因为在小孩子面前，黄扬想。

"当初有当初的原因。"黄扬不动声色地说，"那些年，奇怪的事情还少吗？你难道没有遇见过……"

潘奇娜看见黄扬很滑稽地皱皱眉头，并没什么沉重负疚的样子。她也皱了皱眉头说："造成了这样的后果……"

"是的，"黄扬说，"我的过失，我要尽力弥补。"

"有些事情恐怕是弥补不了的。"

黄扬的心被刺痛了，他承认潘奇娜的话是对的。孩子失去的是正常的生活，他纵有天大的本事也追不回来了，这正是他内心最隐痛的创伤，他从来不愿意让别人来揭开他的这层创伤，他同样也不愿意接受潘奇娜在这种特殊环境中流露出的充满人情味的关切。

他瞥了潘奇娜一眼，似笑非笑地说："潘小姐，在你的香港老板面前你们也谈这些吗？"

潘奇娜盯着黄扬的脸看了一会儿，突然"咯咯"地笑出声来了："黄老板，你说你要为女儿弥补什么？为什么让她住这种蹩脚的地方？你没有造新房子吗？"

黄扬摇摇头。

"钞票还不够？"

黄扬看了一眼睡着的女儿，对潘奇娜说："人是一种千奇百怪各式各样的动物，有的人赚了钞票就去享受，这是有福之人；而有的人赚了钞票却更加操心，这叫劳碌命……"

潘奇娜心中一喜，不等黄扬再说什么，马上就毫不隐瞒地把她的来意告诉了黄扬。

黄扬半天没有作声，好像根本没有听见潘奇娜的话，也看不见潘奇娜的激动。

潘奇娜等不及，追问："怎么样，你有没有更好的方案？"

黄扬慢吞吞地说:“你还没有问问我是不是愿意和你们一起干。”

“用不着问,”潘奇娜很有把握,“你肯定会干的。”

黄扬心里掠过一丝不祥的直觉,这个女人,过于急迫,过于冲动,恐怕会适得其反。但他又很佩服这个女人干事业的气派,也不得不为她的建议而动心。

其实,与其说是潘奇娜的生意经打动了黄扬的心,还不如说是潘奇娜的生意经和黄扬的心思合上了拍。他和她要做的是同一件事,目的却不尽相同。潘奇娜以及他们那个龙胜公司要的那些货,黄扬不需要,他的目标他的眼光是对内的,主要就是针对苏州服装市场。他很难同潘奇娜合作。

潘奇娜很紧张地盯着黄扬那张丰富的却看不出真实表情的面孔。

黄扬心里清爽,如果他想从这种生意中得到什么好处,那是太天真了,他甚至认为潘奇娜也捞不到大头的。

“对不起,潘小姐,你的建议,我不能接受。”黄扬一边说,一边看着潘奇娜面部表情在变化,他心里也不舒服,“我不能和你们合作。”

潘奇娜脸色有点发白,但还强作镇静地笑着说:“你怕吗?黄老板,你怕我骗你,怕上当?”

黄扬突然觉得她很可怜,他不想再同她寻开心,他也不能就这样把她推开。她是信任他才直奔他而来的,即使不合作,他也应该拉她一把,所以,他赶紧正经起来,说:“我认识一些乡办丝绸厂的厂长、采购,我可以把你介绍给他们……”

天下要靠潘奇娜自己去打了。

潘奇娜失望的眼神中又透出一丝希望的亮光,甚至像是对生命的渴求。

黄扬有些不忍心看她的神情,进一步向她介绍:“你要的那些真丝绣服，那些和服、睡衣、浴衣，实力雄厚、名气响的大厂是不会和你谈的，他们完全有能力自己出口，用不着你们这样的桥梁。倘是同一些民间小厂联系，恐怕又难保证质量。我介绍的这些乡办厂，是比较适合于你的，他们有自己的设计师，你可以把你们的要求提供给他们……当然，具体的，你自己同他们谈……"

"你——真的不想合作？"潘奇娜不无遗憾，当然主要是由于她自己心中无底，想靠住黄扬。

黄扬两手一摊："我凭什么同你合作呢，你是晓得的，要我投资吗？哈哈，还是我有了一家服装厂？我既不会设计，又不会织绸绣花，我不明白你为什么会找我合作。你找一个官方代表也比我强一点呢，尽管也可能和我一样，什么也不会，什么也不懂，可他至少有一样至关重要的东西——权力。"

潘奇娜直率地说："人家有权力，你有关系网。有辰光关系网比权力更有用。当然，这种关系网是你付出代价后织成的，现在我想利用这现成的东西。你不想利用它，索回那些代价吗？你和我们合作，可以少受官方的许多限制。我知道，你是想凭自己的本事在这里闯天下，几年前我也和你一样，你不觉得你的步子很难跨出去吗？"

她对这里的一切是一清二楚的，黄扬想，所以她走了。而他自己，对这里的一切也同样是一清二楚的，他却没有走，甚至没有动过走的念头。她和他，究竟谁的行动为上策，很难说。黄扬见潘奇娜很快又恢复了自信，忍不住又和她说笑话了："潘小姐，既然你这样看得起我，索性把我引荐给你的老板吧。"

潘奇娜一愣。

黄扬哈哈大笑："怎么样，潘小姐，怕我抢了你的饭碗？"

潘奇娜说："你这个人，太滑头，也很奸刁……"

"奸商奸商，无商不奸嘛。"黄扬爽快地笑着说，"请教潘小姐，怎么才能做到不奸而商呢？"

潘奇娜心里是很感激黄扬的，嘴却不饶人：“你——你这个人，太不真实了，你到底有几副面孔——”

潘奇娜突然收住了话头，说这话时，她不由想起了另一个男人，她心里一阵空荡荡的。他的正直，他的正派，他的正气，和黄扬形成一个多么鲜明的对比啊！她终于忍不住把她的思念说了出来：“你，认识一个叫路骥的人吗？他是你们这个区的工商局的——”

“路骥……”黄扬注视着潘奇娜掩饰不住的反常神态。

潘奇娜躲开了黄扬那双好像能看穿一切的眼睛，她简直有点怕这个人的眼睛了，太厉害了。

“路骥呀，专门和我们作对的那个人吗？”黄扬察言观色，忍不住又要寻潘奇娜的开心，“长时间看不见了……”

“到哪里去了？”潘奇娜果然格外关心这个人。

“他老是捏个体户的头颈，我听说有不少人要放他的血，恐怕……”黄扬说到一半，发现潘奇娜的面孔变得很吓人，他立即明白了，也立即为自己的残忍后悔了。

但是潘奇娜却很快恢复了常态，不再追问路骥的事情，又和黄扬谈起生意。直到告辞，她再也没有提路骥。

倒是黄扬心里有点过意不去了，送她出门时，他又说：“哎，潘小姐，那个路骥还在局里工作……”

潘奇娜只作没有听见，道了一声“再见”，就走了。

黄扬站在大门口的阴暗处，一直看着她孤单单地走完了一条深深的巷子，又孤单单地拐上了另一条街。

黄扬回进天井的时候，才发现老大、老三、老四三家的女人都出来了，估计是从床上爬起来的，但一点睡意也没有，神情紧张又很兴奋地看着他。不等他关好大门，老大媳妇就奔过来大声说：“老二哎，这是啥人？身上这套衣裳不得了，出了世也没有看见过的。”

老四媳妇“哼”了一声说：“少见多怪，这种衣裳，去年上海就开始有了……”

老三媳妇“嘻嘻”一笑。

老四媳妇马上说：“不过话说回来，价钱是辣手的。”

“就是嘛，”老大媳妇说，“我一眼就看出来是好货。哎，老二，到底是啥人？”

黄扬诡秘地笑笑：“香港女老板，我在深圳认识的，人家追过来了。”

“追过来做啥？”老大媳妇和老四媳妇两个女人一同问，老三媳妇紧盯着黄扬。

黄扬有意卖个关子，得意地说：“追过来做啥，你们说追过来做啥？”

“哎哟，我晓得了！”老大媳妇一拍巴掌，“我晓得了，香港女老板追过来！你们看看，我们家老二走出去是有气派的，你们看看，这卖相没有闲话讲的！”

老大从屋里走出来，不满意地对黄扬说：“你什么辰光可以正经点，你同她们寻什么开心？”

黄扬把潘奇娜的名片扬了扬：“什么寻开心，喏，你们看哟……”

老大媳妇还想继续听黄扬瞎说，拿过名片一看，叫起来：“是的，是的，是经理，哟哟，女人做经理，什么角色？！”

老大皱皱眉头：“你少同那种女人搭牢，没有好事体的。现在外头骗子多，你头脑拎拎清！”

老大媳妇把自家男人拨到一边说：“你走开点，别样事体你管，老二这桩事体我要管的，轮不到你。”

老三媳妇到底拎得清，冷笑一声，回自己屋里去了。另外两个女人还不罢休，还缠着黄扬。

老大拦在当中说：“你们不要缠了，老二你也不要捉弄她们了，天不早了，困吧。”

老大媳妇和老四媳妇很不煞瘾地各自回屋，黄扬听见她们还在问自家的男人,不由又笑起来。

回到屋里,他看见悔悔眼睛睁开了,正在床上静静地等着他。

“悔悔,你一直没有困着?”

女儿没有直接回答他的问话,只是说:“爸爸,那个阿姨的衣裳真好看!”

黄扬真想对女儿说,只要你欢喜,爸爸给你买。可是他不能说,也不能买,他内心深处的创口又在隐隐作痛。潘奇娜说得不错,这是永远也无法弥补的。

第 8 章

走出会议室的辰光，路骥决定夜里到黄扬屋里去。

他一直很想找黄扬谈谈，说不清为什么，没有什么具体、明确的目的，只是想同他谈谈，谈什么都可以。他晓得黄扬对他是有戒备的，每次碰见，说上两三句，总是借故走开。不过，这也是自然的，合乎情理的。

路骥和黄扬打交道有一两年了，他总归弄不清这个人究竟怎么样。在路骥的工作、生活范围内，这是个被议论的中心人物。大家对他的看法褒贬不一，毁誉兼有，常常使路骥觉得奇怪，难以理解。

下午的会议上，个体股的小吴带来一个消息，锦帆桥贸易市场的个体户中，都在传说黄扬要出钞票修锦帆桥。

大家都很惊讶，路骥也觉得意外。区工商局顾局长对他说："小路，你有空找这个人问问，看到底怎么回事，倘是真的，这件事要抓起来，宣传一下，再给宣传部门透个风，他们也会来的。"

路骥点点头，他明白局长的心思。前一两年，个体户里捐款、赞助的事是有一些的，最近却冷落下来。这种事体，虽然只是个别的，不一定带有什么普遍意义，但毕竟又是上级衡量工商部门和个体劳协会工作情况的一个重要依据。所以，对路骥和他的同事来说,这种事体越多越好。其实,在路骥的内心深处,并不希望个体户都这样做,他也不大相信黄扬会做这样的事。何况,黄扬前几天刚刚交了一份申请报告,要求批准他扩大经营,把临时摊位改成正式商店,他不可能有那么多的钞票。但不管怎么样,借这个机会,他可以同黄扬谈谈。

路骥推了自行车刚刚走出区政府的大门,顾局长在后面追上来,喊住了他:“小路,你走得这么快做什么?我还有件重要的事没有和你讲呢!”

路骥是区工商局个体股股长,这位头发斑白,即将离休的老局长,是他的顶头上司,路骥总是觉得顾局长对他,不仅有着上级对下级的爱护,更有着父辈的关怀。当初,也许正是因为遇上了这位老人,他才下决心放弃去市机关坐办公室的机会,到区里来,把自己和个体户们捆到一起的。尽管他仍很难说当初的选择是上策还是下策,但他绝不后悔。他早就明白他现在要做的工作难度是很高的,也早就尝到了这番滋味,如果说是苦的,那也是他自找苦吃。他确实很热爱自己的工作,绝不敷衍,绝不应付,他几乎用自己的全部热情和精力在工作。

“小路,”顾局长和他并肩而行,很高兴地说,“时间定下来了,今天夜里见面,在——”

路骥心里一沉。

顾局长看看路骥的脸,语气里有些责备:“你不要不当回事情,你想想,大家为你的事费了不少心,你总不能永远这样下去。小路,提起精神来,拿出你工作时的热情嘛,听说这次介绍的这位女同志是很不错的,也插过队,你们会谈得拢的……”

路骥笑笑:“夜里我想去寻黄扬的,我想同他谈……”

“黄扬的事体你不用着急,明天去后天去,都不迟,可是这件事你要急。夜里,记住了,在学校门口——好了,我从那边绕过去,到美食街转一圈,你早点回去,吃了晚饭早点出发,七点半,准时啊，等你的好消息！”

路骥看着老局长骑上那辆破车远去了，他重重地叹了口气。

路骥骑着自行车回家，远远地就看见六岁的外甥小聪朝他跑来，“舅舅”“舅舅”喊得煞是亲热。

路骥连忙下车，抱着小聪，用胡子扎他，逗得小聪“咯咯咯”笑个不停。

妹妹从屋里迎出来，要把小聪接过去，小聪赖在路骥怀里不肯。

妹妹和妹夫是双职工，中午在厂里吃，小聪一整天都在托儿所，所以，每天只有在吃晚饭的时候，一家人才能碰面。

妹妹突然问他：“阿哥，上次你们顾局长的爱人在路上碰见我，说正在帮你物色，现在怎么样？”

路骥不想让她事先晓得晚上的约会，他预感这一次将同前几次一样，不会有什么结果的。他避开妹妹，对小聪说：“小聪的生日快到了，来，小聪，告诉舅舅，想要舅舅买件什么礼物？”

小聪朝妈妈看看，奔过去，和妈妈耳语了几句，回过头来大声说：“我要舅妈娘娘！”

路骥哭笑不得。

妹妹沉默了一会儿，又说：“阿哥，我们都为你急呀，你怎么——”

路骥不由自主地点点头，他知道许多人在为他操心、替他着急，他自己又何尝不烦恼、不焦虑。他能抵御外界的压力，却无法与自己亲人的关心抗衡，也难以承受自己内心的矛盾。正当他想把约会的事告诉妹妹，妹妹的话偏偏又把他内心的隐痛撩拨出来。

“我晓得，你还在想她，肯定的。可是，她已经走了，再也不会回来了。你不相信我的话，你以为她还会回来，还会来寻你，所以你还在等她，你真是，唉！……”

妹妹是了解他的，却又不理解他。路骥想，潘红英，也许她真的永远不再回来了。

路骥兄妹俩是烈士子女，他们的父母亲原是同一家工厂的技术人员，在一次事故中双双殉职，被追认为烈士。十岁的路骥和四岁的妹妹成了孤儿，但他们却没有受到一点苦，没有挨过饿受过冻，人民政府抚养他们，还有许多认识的不认识的人帮助他们、照顾他们、关心他们。路骥和妹妹尽管有失去亲生父母的创痛，可温暖的社会却不断为他们抚平着这个创痛。每年的六一儿童节，路骥和妹妹都要上台演讲，告诉全国的小朋友，告诉所有的大人，他们是非常幸福的，只有在社会主义的中国，才能有他们的幸福生活。他和妹妹说的全是真话，那时候，他们根本就不晓得什么叫假话什么叫虚伪。

上山下乡运动开始时，路骥已经是个初中生了，他和同学们一起贴出了决心书，要求到最艰苦的地方去。可是就因为是烈士的子女，一直被照顾，他只能眼睁睁地看着同学们打着背包、扛着红旗远行，心里又急又气，一次次地向领导表决心，终于在一年多以后，实现了自己的愿望，被批准到农场去插队。那时，全国大规模的上山下乡运动已暂时平稳下来，虽然仍不断有中学生陆续到全国各地农村去，但毕竟不那么疯狂，不那么沸腾了，车站码头也减轻了压力。

妹妹到车站去送他，当火车启动时，他看见妹妹哭了，他鼻头一酸，赶紧转过脸去。当他再次把头伸出窗外，妹妹已经离开很远很远了，看不清了。

路骥在自己的座位上坐下来，对面座位上的一个女同学问他："那个小姑娘，是你妹妹吗？"

路骥点点头，发现这个女同学长得很好看，简直说不出有哪个部位有一丝一点的不相称。

"我叫潘红英。"女同学是个自来熟，自我介绍了。她又问路骥："你们家大人呢，没有来送你吗？"

“我们家没有大人。”路骥不耐烦地说。因为一直在想妹妹流着眼泪向他招手的情景，他没有心思听这个叫潘红英的女同学啰唆。

“和我一样！”潘红英好像很高兴，声音脆脆的，很好听，“我们家也没有大人，我们家就只有我一个人。”

路骥稍微有点兴趣了，他没有了爸爸妈妈，可至少还有个妹妹做伴。这个潘红英更了不起，一个人过日子。路骥于是问她：“你爸爸妈妈呢，他们也牺牲了？”

潘红英的脸顿时涨红了，停了好一会儿，才说：“没、没有，我、我也不晓得。其实我根本不晓得我的爸爸妈妈，我从来没有见过他们。”

“你是育婴堂里抱出来的吗？”路骥想起书里写的那些阴森可怕的育婴堂。

潘红英摇摇头：“也不是的，我的爸爸妈妈生下我就走了，我是叔叔养大的。”

“那你叔叔呢，他怎么不来送你？”

潘红英的脸更红了：“我叔叔、我叔叔，也不在了。”

“他也死了？”

潘红英激动起来：“不不，他没有死，他没有死！”

路骥不明白潘红英为什么这样激动，他不再追问了。

可是过了一会儿，潘红英又主动提起话头：“我叔叔，吃官司了，他是右派。”

路骥马上警觉起来，斜眼看看她。

潘红英很紧张很急迫地说：“我同他已经划清界限了，我已经不认他是我叔叔了，不相信你去问——”

路骥不再和她说话，也不看她，但他知道她很想再向他解释什么说明什么，可他不想听。

潘红英沉默了一会儿，终于耐不住寂寞，又找话说，她问了路骥的名字,又问他到什么地方插队,然后又高兴地叫起来,说她和他在同一个农场。

和这么一个多话的人对面坐着,不管她是什么人,路骥也不好再缄口不言了,他也问了她一句:“你是哪一届啊,怎么也弄到现在才下乡?”

潘红英很激动很真切地说:“我是第一批写决心书的,真的,不相信你去问。可是,一直没有批下来,我去追问他们,他们说我下乡的事情要暂缓……”

路骥嘿嘿一笑:“人家判死刑才有暂缓,上山下乡干革命怎么也有暂缓?”

潘红英也笑了:“是要审查我的历史情况,我是经得起审查的,你说是不是,要不然也不会批准我下乡了。”

路骥终于被潘红英的情绪感染了,忘记了这个人的复杂背景,只觉得她是个很勇敢很坚定的人。

结果路骥和潘红英并没有分在一个连队,甚至不在一个团,路骥心里有点遗憾,但后来也就淡忘了。

过了不多久,路骥就发现,农场里传播着潘红英的各种事情,不知是因为她长得漂亮,还是因为她复杂的身世,或是其他什么原因,反正潘红英成了农场的新闻人物。路骥后来知道,潘红英的父亲曾经是国民党中统特务,新中国成立后潜伏下来,可是到了镇反后期,他预感情况不妙,扔下刚刚出生两个月的女儿,带着老婆逃到台湾去了。

当时,插队在农场的知青,每逢休假日,除了到附近小镇上去,就是寻同乡拉家常。路骥也结识了好几个苏州知青,大家凑在一起,要讲的很多,可每次总漏不掉潘红英这个话题。大家都听说潘红英在三团干得很不错,表现很好,路骥心里好像踏实了一点。

过了几年,路骥因患胃病住进了农场医院,一天,护士进病房发药,告诉几个病人,说三团的那个“茉莉花”服毒自杀,半夜里送到医院里来的，已经救活了。

“哪个‘茉莉花’？”路虁立即有了一种预感。

“叫潘红英的，苏州的，大家叫她‘茉莉花’。”护士说，“听说又是为了谈恋爱的事情，唉，这种人……”

路虁觉得应该去看看她，既有火车上的一面之交，又是同乡。他等了两天，打听到潘红英情况稳定了，抽了个空，就到她病房里去了。

潘红英躺在床上，面色很苍白，看见路虁进来，吃了一惊。路虁连忙告诉她，他也在住医院，听说她在这里，来看看她。

路虁刚刚在病床边的凳子上坐下来，什么话也没来得及说，潘红英突然哭起来，开始还只是“嘤嘤”地哭，后来索性号啕大哭，引得好些护士、病人都来看，有的看潘红英，有的则是研究路虁，弄得路虁很难堪。但他没有走，他觉得潘红英此刻是需要他的。

原来，潘红英和他们那个连的指导员相爱了，指导员也是知青，长得英俊潇洒，从外表看，和潘红英是很般配的。就在他们的关系火热得不可控制、商量着要结婚的时候，组织上出面干涉了。作为一个共产党员，指导员终于听从了党的要求，拒绝了潘红英，也拒绝了自己的爱和自己的良心。

路虁没有料到潘红英会把她的遭遇原原本本地告诉他，他不明白她为什么这么信任他，他更想不到那个充满活力的潘红英会被一次失意所打垮。这么多年来，潘红英一定遇到过无数的冷眼、歧视和不公平的待遇，也一定有过许多冤屈，她都顶下来了，始终活得那么有生气，对生活那么信任、热情、真挚，而这一次……他看着躺在床上的她，心想，火车上见到的那个潘红英，恐怕从此要消失了。

自那次在医院里见了一面，路虁再也没有见到过潘红英，但是也再不能忘掉她了。一直到一九七八年他返回苏州，在火车上，同座的是三团的一个知青，谈起来，还和潘红英是一个连的，从他口中，路骥又知道了潘红英后来几年中的一些情况。

从死亡边缘回到生活中,从医院回到三团,潘红英出人意料地又振奋起来,她为自己定了一个目标:加入中国共产党。她认为只有入了党,才能抵消掉她的父亲和她的叔叔烙在她身上的印记。为了这个目标,她比过去更积极更真诚更努力更刻苦,她曾经在自己身体很弱的情况下给别人输血五百毫升,她中暑昏倒在农田里,醒过来后继续干活,她做了许多一个女人很难做到的艰苦的事体。这些年中,也有不少热心人要给她介绍对象,有农场的知青,也有城里的工人,潘红英一一回绝了,她发誓不入党不寻对象。可是潘红英的入党要求,却有一个无限制的“考验”期,潘红英始终没有动摇过自己的信念。据说在党支部的讨论会上,有不少人认为她所做的一切,全是虚假的、伪装的,为了骗取信任——假作真时真亦假啊——那位同车回城的知青深深地叹了口气。

“后来呢,她到底有没有入党?”路骥迫不及待地问。

潘红英用了将近十年时间才战胜了各种偏见,她终于如愿以偿了。

路骥的一颗心落了下来,但随之心里有些不舒服的感觉又出现了。

路骥回城后,没有费很大周折,就有了一个比较理想的工作,在市工商管理局宣传科翻翻文件,发发通知。

生活又一次展示了它的丰富的戏剧性。有一天,路骥在一份通报中转发的一个上诉材料上看到了潘红英这个名字。

路骥很激动。

申诉材料说,一年前潘红英承包了一家集体性质的饭店,由于经营有方,饭店办得很有特色。可是不久却发生了一件事,潘红英为饭店订购了一大批绣花台布,供货者是个个体经营者,是潘红英的顶头上司、公司一位领导的私人关系介绍给潘红英的。商谈的时候潘红英就觉得这个人不可靠,但那位公司领导亲自坐镇,签订合同时又亲自指点。款子付出去,那边的货却一拖再拖,折腾了几个月,后来货总算到了,可是拆包一看,根本不是商谈时看到的样品。样品是毛麻织品,机绣的花样图案很别致,而这批货却是最次等的本色的确良布,只是搞了一些花边,布身根本没有绣花。这一出一进,潘红英白白丢掉了上千块钱。她不能忍下这口气,去找那位领导,可那位领导反咬一口,怪她签合同时没有写清楚,让人家钻了空子,还劝她大事化小小事化了,以后学精一点。潘红英不服,写了材料到有关部门,上告这位领导。这下子可摸了老虎屁股,不仅官司没有人受理,外面反倒传出,说潘红英作风怎么样怎么样,饭店办得这么好,还不是卖面孔……

路骥终于在城北的一个角落里找到了潘红英的住处。这是一间小而破旧的平房。敲门之前,路骥下意识地在门口停了一会儿,想听听房间里有什么声音。究竟想听到什么,或者怕听到什么,他自己也说不清。

他终于又见到了潘红英,真有一种久别重逢的感叹。其实,这只是他们第三次见面,可是双方都觉得很亲近。

潘红英仍然和前两次见到路骥时一样,毫无保留地向他讲了她承包饭店后的遭遇。

路骥听完潘红英的诉说,沉默了一会儿,突然问:"你——没有——找个人——组成一个家庭——"

潘红英自嘲地咧了咧嘴。

"为什么,你……为什么……"

"我是党员,嘿嘿,女党员。你知道,现在有好多人一听女方是党员,就吓退了,党员都是青面獠牙的吗?我大概是个青面獠牙的女鬼——"潘红英好像在笑。

路骥也想笑一笑,却没有笑出来。

"当年皇帝要老成,当今皇帝要年轻——"潘红英终于笑了出来,那是一种蕴含着多少辛酸的笑啊!

路骥不忍心看这样的笑，他避开了她的眼睛。

“你呢？”潘红英突然问他，“成家了吧？”

“没有。”路骥说，心里突然涌起一股热浪。

“为什么？为什么？”潘红英连问了几句“为什么？”

“不为什么。”路骥说，他心里在想，也许就是因为你，因为你超群的外貌，因为你奇特的性格，因为你沸腾的血液，因为你不安宁的灵魂……

潘红英第一次低下了她那双从来不曾低垂过的眼睛。

阴差阳错，他们走到一起了。

在路骥的帮助下，潘红英胜诉了。但自然得罪了公司的头头，在那个单位她很难再待下去，又千方百计地调了一个地方。可是“花瓶经理”的名声，却紧紧地缠住了她，她再也得不到信任，得不到重视，而这一切，路骥又是帮不了她的。

潘红英一度很失望很灰心，或者说她终于开始失望了。

“你奋斗了十多年，也许可以休息一下了。”路骥劝她，他真心希望她得到安宁。

“不！”潘红英很快又振奋起来，“也许因为我身上流的血和别人不一样，我永远不得安宁！”

过了不久，潘红英就提出辞职要求，可是领导说，你是党员，怎么办？潘红英经过好几天痛苦的挣扎，终于下了狠心，为了达到目的她又提出了退党的要求。路骥劝不了她，但他可以想象出她在决定退党时的心情。

潘红英的退党手续倒是很快就办了，退职的事却拖延了很长时间。等到潘红英正式领到个体执照，路骥发现，她已经筋疲力尽了。

从此，潘红英往返于厦门、珠海、广州、深圳、苏州，做电器、服装等生意。她的能力，她的才干，都得到了最大程度的发挥。她得心应手，很快就赚了一笔钞票。

潘红英回苏州的时候，就来寻路骥，好像只有在路骥这里，她才能静一静心，休息一下。路骥有时觉得，潘红英离他越来越远了，有时觉得潘红英从来就没有靠近过他，但有时又觉得潘红英其实离他很近。当然，不管她离他近或离他远，他都不可能像初恋的小青年一样去追她。他和她，都曾经历过许多许多人生的甘苦，都已不是十多年前火车上的初中生了，各自都有了自己明确的生活目标和生活准则，他不可以强加于她，她也绝不会服从于他的意志。何况，想做生意赚钞票，也无可非议，谁也没有权利指责她。

路骥记得很清楚，那天夜里，他在她的小屋里，他们谈得很晚。谈到过去，中学、插队、农场，谈到现实，也谈了未来，生活、工作、事业、追求都谈到了，只是没有谈爱情，两个人都小心翼翼地回避了这个问题，心中却始终想着这个问题。告别的辰光，潘红英紧紧抓住路骥的手，这使路骥预感到潘红英要走了。

潘红英果真没有再回来。过了两个月，路骥收到她的一封信。

路骥：

我完了。

我把所有的钱押上去，进了一批相机，却被查收，说是走私货，可我确实不晓得。这种事情你是清楚的，有理说不清，有理无处说。我又一次身无分文，就是小乞丐。我想哭，却没有一滴眼泪。我想死，却不甘心。不，我没有完，我绝不会完。现在我和一个老同学联系上了，她介绍我到深圳一家香港人开的公司做事，以后，再想办法出去。

忘掉我吧！

对于我来说，一切都消失了，唯有金钱在，因为只有金钱才能使一个人站起来。

也许命中早就注定我们不可能走到一起，在那列火车上我们就分手了。

忘掉我吧，这是我最后求你的一件事，忘掉我，越快越好。

潘红英　×年×月×日

路骥忘不掉她。

后来，路骥被局里推荐上了商校企业管理专业的干修班，两年学期，大专文凭。他们这批学生，属于定向培养，毕业后的出路早在进校前就明确了，这是很令人羡慕的。

毕业前两个月，他们下基层实习，路骥来到长洲区工商局。

实习第一天碰到的事情，就是有人来告个体户的状，说有几个服装个体户转手倒卖，就地加价，损害消费者利益。

路骥看了揭发材料，想起潘红英上个体户当的事，不由气愤地说："真是无商不奸。"

区工商局的顾局长正巧在旁边听见了路骥的这句话，走过来，拍拍路骥的肩说："小同志，年纪轻轻，传统观念倒蛮重嘛，不要忘记，什么都在变化，商人的形象也在变化的。"

路骥不服气地反问："为什么我遇上的个体户，看不出什么新形象呢？"

顾局长心平气和却很有分量地说："你了解过几个个体户，三个，五个，七个，八个？这就算了解个体户了？了解这刚刚冒出头来的新的群体了？"

路骥不作声。

顾局长继续说："好好研究研究现代商人，是一个很有意思也很有意义的课题呢。在我们流通领域，这些活跃分子，究竟起些什么作用，你了解吗？这些作用，对整个社会主义事业，又有什么样的影响，正面的和反面的，你了解吗？"

路骥有点服帖了，他过去接触过的老同志很少有顾局长这样的谈吐，他一下子被这位年近花甲的老领导吸引住了，也对老领导所热爱的事业产生了浓厚的兴趣。

两个月后，他发现自己已经被这项工作吸引住了。顾局长也对这个年轻人充满了希望。路骧后来来到长洲区工商局，顾局长已经把个体股长的位置给他安排好了。

忙乱的工作可以使路骧暂时地忘却潘红英，却不能把潘红英从他心中挤走。他一次次地错过了其他机会，明知希望渺茫，却仍充满希望地在等待着，可究竟能等到什么，他自己也不清楚……

妹妹和妹夫见他不作声，以为伤了他的心，正想劝说，他却笑起来，对他们说："已经约好了，就在今天晚上，是大学里一位老师介绍的。"

妹妹和妹夫交换了一下眼光，长长地出了一口气。

路骧看着妹妹妹夫的神情和小外甥天真无邪的面孔，终于下了决心，晚上去约会。也许，彻底忘掉潘红英，需要借助一点外界的力量。

第 9 章

穷人发财如受罪。

舒林说这句话的辰光,看了他一眼,笑笑。她好像越来越欢喜笑,并且好像越来越年轻。笑一笑,十年少。座右铭,人生之真谛。有许多人一直信奉和正在开始信奉。

舒林在穿一双新皮鞋,皮鞋很亮,大约是牛皮的。鞋头很尖,每次穿这双鞋,都要把五个脚趾挤成一团。和自己的脚过不去,她笑。她嘲笑她的鞋,她的脚和她自己。穷人发财……她说。

曾楷有些纳闷,他缺乏体验。

舒林却喜欢这种土气十足的民谚。此乃集历史兴衰,事业成败,人生悲欢,世态炎凉……之大成耳。她是教现代汉语的,每年给大学生讲一个月的民间语言的丰富性。年轻的辰光,讲到激动忘情时,一口气能背出一百七十八条歇后语和俚语民谚。

发财……受罪,一组反差极大,色彩悬殊的词,怎么可能扯到一起?从好几年前起,外面就到处写“恭喜发财”“祝君走运”的条幅,就像头二十年前到处写“万寿无疆”“身体健康”一样的火热。大家从那些烫金的、剪纸的、墨笔写的、红漆漆的,甚至用商品搭起来的大字中读出了令人热血沸腾的意思,却没有人会咀嚼出“受罪”的内涵。

他没有发财。最有可能发财的机会他莫名其妙地错过了。那几年他也挂过牌子,可不晓得为什么没有扣他的工资、降他的级。事情过去以后,他只能眼睁睁地看着同行们在摘掉错扣的帽子的同时,去银行领取错扣的钱,当然是一笔十分可观的数目。是发财。那一阵,还在中学读书的女儿,老是用一种特定的眼光看他,看得他好几次怀疑自己是不是打过哪位同仁的耳光,有没有对准某一派革命群众的游行队伍甩过手榴弹。

他已经在这个离不开金钱的社会里生活了五十多年,可是好像一直到近几年,他才明白过来为什么大家都喜欢发财,发财毕竟是一件令人兴奋的事体呢。

有一年年底他领到两百块的年终奖。舒林也差不多。年终奖是个总称,细目大家并不关心。有百分之八十是系里创收创来的,无可指责的,尽可以心安理得地去领去花。可是两百块不是发财。小越一个人就顶他两三个。不过那是女儿的钞票,不是他的。屋里的大锅饭从来都是明算账的。儿子在外地工作,经济独立,自负盈亏。女儿和父母住,自然比哥哥沾光,每月二十块的伙食费,供有鲜牛奶、煎鸡蛋、小排骨、鲫鱼汤等等。小越花三百五十块买了一条18K的金项链,挂在羊毛衫的领子上,顿时生辉。曾楷想象,也许不多久,小越的耳朵上会晃动两串亮晶晶的东西,更其珠光宝气。他为之振奋,感叹和体验着时代的速度;又为之不安,却说不清为什么,大概是庸人自扰。

舒林很认真地同女儿一起欣赏那条金项链,谈论足金、洋金以及仿制品,谈论明年春秋流行女装和发型。曾楷突然想起他和舒林结婚时也是有戒指的,两枚全是足金的,一枚是镶嵌翡翠的,一枚是龙凤图案的。多少年后的一个夜里,他把它们扔进了一条小弄堂的公共厕所里。

他没有发财,却也没有很受穷。虽然谈不上富裕,他是知足的。有为数不少的上有老下有小的低薪中教小教,有为数不少的疲惫不堪入不敷出的陆文婷大夫和傅家杰工程师，有为数不少的等等等等，都使他感觉到自己的力量。何况至今大街上还有双膝下跪的小孩、妇女、残疾人，甚至五大三粗的汉子，在乞讨，膝前压一张写着墨笔字的旧报纸，那陈情诉苦的内容确实催人泪下。据说这些人的月收入不低于现今一个二级教授的收入。尽管如此，曾楷还是每每遇见，总要放一角纸币在小罐子里，然后赶快逃开，怕那些一分两分的施主和分文不出的看客研究他。

他是应该满足的，那年年底的有奖销售疯得像陀螺失控，似乎也没有诱惑了他。舒林倒是去弄了几张奖券回来，说是不要也给，买东西就给。大家一笑，那几张纸就被关在抽屉里，再也没有见过天日。

他每月有一百二十的固定工资，舒林则有一百零三。其次，猪肉提价有肉补，乘车上班有车补，粮票不够有米补，住房紧张有房补，买书订报有书报费，理发洗澡有清洁费，外出开会有出差费，多上一节课有加班费，替电大学生看一篇论文有指导费，到夜校上课有讲课费，这一切的一切，在五十年代都是分内的事，在八十年代也是义不容辞的工作，却给那么多的补和费，大家又是那么心安理得。有趣的是大学老师也发工作服，带回家打开包装一看原来是大地牌风雨衣。小越的声音格外清脆。他试着穿了穿，照一下镜子，自惭形秽，原本仅只维持了五官端正的基本条件，穿着普通一点，倒还显得本分一些，套上这件说长不长，说大不大的衣服，不伦不类，不三不四，如此去讲课，岂不笑煞。舒林也不要，她自己有一件，很合身，她还有她自己精心设计精心剪裁精心缝纫的合体的各种衣衫，足以衬出她的长处并掩饰她的短处。大地牌风雨衣终于归了小越。问题是小越也穿不了，改小了又可惜，问她，笑笑，说总有人穿的。

总有人穿的，峰峰的个子好像是很高的，一定合适，不过他没有问小越。

接下来又有一个气压水瓶，大家戏谑地称之为“工作瓶”。曾楷用了一天，不习惯，那里面压出来的水泡不开茶叶，温吞吞的，于是也归了小越，抱进自己屋里去了。近水楼台先得月。虽然有些替儿子遗憾，却总不好寄一件风衣或一个气压水瓶去。何况这是发的，不是买的。过了几年，一切就平淡多了，发东西就拿，发钱就要，也没有那么多的惊奇和激动了。去年年底，他又拿到一百块的奖金。

他和舒林的二百块奖金没有随便地用掉，舒林把这个小小的数字加到小红本子上那个刚刚上了四位的数字后面。开春有一笔必不可少的又是心甘情愿的开支。已经竣工的教授楼，四层上有他一个大单元，分房名单已经公布，逃是逃不脱的了。大家都想早一点拿到钥匙，可是装门锁的木匠要过年，道一声再见，过了年再来弄，大家也只好在旧居里坚持最后一个春节。

年终于过去了，木匠师傅终于来了，门锁终于全部装配好了，钥匙终于拿到手了。

小越请来了一个小师傅，问是哪里的，说是一个单位的。小师傅又带来了几个小师傅，大家一起喝茶、抽烟、合计，该怎么摆布这一个大户的六十个平方。先是小师傅们一一指责这幢新楼房的种种不足。水泥地板浇得不平并且已经有了裂缝，门窗装得不抿缝，七翘八裂，卫生间不通风，设计太不合理，臭气没地方出去，电线是赤膊的露在墙上太难看……小越频频点头，眼睛是信任的眼神。舒林也是。唯曾楷有点不忍，怎能全盘否定？后来统一了意见，自然是统一在小师傅的决定之下。天花板，三间正房用白色的装饰板，其他房间涂106白色涂料。曾楷问了一句，天花板不是雪白的吗，还涂什么白料？小越于是很鄙夷地斜了他一眼：“你不懂就少开口。”小师傅倒是很耐心很热情地介绍情况，说这天花板是白水刷的，几天一过马上返黄，很难看的。曾楷于是想我还是乖乖地闭上嘴巴。墙壁的要求又复杂了一点，客厅的墙要一分为两段，下半段用咖啡色油漆涂刷，上半段贴淡绿色纤维墙布。正房一律用墙布。卫生间、厨房要用瓷砖，地板一律用107胶拌水泥做彩色地坪，花纹有所区别，卧室里打格子，客厅做成立体式的，其他房间印花，然后上绿片，然后上蜡，要上海产某某牌的。卫生间用两个平方的白色马赛克，厨房用五个平方的红白镶色的马赛克……曾楷晕头转向，怎么也想象不出新居将是什么样子，他不知道装饰板、106、107、绿片以及马什么克。粗粗一算，材料费是一千块，还不包括小越考虑的日后要用的种种室内装饰，比如吊灯、壁灯、装饰灯，比如内边窗帘、外边窗帘和羊毛挂毯等等，也不包括小师傅们的工资、伙食、烟茶、点心。

曾楷看看舒林，舒林笑，他不晓得这件事究竟可笑还是可哭，或者有些可悲。

开工的时候，曾楷到新房子去看，心情激动又紧张，好像在等待什么重大事件的发生，他又忘记了在这种场合应该缄默，又想问些他不懂的事。小越及时地阻止了他，告诉他，什么材料是一等品的货出三等品的价买来的，什么材料是市场上的紧俏货，没有脚路是绝对弄不到的。曾楷惊叹小师傅们的精干，愧叹自己一生的无能，小越于是甜甜地一笑。

小师傅个个都脱了毛衣，一头一身的大汗，一脸一手的颜色，曾楷很有些内疚，可嘴里却问出了另外一句话："小越，工钱的事，你叫他们不要客气，该算就算……"

小越愣了一下，看看他，说："用不着你管。"随即莞尔一笑。莞尔，是莞尔吧，也许不是，但他形容不出那是什么样的一笑，不是开朗也不是拘谨，不是羞涩也不是轻浮，那是什么呢？舒林也许能描述得很准确，他却不能，搜索枯肠，就莞尔吧，反正笑得相当漂亮，相当嗲。他被这种笑吸引住了，并且产生了某种怀疑。

一个星期以后，六十个平方全部变了样。

曾楷主张到附近的馆子里去办一桌酒席，犒劳小师傅，又干脆又省事。小越不同意，她要自己亲手烹饪，在家里办酒。结果当然是听小越的。有什么不可以呢，世界也将是他们的，歌里也唱“你想什么什么就是你”。

小师傅们海量，四个人喝掉两瓶六十度洋河。小越送他们走的时候，曾楷有点怕，报纸上经常登载因酒精中毒而怎么怎么的事体。

他和舒林一起收拾碗筷，突然想起一件事：“哎呀，工钱怎么没有算？”

舒林笑笑：“人家小师傅不会要工钱的。”

曾楷很糊涂，看舒林，舒林仍然在笑。过了一会儿，她说：“小越等会回来，大概要同我们讲了。”

“讲什么？”

“她的男朋友嘛。”舒林又笑，“你真的看不出来，那个高个子的，他们叫他大马。”

“什么什么，小漆匠？小越怎么，人家来帮忙弄弄房子，怎么就同人家好了？”

“你想得出的，人家早就好了，要不然肯帮你白做，这么卖力。人家是小越电大的同学，不是做漆匠的。”

“什么什么，小越怎么，小越的朋友不是峰峰吗？不是杨老师介绍的吗？不是还一起看电影跳舞吗？不是还一起去黄山玩过吗？不是还……”

“你自己去问小越，她不喜欢峰峰，总有她的道理……”

还道理呢。他不明白女儿怎么会有这种脾气，专门和大人别扭。高中毕业，他一心想叫女儿考上大学，日夜辅导，结果考了三年，考分一年比一年低，人却一天比一天胖，不可思议。照他的意思，还要叫女儿再考，她不干了，舒林也偏向女儿，小越下半年就分配工作进了银行。一年以后，自说自话，也没见她怎么复习怎么紧张，就考上了电大，脱产学习两年，轻而易举地拿了大专文凭，回银行就当了信贷员，不可思议。后来杨老师来说媒，峰峰是郑老的儿子，周老的研究生，又一表人才。杨老师办事体总是很稳当的。

小越终于回来了。

曾楷忍不住说："峰峰……怎么办？"

小越看看他，又看看妈妈，抿着嘴，像在笑。

"峰峰……怎么办？"他又问了一遍。

舒林看着他，笑意里有些责备，真是个开朗开明开放开通开心的母亲。

"峰峰……什么怎么办？"小越在憋住笑。

"你——把人家——把人家——"

小越终于笑了出来："我把小倩介绍给郑峰了，快半年了，人家昨天已经上街看家具了……"

曾楷连连想，不可思议，不可思议，不可思议，他实在不明白峰峰有哪一点配不上小越。

地板上了一层蜡，等干，再上一层蜡，等干。

终于可以搬家了。

为了搬家，专门拟定了一个行动计划。大马又去请来几位小师傅，不过不是上次的几位，这一次的几位个个人高马大，大马夹在里面竟显不出什么魁梧来，说是什么篮球队的队员。曾楷这里也有帮忙的，几个青年教师和一批精力充沛的学生。

搬了家，帮忙的人，该谢的都谢了，篮球队员们再也没有来过。据大马说，搬东西对他们来说是小意思，其他人亦无恙。一位青年教师手上刺了一根小木刺，当时就挑了，并无发炎感染的迹象。一个学生，肩膀有些红肿，不过皮肤并没有擦破，皆大欢喜。可是曾楷却依旧惶惑，曾在一个阶段内坐卧不宁。

搬家的辛苦仅仅是个开头，搬家的惶恐也仅仅是个序幕，庆贺乔迁之喜的同仁，结伴而来。

"嗬，漂亮，漂亮。曾老，想不到，想不到啊！"

“哟，这么干净，要换鞋？”

曾楷就有些惶恐，看着小越排在门口的那些拖鞋，他尴尬地笑，含糊不清地“哎哎”。

于是大家便手忙脚乱地脱鞋，寻拖鞋，大脚套了小鞋，小脚套了大鞋，门口乱成一团，像捉迷藏。曾楷想笑，又笑不出来。

参观新居的人源源不断，除了教师，还有那些喜欢同老师接触的学生，更有一些老教授，曾经是曾楷的老师，很上了点年纪，撑上四楼来，已经气喘吁吁，看着老人抖抖颤颤地弯腰解鞋带，曾楷的惶恐终于达到了极限。

“别！别换！您请进！”他大声地叫嚷，差一点掉下眼泪来。一刹那间，他竟然非常非常地想念那住了三十年的旧居，那间一隔为二的，总共二十多平方米的平房。

小越的抱怨一日胜似一日，她的同事同学，就比他的客人明白事理，晓得规矩，一律自动地换鞋，一律小心翼翼地走路。

大规模的观光总算熬过去了，曾楷如释重负，又如大病初愈，浑身无力。

夜里，他打开电视机，听见宋世雄的声音，穿红色球衣的是中国队，穿蓝色球衣的是日本队，对于曾楷来说，红色和蓝色是无所谓的。1980 年用分期付款的办法买下的这台 12 英寸的黑白电视机，几年中大修四次，小修无数次。

年轻时曾楷从来没有参加过任何体育比赛和体育运动队，包括班级球队和组级拔河比赛。进入中年以后，却对球赛产生了浓厚的兴趣，对电视剧则趣味寡淡。他说不出什么原因，只觉得心理上需要体育，看一场球赛，总觉得自己年轻了一些。不少同仁也有类似的体验。

红色球衣接近了蓝色球衣的球门，千钧一发——哗，红色球衣和蓝色球衣都不见了。他叹口气，拨微调，转天线，换频道，调对比度，十秒钟以后，哗，图像出来了，红色球衣的腿和蓝色球衣的腿都在打弯，成三曲线，记分牌上却变魔术似的变出了1：0。他懊恼极了，继续看球。红色球衣的11号是个英俊的小伙子，蓝色球衣的8号是个很神气的年轻人，可是在他的电视屏幕上，所有的体态和五官都是变形的，丑陋不堪的。英格丽·褒曼、阿兰·德龙也难幸免。

小越终于给他搞来了一张日立彩电的票。

“是大马弄到的？”曾楷兴奋之余问了一句。

“为什么只有大马才能弄到呢？”小越反问，他回答不出，也不知道小越这话的意思。

彩电买回来，仍旧放在那只很旧的茶几上，看上去极不和谐。曾楷不由想起小越曾经给他描述的一张蓝图，先是买彩电，彩电以后是放彩电的组合柜，然后是一系列的高档家用电器，然后全套新式家具，然后是转角组合沙发，然后是地毯空调，然后是什么什么，否则怎么和这么高级漂亮的房子和谐协调呢？

这张蓝图居然搅得曾楷很不安宁，著书立说时，他也想着，有时就很难过，觉得自己很鄙俗很下作，他很想同舒林谈谈自己的心思，他不明白几十年不为物质所诱惑，老了老了，怎么反倒俗气起来了。

舒林却很忙。

曾楷发现舒林终于穿好了那双皮鞋，面孔稍微有点涨红。

他笑了。

“你笑什么。”

她并不要他回答，反扣上门，走了。

曾楷开始看七点钟的新闻联播。舒林已经有好长时间不看电视了，新买了彩电，她好像没有什么感觉。

一年前，舒林被大家推选为系工会的女工委员，工作很积极，后来不知怎么一下子就当起了“红娘”，尽心尽力，比自己屋里的事体卖力得多。满脑子是“大男大女”，校内的校外的，认识的和不认识的,漂亮的和丑陋的,条件好的和条件不好的,心情迫切的和无所谓的,她都关心。曾楷甚至有点忌妒她。舒林的时间很多,上课用的讲稿,讲了几十年,无须有什么大的变动。汉语言的法则是不可以轻易更改的,什么法则都不可以轻易更改,只要注意一下例子的时代色彩。她似乎也无须担心职称问题,在她退休之前,攻一下外语,总会解决的,副教授,也就满足了,系里有两位老太太,退休也没有升到这一级。外语不过关,当然,更重要的原因是更错综复杂的原因。舒林好像从来没有这样那样的顾虑,她好像生来就有一副宽大容忍的菩萨心肠,有一种遇事泰然的大家风度,即使在两派斗争白刃化,连曾楷也怒发冲冠地跳上台去同人家辩论,誓死捍卫什么什么的时候,她也坐怀不乱。曾楷发现,舒林只有在撮合一桩婚姻的时候,才是最认真最仔细最热情最负责的。他觉得有些滑稽,舒林做媒人,可不是为了"十八只蹄膀",这一点他相信。遗憾的是,不知为什么,舒林做红娘,成功的少,不成功的多。

刚才,舒林告诉他,今天晚上又要占用书房。这是一对三十五岁以上的大龄青年,所以更要尽力帮助他们。可笑的是,这一对男女,舒林都不认识,是几经周旋介绍到一起的。

舒林到学校大门口等候他们,曾楷想,恐怕还得有什么联络暗号呢。

中央台天气预报结束,舒林就领着两个人进来了。倒是很准时的,不知是天生的时间概念强,还是出于礼貌,或者是求偶心切。

舒林把站起来致意的曾楷介绍给他们:"这是老曾。"

男的先叫了一声"曾老师"。

女的也跟着叫了一声,叫得很呆板很沉闷,既没有丝毫迎奉之意,也无半点热情可言。

舒林也介绍了他们,一个在医院工作叫李秋云,一个在区工商局,叫路骥。

"坐,坐,请坐。"曾楷照例泡上茶,向男的递上烟。和通常到这里来的男青年不同，路骥并没有推辞，表示自己不抽烟，或很少抽烟，他接过曾楷递来的烟，说了声“谢谢”，就点着抽起来，似乎根本不在意那个叫李秋云的女士的存在。

李秋云很拘谨很呆板地坐在沙发上，眼睛向下看，也同样毫不在意这个叫路骥的人的一举一动。

曾楷突然觉得这两个人确实是不年轻了，倒不是外貌上有什么明显的标志，他觉得他们的心很沉重很灰暗。

舒林笑眯眯地协调着气氛：“小路，听张老师说，你在商校读书时，他给你们上过课。”

“是的，”路骥的脸埋在浓浓的烟雾后面，声音听上去很沉闷，机械地自报家门，“我一九八三年进商校企管大专班，一九八五年毕业。”

这个人肯定不是第一次经历这种场面了，曾楷想。不知怎么搞的，他心里很不舒服，这两个人都背着生活强加给他们的负担，对恋爱婚姻这样的大事，他们没有激动，没有愉悦，没有紧张不安，甚至没有一点好奇心和新鲜感，看上去两个人都在笑，却笑得那么勉强，很难看。曾楷真想大声说，那么你们为什么要来呢？

是的，为什么要来呢？大概谁也无法解释清楚这个问题。

舒林看看曾楷，笑着把他支开：“老曾，你叫小越再烧一壶开水吧。”

然后舒林继续笑着做她的努力。

她又是为什么呢，曾楷想。他有点为舒林抱不平，又有点不以为然，出房门的时候，他回头看了一眼舒林，就在这极短暂的一瞥中，他发现舒林眼睛里不仅仅是热情真挚的笑，还有着忧虑，那是一种真心为别人的忧虑。

他愣了一下，好像一下子明白了舒林的心，理解了舒林所做的努力。

第 10 章

路骥从一开始就发现李秋云并不是来听什么介绍的,也丝毫没有交谈的准备。她始终低垂着眼睛,不过那绝不是羞涩和矜持。他相信,他和她,都已经走过了青春的时光,都学会了直面人生。她也和他一样,有着什么隐痛吗?路骥第一次正眼看了一下李秋云,立即觉得这个人和潘红英是很不一样的女性。又是潘红英,路骥苦笑了一下,压下了对潘红英的思念和牵挂。

他忍不住又看了李秋云一眼,从她那平静如水的神态中,他分明看到了生活的狂澜。现在社会上,到处可以听见人们对大龄男女的议论,同情、惋惜、怜悯、嘲笑、不理解……路骥自己也几乎吃不消,顶不住了,可以想象,这个李秋云消瘦、柔弱的肩头和饱经风霜的心灵正承受着多大的压力。

路骥抽完了曾楷递给他的那支烟,又从自己的口袋里摸了一支,点着了。

烟腾散开来,舒林觉得书房里的气氛也有点像烟雾一样迷浑。她见过不少脾气古怪的大龄青年,但这种尴尬场面毕竟不多。舒林常常是很能体谅理解别人,善解人意,可眼前这两个人,一个心事重重一言不发,另一个旁若无人只字不提,舒林也有点为难了。

“小李，”舒林突不破路骥的口子，转向李秋云，“你在三院门诊还是病房？”

李秋云终于抬起头来，面色开朗了。她战胜了自己，路骥想。

“我在内科病房。”李秋云说，对舒林笑了笑，也对路骥笑了一下。

舒林高兴起来，脸上泛出了红光，开玩笑说：“以后生病住院，要寻你开后门呢。”

“我可不希望你们来寻我。”李秋云笑着说。

她原来也有幽默，路骥想。

书房门突然被撞开了，小越跑了进来，看见路骥和李秋云，“扑哧”一笑，也不在乎生人熟人，就把手里的一张照片在舒林面前一扬：“妈妈，就是他！”

舒林看照片上的小伙子，不是郑峰，也不是大马，就明白了。

“你……”舒林瞥了一眼坐在一边的路骥和李秋云，不知该怎么同女儿说话，“你……大马怎么又……他怎么办？”

话一出口，她突然想起去年，当曾楷得知女儿和大马谈恋爱时，也是这么问的“峰峰……怎么办？”

上一次舒林还能理解小越，可这一次却……

小越又是“扑哧”一笑：“大马怎么办，随便他，与我无关。”

“你……”舒林说不出话来，只是盯着女儿看。

“哎哟妈妈，你不要这样看我嘛，你不是一直说，婚姻要建立在爱情的基础上，而爱情要经过长时期的考验吗。好了，不同你说了，你有大事呢，再去向老头子汇报一下……”

小越一阵风似的卷了出去，舒林的心吊了起来。很快，外屋响起了父女俩的争执声，其实只是小越一个人的声音。

“哎哟爸爸，你不要这样说嘛，我千挑万挑，也是为了慎重嘛。你不是说，婚姻大事要慎而又慎，不能轻率……”

曾楷说了一句什么，很含糊，听不清，反正既无力又无劲。

小越的声音又响起来:"是的,我以前是说过大马有出息有本事,不像郑峰,只会看书写几篇文章,连装个电灯插头也不会,和郑峰比,大马是能干。可是现在我的想法变了,现在我觉得,大马的出息也不来事,没有花头的,弄弄房子,扒扒家具,那算什么出息,俗气,小市民兮兮的,没有男子气的……"

曾楷的声音也提高了:"你太不像腔了,你真是不像腔!"

"我怎么不像腔?我又没有犯法,我们轧朋友,都是自觉自愿的,自己看中,要歇搁也是自己提出来的,两个人的事体,用不着别人操心思,不像你们……"

舒林急忙奔出去,制止小越:"小越……"

路骥看看李秋云,李秋云也在看他,两个人都觉得这场面很滑稽。

"小越。"舒林停顿了一下,很严肃地问,"这个人,怎么样?"

"青年改革家!"

"个体户?"曾楷急巴巴地问。

"啥人认得个体户?个体户那种人,靠骗人发财,算什么男子汉,我这个,可是个……"

路骥和李秋云都觉得不好再待下去了,舒林很难过很内疚,连连说:"真是,真是,你们,你们下次再来。"

曾楷也送他们到门口,说:"常来,我也很想和你们谈谈。"

小越笑着对他们说:"我爸爸看见我,就觉得你们太可爱了,哈哈哈哈……"

曾楷气得脸都变了色。

路骥看看李秋云,发现她并没有生气,他想,大概已经生够了气。

两个人走出了大学住宅区,该分手了,可是谁也没有先提出来,却不由自主地一同向前走,走出一段路了,谁也不点明,只是步调很不一致,路骥推着自行车,李秋云走在自行车的外侧。自行车像一道屏风把他们隔开。

终于还是路骥先开口,可又不知什么话能使李秋云感兴趣,他只好应付了一下:“你住在哪里?”

“织里巷。”李秋云也是在应酬,但又没有急于离开的意思。

“哦,织里巷。就是锦帆桥南吧,”路骥的话语有了点色彩,“那可是个闹猛的地方。”

李秋云点点头,嘴上却说:“热闹的是桥那边的市场,小弄堂里反正每日一张老面孔。”

路骥忘记了谈话对象的身份,又发了好辩的毛病,说:“那也不一定,很可能每张老面孔后面都有丰富的内容。”

李秋云不由停了一会儿,随后轻微地叹了口气。

路骥看看前面的路,李秋云也同样在想,往前走,到哪里去呢,但是不往前走,又到哪里去呢。

路骥终于发出了邀请:“要么,到我屋里再坐一会儿?可是,路很远,在盘门……”

李秋云没有骑车,要步行到盘门,恐怕得有四五十分钟,她迟疑了一下,说:“还是到我那里坐坐吧。”

“方便吗?”路骥话刚出口,就觉得自己有点发腻发酸,连忙说,“走吧。”

李秋云缓缓地移动脚步。她邀请路骥上门一次,尽管很不自然,但至少可以在一段时间内封一封妈妈的嘴巴,反正又是夜里,不会有什么人注意的,也不怕左邻右舍嚼舌头。

李秋云和路骥一起出现在家门口时,李师母又惊又喜,张大了嘴巴,愣了好一阵。

“进来吧。”李秋云知道妈妈很意外,怕老人说出什么叫人难为情的话,连忙招呼路骥。

李师母盯着路骥看,笑着说:“咦,这位同志,很面熟啊,好像在哪里见过的。”

路骥欠一欠身体说:“我经常在这里走来走去的……”

李秋云向妈妈介绍说:“他叫路骥,在区里工作,工商局个体股——”

“个体户?”李师母没有听清,一时心急,连忙问,“是个体户?”

秋玲正好从外面进来,推开门就听见妈妈在说“个体户”,她也不看看屋里是什么人,就插嘴说:“什么个体户?个体户怎么啦?听妈妈的口气,个体户好像同杀人犯差不多,做啥啦?”

路骥忍不住笑起来,李秋云也笑了,秋玲一看,叫起来:“哎哟,是路大股长,怎么驾到我们家里来了呀?”

一向敢说敢笑的路骥一时倒哑口了,他看看李秋云,李秋云对妹妹说:“我请他来的。”

秋玲马上明白了,情绪好像低落了一点。

李师母的情绪却高了起来:“噢噢,是路股长啊,怪不得看上去面熟的。路股长,我晓得,专门管个体户的。”

秋玲“哼”了一声,也不晓得她对谁有意见,有什么意见。

李师母没有注意两个女儿的面孔都不好看,继续说:“路同志,你是吃公家饭水的,晓得政策的,我想问问看,现在外面到底算什么名堂,挑什么样的人发财欧……”

李秋云想阻止妈妈再往下说,路骥却很认真地听着。

“你想想,像我们这种人家,一家门的老实头,呆木头,不会动歪脑筋,不会走邪路,只配过穷日脚?人家尖头户,歪门邪道全没有人管,五万十万看他们赚,公家怎么看得下去的,我真是弄不明白……”

秋玲又“哼”了一声:“我倒是蛮明白的。”

“什么名堂?”

“你眼热人家了,红眼病。”秋玲一点不给妈妈面子,“你不要以为人家路大股长会听你的,人家是专门帮个体户发财的,发得越多,他越开心,说明他的工作做得好嘛!”

李师母瞪着眼睛问:“真的?”

路骥正在想应该怎么回答,这一老一小倒不大好对付,不像李秋云,一眼就能看出是个能理解人、同情人的女子。

李师母等不及,又说:“路同志,走歪门邪道赚票子的人,公家也不管?这是不公平的不对的,比如河对过黄家老二……”

“妈妈。”李秋云连忙喊了一声,把话扯开去,“妈妈,你帮他倒一杯开水吧。”

李师母这才回过神来拎清了头脑,她晓得大女儿是个古板的人,从来没有领陌生的男人到家里来过,现在突然来了这么个人,年龄相当,卖相也不错,又是国家干部,还有其他条件,她就是猜也猜得出的,自己真是老昏头了,揪住人家瞎说,耽误了女儿的大事体。她还不晓得这就是自己儿子托人帮阿姐介绍的对象,要是晓得了,还不知怎样开心呢。她急急忙忙地给路骥倒了一杯茶,硬拖了秋玲一起走出来。秋玲不肯,身体一扭,进了里屋,李师母只好一个人出去了。

路骥朝沿河的窗看了一眼,说:“对了,刚才你妈妈讲对河的黄家老二,是说那个叫黄扬的吧,他们住在上沿,正好和你家对面?”

李秋云点点头,眼睛低垂下去。

粗心的路骥没有发现李秋云神情的变化,抓住了这个话题:“你妈妈对那个人,对那个黄扬,好像有看法,是不是有什么事体?”

李秋云掩饰说:“没有什么,年纪大的人总归是这样的,看不惯的东西多呢。”

路骥却偏不想放过这个机会,也许从中可以了解到黄扬的一些真实情况。他又追着问:“那,你们和那个黄扬认识吧?熟吧?”

李秋云含含糊糊地“嗯”了一声。

“那你一定了解他?”路骥兴奋得很,“你能讲讲这个人吗?我在工作中多次和他接触，却一直没有能了解他，他对外人是不是都有戒备和防范，还是由于我做这个工作的缘故。我总觉得这个人是个不简单的角色，了解他，对我的工作会有很大帮助的。”

路骥只顾自己一口气往下说，说了半天才注意到李秋云的奇怪表情，他以为自己话太多，李秋云不习惯，就停了下来。

李秋云含糊其辞，说：“我……不晓得。”

路骥停了一会儿，终于还是抑制不住谈兴，因为他对黄扬实在很感兴趣。

“我听不少人反映，这个人做起事体来不择手段，唯利是图的，听说有一回……”

“听说！”李秋云一下子激动起来，她突然想起林残冬问军军的那句话，不由脱口而出：“你了解黄扬吗？”

路骥愣怔了一下，才注意到李秋云神态反常，他好像想到了什么，却又不愿往深里想。

李秋云也发现了自己的失态，但既然已经表现了出来，就用不着再隐瞒再掩饰了，她让自己平静下来才说：“我了解黄扬，他不是那种人！”口气这么肯定，不仅使路骥震动，连她自己也感到吃惊。其实她自己并不了解今天的黄扬，觉得黄扬变得不可捉摸了，他的所作所为，也确实使她寒心，可是现在她却如此坚决地为他辩护，她说不清这是为什么。

路骥一字一顿地说：“你们，你和黄扬，很熟？”

李秋云点点头，正准备说话，秋玲却从里屋走出来，壁脚听到这里，她憋不住了，说：“不仅很熟，而且……而且……”她看了姐姐一眼，下了决心，冷冷地对路骥说，“而且不希望有第三者！”

“秋玲！”李秋云一下子站了起来，不知怎么办才好，“你……”

秋玲却很冷静：“阿姐，你不要自己骗自己，你爱黄扬，这是真的，你敢凭良心说不是吗？”她不管阿姐怎么呆若木鸡，又回头对尴尬万分的路骥说，“他们一起读书，一起插队，我阿姐欢喜他。

可黄扬是个浑蛋，和别人结了婚，可是我阿姐还是欢喜他。我不管他从前怎么浑蛋，我看他是个浑蛋，又是条好汉……”

李秋云这时也不再阻止妹妹讲话，事情已经说到这个地步，还是讲清楚为好，可是她很惊奇妹妹怎么对她这么了解。秋平一直说妹妹无知、浅薄，不配谈什么爱情，可恰恰是这个年轻无知的妹妹，最理解姐姐对爱情的追求。

路骥有点迷茫地看着这姐妹俩，问道：“那，为什么……”

“为什么还要和你认识，对吧？这就是我阿姐太软了，太胆小。换了我，才不做这种尴尬事体呢。我阿姐最怕的就是众人的嘴，也包括自己妈妈的嘴，二婚头，还有个瘫子小人，又是个体户……”

路骥突然“嘿嘿”一笑，心想，她原来也和我一样，找个人谈谈，是为了丢开或忘记另一个人呀。

秋玲不晓得路骥笑什么，又见阿姐在示意她住嘴，她才乖乖地闭了嘴，人却站在一旁不走，她要等下文。

在这短短的半小时里，路骥的心情急剧地起伏、变化，他是怀着一种无可奈何迫不得已的心情认识李秋云的，尽管他以为自己心中始终只有一个潘红英。但见了李秋云后，他发现李秋云有着一副宽容的与人为善的善解人意的心肠，他意外地发现自己从李秋云身上感受到一种温暖。他对潘红英的感情历程是从同情怜悯到敬佩又发展到爱，而李秋云的稳重，她的平静如水的神态，她的淡泊的笑，她的忧郁和宽容，都使路骥感到了另一种吸引。所以，当他发现始终很平静的李秋云为了黄扬这个名字而激动的时候，他心中甚至有了一点酸意，等到秋玲把事情挑明了，路骥的心情反倒平静了，他更理解李秋云了，也明白了她那埋藏在淡漠的神情后面的内容。他曾经为自己爱情上的波折沮丧过，心里也抱怨过生活的不公平，可是李秋云这个柔弱的女子心头的负荷比他更沉重。

路骥开朗轻松地笑笑，努力想打破小屋里沉闷的气氛，这时门被推开了，李师母站在门口，朝屋里看看，见秋玲也在，连忙喊了一声:“秋玲,来,出来,我同你去看夜市,今朝夜市很闹猛……”

秋玲这才站起来,又看看秋云和路骥,跟着妈妈走了。

路骥马上抓住了话题对李秋云说:“看起来,这一带的居民,对那边的市场还是蛮感兴趣的。”

李秋云也镇静下来,点点头,说:“那地方确实很有吸引力,想不到几年工夫,发展得这么快……”

两个人很默契地顺着这个话题往下讲。李秋云向路骥谈起市场对小巷的冲击,谈起三角包他们那批小青年,路骥则讲得更多。他们都小心地避开黄扬,可又明明晓得说这个话题是最容易牵到黄扬身上的。

时间过得很快,两个人都没有感觉到,只是觉得还有许多话要讲。一直到李师母和秋玲回来了,才不得不结束了这种好像没有任何目的和色彩的却又是很热烈的谈话。

秋玲进来看见路骥还在,狐疑地看了姐姐一眼,终于没有说什么。

路骥告辞的时候,突然觉得心情出奇的好,也说不清为什么,他又看了李秋云一眼,发现她也很愉快,好像解脱了什么重负。路骥心里莫名其妙地震了一下。

第 11 章

桥上照例立着几个晃荡晃荡的小青年，围着三角包吹牛。

路驥走过去，拍拍三角包的肩，三角包回头一看，吓了一跳，但马上就贼忒兮兮地笑起来："股长你好，你看你看，我总共只有这两包烟，你收去吧，你不相信你看我身上有没有了，你不相信你到我屋里去抄，抄得出一包香烟，我叫你一声好听的……"

路驥憋住笑。

"叫好听的，叫什么？叫什么？"那个叫野猫的小青年一边朝三角包眨眼睛，一边起哄。他也是个个体户，不知为什么不去做生意，也在桥上混。

路驥刚想叫他们不要寻开心，另一绰号叫憨三的小青年笑着说："叫爹！叫阿爹！"

三角包立即高声应道："哎！哎！乖儿子，乖孙子，叫得好，再叫几声！"

大家拼命笑，拍手、跺脚，路驥也憋不住了。

憨三这才发现自己入了圈套，又急又气，要去揪三角包的耳朵，三角包往路驥身后一跳，说："股长股长，帮我一把。"

说者无意，听者有心，路驥心里突然一震，是的，三角包这样的小青年，确实是需要有人帮一把。他想起前天夜里李秋云同他谈的三角包的许多事情，不由对这个小青年产生了某种好感。他在织里巷、锦帆桥这一带来往出入机会多，同这里的居民，特别是一些待业青年很熟，和他们说话就很随便，大家好像既不怕他，也不怎么恭敬他，他反倒觉得很自在。有时候到其他个体户集中的点上去，常常受到一种不一定是发自内心的恭敬，要不就是对他的莫名其妙的畏惧，他总觉得不舒服。

"好了，"路骥说，"香烟你拿回去自己抽吧，我也不会去抄你的屋，不过我晓得你屋里肯定有……"

"天晓得！"三角包仍是一副油腔滑调，"股长，我屋里真的没有了，你不晓得现在断命烟多难弄，真的就剩这两包了。我假使瞎说，舌头上生疔，天打雷轰……"

"好了好了，不要轰了，下礼拜一上午你到局里来寻我。"

"做啥？"三角包这下有点紧张了，"罚款？"

路骥笑起来："罚款，你就怕罚款，以后你要是调皮，就罚你的款。"

三角包没有笑，仍旧很紧张地问："叫我去做啥？"

"做啥？你不是怨执照批得太慢吗？你不是嫌我们关心得你们寸步难行吗？现在用不着怨了，礼拜一来吧。"

三角包跳起来："执照办好了？"

路骥点点头。其实三角包的执照并没有办好，但路骥决心帮他一把，再到市局去催。

三角包突然说："哎呀，怎么我迟交反而先办好，憨三呢，憨三的为啥不批？"

憨三的眼睛紧紧地盯住路骥。

路骥没有退路了，只好含含糊糊地说："一起来吧。"

他怕三角包他们再缠住他细问执照的事，就说："回去吧，把香烟带回去。"说着，就走开了，走了几步，突然又回头对三角包说，"喂，什么辰光有空，到我那里坐坐，吹吹牛。"

三角包不灵清了:“吹什么牛?”

“吹吹你们的价值观,你不是很有一套理论嘛。”

三角包莫名其妙地抓抓后脑勺:“价值观,什么价值观?”

他恐怕早就忘记了他对李秋云发表的那番宏论了,路骥想,愈发觉得这个小青年有许多可爱之处。他听见野猫在问三角包:“什么?他说什么?价值观,什么意思?”

路骥突然插上去问野猫:“你不是在那边也有个摊子的吗,怎么不做生意,到这里来晃荡,钞票赚够了?赚足了?”

“良心!”野猫叫起来,“啥人钞票赚够了?这一腔,没有进到好货,唉唉,脚路细呀!你大股长又不肯帮我的忙,帮我开几扇后门,边门……”

“人家为啥进得到货?”

“唉,人比人,气煞人,我们这种蹩脚货,怎么敢同人家比。远的不讲,就讲黄老板吧。黄老板什么角色,一个可以甩我们几个,论本事,不及他大,论脚路,不及他粗,论水平,不及他高,你大股长肚皮里又不是不清爽,对不对?”

路骥听野猫又提起黄扬,就顺口问了一句:“问你一桩事体,你有没有听说,黄扬要出钞票修这座桥……”

“啥人?啥人出钞票修桥?黄扬?黄老板?”野猫稀奇古怪地笑起来,“老板修桥?”

“你们那边的人传出来的。”路骥内心很矛盾,既希望这个消息是真的,又希望这个消息不准确。

“那边的人,你怎么听他们的话,他们那几张嘴,盐罐子里能讲出蛆来。”

“怎么,不是真的,那怎么会有这种说法,无风不起浪嘛!”

“这种花头都不晓得?”野猫说,“眼热黄老板赚头大,将他一军,要他放点血嘛!”

“那黄扬到底赚了多少?”

野猫说:“咦,你问我,我怎么晓得,我又不是他爹……”

三角包也说:“股长,你这方面就不懂经了,票子的事体,不比别样,不好露眼的,瞒天瞒地瞒老爷,上瞒爹娘,下瞒小辈,弄得不好合困一只枕头也不肯告诉的。他黄老板这等精刮人,肯把票子显出来大家看看?”

“那么黄扬有没有这种可能,修桥?”

“嘿嘿,老板出面修桥,我可以出血造塔了。”野猫说。

三角包他们又笑。路骥发现这几个小青年对黄扬的看法相当复杂,眼热,服帖,又有点忌妒,也想触点壁脚。

路骥从锦帆桥走过来,一眼看到北面的市场,人山人海,拥挤不堪。每次到这地方来,他心里就会莫名其妙地激动起来,好像有一种向上飞的感觉。

这里的摊位都是编号的,总共有近二百个,其中有一部分是领的临时执照。据三角包说,他也想到这里来轧一脚。路骥担心这地方已经达到饱和状态,三角包在这时候进来,一无理想的市口,二无竞争的实力,三无保险的退路,恐怕难以得心应手。但他终究没有把自己的这番顾虑告诉三角包,他觉得应该让这种不知天高地厚的小青年自己去闯江湖。

这里最理想的地点是一号摊位,一号摊位的户主老关,做了几十年小生意,但从未有过一个固定的地方。开始是推一辆小车,沿街叫卖,经营的商品主要是小百货,袜子、纽扣、发夹、小饰品等等。他是第一批到锦帆桥市场来定点设摊的。几十年流离颠沛,辗转奔波,日晒夜露,风来无处遮,雨来无处挡的苦头吃够了,又上了年岁,要寻个安逸点的地方,再做几年生意,这里自然是比较理想的。公家搭了棚子,虽然质量不高,却蛮适用,又安装了电灯,可以做白市,也可以做夜市。其实,路骥心里明白,这样的老人,钞票也积得差不多了,靠银行存款吃利养老恐怕也没有问题了,照理完全可以不再出来做了。有几次路骥看见他咳嗽得很厉害还出来，心有所动。后来闲谈时就谈起过，可是老关说，一家不知一家敟，路骥也就没有再追问。由于市口好，这个摊位的生意越做越兴，经营范围也扩大了，从小百货到鞋帽服装，再后来，牛仔裤、羊毛衫，以及比较高档的丝织、呢绒服装就把那些小商品挤掉了，生意好做得多了，赚钞票也爽气。卖掉一件时装，就可以抵上几十笔纽扣、针线的赚头。可是老关心里并不轻松，仍然有许多人来寻找针头线脑之类的小商品，有的甚至从老远的地方赶来。那些上了年纪的妇女，跑得气喘吁吁，大汗淋漓，每次看到顾客失望叹息着离去，老关心里就很内疚，好像自己做了亏心事。慢慢地，老关不知不觉又开始进一些小商品，看到顾客满意而归的笑脸，老关心里舒服了，不再七上八下。有许多顾客写信到报社、电台、工商局、劳协会，表扬老关，说跑遍了苏州城，甚至寻遍了大上海，没有买到的东西，在老关那个小摊上买到了。顾客们认为这绝不是买一根针一团线的小事体，体现了这个个体户主的经营作风，思想觉悟。这些表扬信引起了高度重视。随着个体户比率的上升，社会上许多人正拭目以待，上过当的人，诅咒个体户赚昧良心的钱；眼皮薄的人，巴望着个体户好景不长；忧国忧民的人，担心个体经济冲垮集体经济；目光远大的人，期望个体户争气。在这种形势下，宣传老关这样的人正是时候。老关的名字很快响了出去，登报纸、上电视，那效果是不言而喻的。老关被选为市劳协会委员，工商部门经常组织个体户去看老关做生意，甚至外地也有个体户代表团来取经，老关摊上的服装等较大的货物也就越来越少，老关又成了经营小百货的专业户了。

老关这个典型树起来的经过，虽不是路骥操持的，但他心里一清二楚。近阶段来，每次路骥到锦帆桥市场去，总发现老关愁眉苦脸，好像有什么话要对他讲，但总是不说出来。

路骥朝老关的摊位走去，老关连忙打招呼："路股长，你来了。"

路骥发现老关更老更瘦背也明显地驼了，他关切地问："老关，身体怎么样？"

"身体好，身体好。"老关说，"路股长，谢谢你。"

路骥看见老人眼眶发黑，心里很不踏实，不知再说什么好。

老关咽了口唾沫，定定地朝路骥看着，过了一会儿，下了决心似的说："路股长，有件事体，我想请示你，我，我想，批点大件头的货来，现在这样……"

这是路骥意料之中的，他点点头，问："是经济收入的问题吧？"

老关点点头，结结巴巴地问："路股长，你说，这个，这个可以吗？"

"这用不着问别人的，你想把生意再做大一点，完全可以，这是你的权利，你的营业执照上不是写的服装百货，这是在你的经营范围之内的。"

老关一边点头一边支支吾吾地说："可是，可是，我想来想去不大好，领导上对我这么关心，这么看得起我，我不好意思。可是，可是，屋里人又硬劲要我……"

路骥明白老人的心思，按理，经营什么商品，只要在允许的范围之内，个人完全可以自由选择。可是，老关却有所不同，他已不是一个普通的个体户，市委领导点过头，定过调的，老关似乎只能沿着现在的路一直走下去，不能改向，不能调头。路骥相信，从老关自己来讲，做做小百货生意是完全心甘情愿的，可是，老关说一家不知一家，几十年艰辛的生活，没有把老关的腰压弯，那么多的荣誉却把老关的背压驼了，老关的眼睛真像一只惊弓之鸟的眼睛。

路骥问他："那你……这些小商品，不做了？"

"不不，还要做的，还要做的，一样也不减少的！"老关连忙表态。

路骥很为老关担心，他知道老关的经营条件、经营策略、经营能力都有限，要同时做那么多的生意，恐怕是力不从心的。

老关突然压低声音对路骥说：“路股长，我告诉你，你可不要告诉别人，前天黄老板来寻我，他要挑我一宗生意。你晓得，黄老板外面门路广的，有一家乡办厂，新出了一件，一件衬衫，叫，叫什么衫，黄老板说，是那爿厂里的设计师到外国去学来的，上海还没有开始时兴，苏州人连因头还没有呢，他们同黄老板搭得够，发到上海北京去的货，压一部分下来给黄老板，黄老板说转一部分给我。我这只市口显，这批货，进价又低，赚头肯定好的……”

“你相信他？”路骥问。

“自然，黄老板，我是相信的。”老关老老实实地回答。

“同样一件货，你这里市口好，抢了先，他在里面不是亏了么，他肯做这种猪头三？”

“路股长，你不要听别人瞎嚼黄老板的坏话。不瞒你讲，黄老板人是绝顶精明的，不过，这点气度还是有的，不然，他在外面怎么路头子那么广……”

路骥说：“你有没有听说黄老板要出钞票修桥这桩事体……”

老关连连摇头：“我不晓得，我不晓得。”

老关的胆小怕事，路骥心里是清爽的。

路骥离开老关的摊位朝里边走，走了没几步，就看见有一个摊主和顾客在争执。摊主见路骥来了，先发制人，说：“路股长，你来得正好，你评评理，这双鞋，她买去，自己穿坏了，要来退货。”

买鞋的女青年面孔涨得通红：“这叫什么鞋，我买回去，穿了三天……”她把手里的鞋塞到路骥眼前，“你看看，你们大家看看，穿了三天，这样子了，这叫什么鞋子，草鞋？纸鞋？骗子！骗子！”

路骥一看，是一双色彩很鲜艳，造型也很别致的旅游鞋，牛津底已经断裂，鞋面也有破损。

“真是穿了三天？”路骥问。

“我要是瞎说，烂舌头。你问他，叫他自己讲！”

说话间，又有个顾客拿了断了底的鞋来退货。

卖鞋的小青年只好承认，这批鞋是最近从厦门批来的。外表看，绝不比上海产的那些旅游鞋差。因为进价很低，只有四块五一双，而上海的旅游鞋进价一般都在十五块以上。为了保险起见，他特地在厦门多住了两天，穿了那双鞋子到处跑，也没有发现什么问题，就买下了三百双。回来后卖了好价钱，每双十三四块，因顾客中意它的式样、颜色，又觉得价格不贵，一时很热门。想不到卖出一个星期后，问题来了，牛津底纷纷断裂，鞋面也禁不起摩擦，消费者寻上门来，有的说要到有关部门去告状评理。

路骥当机立断，让摊主不要再卖这批货，等候他们的处理意见。摊主又急又气，连连喊冤枉，说他不是骗子，确实不知道这批货这么蹩脚，所以价格上得高了。

路骥也相信他说的是真话，但真话不能提高这批货的质量，他还是说：“你不要急，一两天就给你答复。”

在这种地方，经常有类似的事发生，因为他们的货源比较杂乱，有的是向外地的国营、集体大商店批来的，有的是直接从厂里弄来的，或者向广州、厦门、杭州等地的个体户转来的，即使这里的人知法守法，经营作风正派，不做以次充好就地加价等损害消费者利益的缺德事，却也难保他们自己不上别人的当。即使是黄扬这样很精明很内行的人，也吃过不少亏。

由于羊毛衫行情见好，今年年初，黄扬到上海某家批发公司进了一批较高档的羊毛衫，进价就达三十九块。这批货怎么看也是一等的好货，手感好，又显眼，发货单位也再三强调这是百分之百的纯羊毛。进货以后，黄扬以四十五块的价格出售，开始还担心价格较高，不好销，所以没敢多进，结果却是销路很好。三十件羊毛衫，一礼拜内卖掉二十几件。这辰光有个中年妇女找上门来，说这羊毛衫不是全羊毛的。原来她买回这件衣服，非常满意，穿到单位去，同事品评下来，也一致叫绝，说四十五块值得。有一位同事因为爱人在纺织品公司工作，懂一点区别纯羊毛和其他绒线的方法，说纯羊毛的毛线，点火烧了，烟雾里会有一股强烈的毛发焦味，其灰末则是一种黑色脆灰，可以用手碾碎；而腈纶毛线燃烧后有一股酸味，灰末黑色硬球，用手较难碾碎。于是他们当场试验了一下，发现各种状况偏近于腈纶毛线，所以寻上门来问究竟。用火烧的方法，黄扬也知道，但因为这批货质地很好，又是国营单位批来的，就没有产生什么怀疑，也没有想到用火试真假。听这位顾客一讲，他也当场试验，果然如此。他立即给这位顾客退了钱。可这位顾客偏巧比较顶真，退了钱，还写信到市工商局告了一状，说个体户不可信赖。市局把信转到区里，区局领导专门讨论这件事。陈副局长认为这是黄扬明知故犯，以次充好，至于那三十九块进价的发票很可能是暗中做了手脚的，所以应对黄扬处以罚款。顾局长和路骥却坚持先调查后处理，双方意见不能一致。路骥和小吴带了羊毛衫专门去上海，寻到那家批发公司，批发公司也一口咬定是纯羊毛的，给他们当场试验，公司才改变了口径。但公司从厂里进货时也是按纯羊毛价格进的，所以公司要路骥他们去找生产厂家。他们奔到生产厂家，那是一家很有名气的大厂，经过反复交涉，终于弄清了真相，迫使厂方承认，这批羊毛衫，只有百分之三十的羊毛。至于厂里怎么会把这样的产品冒充纯羊毛衫，那已经超出他们要调查的范围，路骥也就到此为止了。他把情况向局领导汇报以后，陈副局长虽然不再坚持处罚黄扬，但仍然表现出明显的不信任。

一想到陈副局长，路骥心里就有点别扭。顾局长马上就要离休了，顾局长走后，年富力强、精明强干、又有文凭的陈副局长将顺理成章地成为正局长。路骥隐隐有点不安。顾局长曾经暗示过他，如果自己走后，工作不顺心，可以往其他地方调。路骥谢绝了，他不愿意离开这个岗位，也不愿意因为和领导观点不一致而离开自己所喜爱的工作。

路骥之所以一直想和黄扬谈谈交交心，正是因为在这个人身上，他和陈副局长时常冲突。前些时，黄扬提出申请要开一爿专门经营儿童服装的分店。根据上级文件精神，个体户原则上一个人只能开一爿店或设一个摊点，经营也必须在某一范围内。而事实上，现在在一部分个体户中，一个人开几爿店已早有人在，也有的一爿大厂下设几个分厂。像这种情况，凡是正式提出申请的，反倒吃亏，不仅不可能被批准，还会对你宣读一段文件，告诉你这是不允许的。你倘是明知故犯，违反政策，是要受处罚的。所以，有许多个体户已经具备了开分店的条件，但怕冒风险，只得无限期地等下去，个别胆子大一点的，干脆就不提什么申请，借用亲戚朋友的名字，另起炉灶，但实际上却是一个人总管。这种情形，在路骥管辖的范围之内也有，路骥对这事睁眼闭眼，其实是默许了。他认为，实际上已经出现的东西，已经存在的事物，是不能靠行政命令去消灭的。由于个体经济较迅速地发展，现有的管理体制已经不适应了，有些文件，有些规矩实际上已经造成了对现实的束缚。上层建筑本是由经济基础决定的，应该适应并且有利于经济基础的发展，可现在，却反过来成了经济基础的障碍。

路骥常常在局里会议上振振有词地陈述自己的观点，激动的时候，就像在为自己申辩。陈副局长是大学哲学系毕业的，他总是能引经据典，用马列的原话来驳斥路骥的观点。

有一次路骥看到《参考消息》上有一条报道，有几个数字和一些事实很使他激动。报道说，根据统计，一九八六年中国的私人企业比一九八五年下降了百分之五。另有迹象表明，有百分之三十的个体户正在考虑歇业。而就在前几年中，这些私人企业为国家解决了几千万人的就业问题……

“正是因为有些条条框框的束缚，我们国家的个体经济才会出现停滞现象！”路骥激动地说。

陈副局长不紧不慢地说："恐怕也正因为有了这些规矩，才杜绝了在社会主义中国出现资本家的可能。我们可以算几笔账，现在，一般个体户，开一个店，比如饮食店，比如周海平那个饮食大户，平均月净收入已在八千块以上，倘使再允许他另增开几个店，那么，他的收入……"

路骥来不及考虑态度，就打断了陈副局长的话："控制两极分化的办法，不应该是行政命令，不是强化政策，在社会主义国家，应该通过经济杠杆来调节，比如调节税收……"

"好了，"顾局长注意到陈副局长的脸色，打断了路骥的话，"这是个很复杂的问题，恐怕不是一天两天可以得出结论的，更不是嘴上可以谈得清的，要看实际的发展。何况，现在从上到下，有许多人都在考虑，这倒是一种可喜的现象，不过我们目前的主要任务是做好实际工作。"

顾局长不断地周旋着两个人的关系，但这种周旋常常适得其反。

黄扬开分店的申请没有被批准，前几天他来收回了那份报告，另交了一份扩大经营范围，变摊点为店面的报告，因为牵涉到部分商品自产自销问题。陈副局长把报告压在他那儿，路骥怕夜长梦多，催促顾局长早点讨论。现在却冒出这么个消息，说黄扬要修桥，难道他不准备扩大他的事业了？

黄扬在锦帆桥市场的这个摊位，市口并不很理想，轧在当中，摊位又很窄。路骥走近了黄扬的摊位，发现黄扬不在，是一个陌生的打扮得很妖艳的十七八岁的小姑娘在守摊。小姑娘不认识路骥，以为他是顾客，就很热情甚至带点笨拙地卖弄招揽生意，把一条很挺括的西裤推到他眼皮底下。

路骥摇摇头，问她："你是中学生？"

小姑娘说："咦，你怎么晓得？"

路骥笑起来："我会看相的，是谁叫你来做生意的，是黄老板？"

小姑娘也很精明:“你不是会看相吗,你自己看吧,不要来问我嘛。”

路骥倒被她将住了,只好说:“黄老板呢? 我找他有事。”

小姑娘警觉地说:“你找老板做什么? 老板不在。”

隔壁摊位上的户主对小姑娘说:“他是区里的路股长,黄老板的事体他全晓得的,你瞒别人可以,用不着瞒他的。”

小姑娘“哦”了一声,说:“他到太监弄去了,大概在松鹤楼吃饭,谈生意。”

路骥想趁机再多了解一点什么,但看小姑娘年纪不大架势倒不嫩,想来也问不出什么名堂,刚要走开,他看见黄家大媳妇走过来了。黄家大媳妇对那个小姑娘说:“你去吧,我来。”

小姑娘不想走,黄家大媳妇眼睛一瞪,小姑娘才不情愿地走开了。

路骥和黄家大媳妇打了个招呼,问她:“今朝厂礼拜?”

黄家大媳妇摇摇头:“不是。”

“不是礼拜你怎么有空出来?”

“请假,事假。你不晓得,老二这几日忙煞了,这摊根本没有工夫来管了,丢给我们几个人轮流来。”

“请事假要扣奖金扣工资的,你不肉痛?”

“让他扣好了,想开了,工资奖金全是见数的有限的,人家摆摊头做生意,一日抵我们个把月呢……”

“那你为啥不出来做,像你们家老二这样,为啥还要赖在厂里?”隔壁摊位上的人同黄家大媳妇寻开心。

“哎哟,你这种话就不好听了,啥叫赖在厂里,我本来就是在厂里的嘛,做了快二十年,你叫我出来做,谁帮我打包票,到辰光风头一转,个体户不来事了,你怎么说,弄到结果还是我们吃苦头。我们这种老实人,只配吃点咸菜汤……”

这个女人哭穷的水平大家领教过。路骥问她:“你帮老二看摊,钞票归啥人?”

“咦,这是明当明的嘛,成本归老二,赚头归我嘛。”

“赚头不拆份?”

“这一点点份水,老二不稀——”一个“奇”字刚要出口,突然发现失口,连忙改口,“这一点点份水,老二不计较的。”

路骥很想笑,看看眼前这个女人绞尽脑汁做人,又想起刚才那个精明的小姑娘,他不由问道:“刚才那个小姑娘,什么人?”

“哎呀,路股长,人家说你样样晓得的,这一次你不明白了,我的女儿呀,你看不出,人家都说她像我的……”

路骥更要发笑,天晓得,她和她女儿可没有多少相像之处。

“她还在读书,你们就叫她来做生意,不让她读书了?”

“啥人说不让她读书的?我们要叫她读书的,死小囡笨煞,不肯读。不肯读我们也要逼着她读的。天底下的事体,说不准的。今朝保不牢明朝的,所以我想小人书还是要读的,公家的饭碗头还是要捧的。现在有的人家,不让小人读书,要相帮做生意,全是那种拼命吃河豚的户头,弄得不好,到末了赤脚地皮光,路股长你说是不是这番道理?凭良心讲,钞票啥人不要,路股长你说对不对?”

路骥点头不是摇头不是,连忙说:“好,好,你忙,你忙。”

路骥走开的时候,听见黄家大媳妇在对别人说:“唉唉,我们家老二,花头经顶多……”

第 12 章

太监弄是一条很有名气的街。

太监弄地处苏州城中心，离城里最热闹的观前街不出百步，可谓一处黄金宝地，故虽属老城区，却百年不衰，反而日益兴旺。太监弄据说从前不叫太监弄，叫作卧龙街，卧龙街倒是不负其名，实属藏龙卧虎之地。早些年经常出些状元学士，明朝某年间，卧龙街陈氏族里，有弟兄两人入朝供奉，后来成了得宠的太监，赐名为金玉、如意，一时鸡犬升天，整条卧龙街更霸为陈氏所有，并改名为太监弄。可惜陈氏族里人丁不兴，福寿不齐，早早地都没有了后嗣，金玉、如意二太监身居皇宫，虽倍受宠爱，却也不得随意回故里处理家产，合计下来，为讨太子欢心，便把太监弄给了太子老师的亲戚于氏，于氏家族就在太监弄占地居住了。

其实，太监弄的这一段历史，倒是鲜为人知的，苏州城里平头百姓，只知这卧龙街藏龙卧虎风水好，只晓得太监弄出过太监，其他事体就不清爽了。

事实上，太监弄的名气并不是由这两个太监而得。

太监弄的名气，出在一个“吃”字上。

清朝乾隆年间，苏州城里有一个姓张的小商，积了些许钱财，到太监弄来盘屋开店。

那时候太监弄的大部分房宅已经不姓陈，也不姓于了，早已各归新主，张老板便盘下其中一间门面比较宽敞透亮的房子，挂起了“松鹤楼”的招牌。

小店开了一阵，生意并不兴隆，张老板正发愁，有一天却时来运转了。这一天，下江南的乾隆皇帝青衣小帽乔装打扮在苏州城里到处游览，偏生踏进“松鹤楼”店堂，讨个吉利，点了一盘“全家福”。菜端上来，一尝，口味果真不错，来了兴趣，夹起一块鱼片问跑堂这是什么？跑堂回答说是乌龙肉。又夹起一块鸡爪子问这叫什么？说这叫凤爪。乾隆心中很是不痛快，皇帝本是真龙天子，皇后便是凤，这家小店居然吃龙肉凤爪，要想发火却因身边没有保镖怕暴露了身份被人暗算，只好咽下这口气，灰溜溜地走了。世上没有不透风的墙，这件事后来传开了，苏州城里的老百姓为了品尝一下“龙肉”“凤爪”的味道，争先到松鹤楼，张老板从此生意兴隆。

自然，关于乾隆皇帝下江南的故事，苏州城里的老百姓，十个里起码有八个可以讲出几段来，这种传说，到底是真是假，也没有人去追究。

可松鹤楼名声大震，百年不衰，倒是不假。太监弄因松鹤楼而沾光也是众所周知的。

这几年，太监弄又先后开出了得月楼、王四酒家、功德林、老正兴、京华酒楼、五芳斋等吃食店，太监弄真正成了一条吃食街。谁家屋里来了客人，请到松鹤楼吃一顿，那是大面子了；结婚办喜宴，订得着得月楼的桌子，娘家婆家面上有光彩；两个单位谈生意，到王四酒家办一桌常熟风味的酒席，一只叫花鸡，吃在嘴里，香到心里，于是酒杯一端，政策放宽，筷子一提，可以可以，谈判顺利进行，圆满成功；外地人来苏州游览观光，欣赏了苏州园林以后，慕名寻到太监弄，尝一尝松鼠鳜鱼响水鳝糊，领略一番苏式菜肴的风味，游兴大增。如此吃法，倘是当年的两位太监在天之灵有感，九泉之下有知，不晓得会作何感想。

随着太监弄吃食群的重新兴起，这地方又成了寸金难买寸土的宝地，不少单位和个人纷纷到这里来盘店面，抢市口，开店做生意。自然，太监弄开的店，大多和吃相关。

一年前，在这个吃的世界里，突然别出心裁地开出了一爿洗衣店，这真是万绿丛中一点红。洗衣店取名“西蒙”，店面又宽敞又漂亮，不锈钢框架的橱窗，茶色玻璃，门面布置得也很气派。这爿洗衣店以干洗高级毛料为主要服务项目，号称拥有进口干洗机，设备齐全，而且先进等。开始倒是吸引了不少家庭主妇，可是半年以后，这爿店的臭名声就传出去了，不少揭发信投向有关部门。工商局组织人去核查，发现店里根本没有什么进口干洗机。他们所谓的干洗，就是用干洗剂喷一下领口、袖口，再用电熨斗烫一烫，挂个十天半个月，挂挂挺，掸掸灰，一件上衣收四块二，一条裤子收二块八。群众抱怨说，干洗干洗等于不洗，价钱倒辣手得可以。工商部门罚了款，并且责令停业整顿，或者提高服务质量，或者降低收费标准。“西蒙”店没有办法提高服务质量，只好降低干洗价格，从此一蹶不振，生意冷落。在那些热闹非凡的吃食店的挟持之下，更显得可怜兮兮的。店主又苦苦支撑了半年，连当初的投资都没有捞回来，左思右想，决定改弦更张，另起炉灶了。他要把这块地盘、这个门面以最好的价格租出去，翻回本钱来。这一点是不用愁的，这样好的市口，现在外面是很难觅到的。

这位背时的小老板为出租房子，洽谈的第十二个人就是黄扬。

这时候小老板的心情已经不是刚开始谈判时的心情了。由于他要价过高，前面的十一次谈判都以失败告终，好多天再也无人过问。他开始着急，耗掉了时间，就耗掉了钞票。这时他听人说锦帆桥市场的黄老板愿意按他的开价来租房。可是他左等右等不见黄老板上门，终于等不及了，主动去找黄扬谈。

这一着正中黄扬下怀，他等的就是这一天。小老板一来，谈了几句，黄扬就说：“走，看看去，价钱好讲。”

小老板心急火燎,哪有那份闲情逸致,可黄扬要看店面看他的地盘,他只好陪了来。想不到,黄扬把他拖进了松鹤楼。

“这,这……”小老板手头窘迫了好长时间了,一边咽唾沫,一边支支吾吾,“这,黄老板,怎么回事?”

黄扬哈哈一笑:“你看看什么辰光了,吃中饭了,饿着肚皮怎么谈?你放心,我请客。”

小老板这才松了口气,又咽了口唾沫,随即警惕地愣着眼睛说:“黄老板,我们亲兄弟,明讲话,吃归吃,我开的价,不能再压了。”

“好说好说。”黄扬笑眯眯地招呼服务员点菜。

路骥追踪到这里,终于寻见了黄扬,那两个人看上去已经有了几分酒意了。

“路股长,”黄扬主动对路骥扬一扬手,“来,来,这边来坐。”

路骥疑疑惑惑地看了他和小老板一眼,在旁边坐下了,胃壁却不失时机地发出了饿的信号。

“路股长,你是来寻我的吧,”黄扬回头喊了一声服务员,“喂,再拿一副碗筷来。”

路骥连忙站起来:“不,你们先吃,我等会儿再来找你。”

黄扬盯着他看:“你肯定还没有吃中饭,对吧,你不敢和我们一起吃饭?你怕我们?”

路骥脸上有点不自在:“你们有什么可怕的?”

小老板也借着几分酒意说:“路股长,虽说你是管我们的,可你也少不了我们,没有我们,你也没事情做了,对吧?”

“既然不怕什么,就一起吃吧,你们共产党是最讲实际的。”

小老板完全和黄扬唱一个调子:“路股长,今天这顿饭你不吃就是看不起我们,你看不起我们,实际上就是看不起自己的工作……”

路骥笑了,他又坐了下来,接过黄扬递给他的碗筷。

路骥坐下来以后，黄扬也不再应酬，继续和小老板谈话。

路骥很快听出来，黄扬正在给小老板分析洗衣店难以维持的原因，说得头头是道。小老板听得很认真，问黄扬："照你这么讲，只要路子走得对，洗衣店还是可以开的啰？"

黄扬说："当然，为什么不能开？"

路骥看看黄扬，他已猜出黄扬要盘洗衣店的店堂，可他这样说，岂不是叫小老板不要出租吗？

果然，黄扬又说："可惜啊，名声臭了，再用原来的店名，再在原地继续下去，恐怕不会有好的结果。"

"就是，"小老板急不可待地接住话头，"就是呀，所以我是急于要出手的。"

"你既然哇啦哇啦告诉别人急于出手，开价又那么大，等于捏自己的头颈。"黄扬把刚刚端上来的一盘热炒推到路骥面前，也不看他，继续对小老板说，"你既是真心想出手，又这么性急，就应该做出一副长期守留的样子，等人家上门来求你。"

"哎呀，黄老板，你说到点子上了，我真应该早点来寻你。"小老板一口喝干了半杯酒，脸涨得血红，站起来说，"好了，就这样，我们爽气人做爽气事体，黄老板，凭你这几句心里话，我有数了，今后还要来求你的。这爿店，就按你开的价，我认了！"

黄扬不急不忙，脸上看不出一丝喜悦和兴奋，说："你不用急，过几天再给回音也不迟。我盘下你的店，一时三刻也撑不起来，我的事体更不如你，八字还不见一撇呢。"

路骥感到黄扬朝他看了一眼。

小老板好像怕黄扬反悔，连忙说："黄老板，这桩事体就这么定了吧，下次我还要来寻你帮忙的。好，路股长，你们慢慢吃，我屋里还有点事，先走了。谢谢了，黄老板！"

小老板急急忙忙走了出去。

路骥看看黄扬，黄扬也在朝他看，两个人都没有开口。

路骥不大明白，黄扬对他的戒备怎么消失了，谈这类事情，怎么愿意让他听见。从前黄扬同他寻过开心，说他是他们的“煞星”。

两个人发了一会儿呆，黄扬说：“吃吧，不吃也是浪费，你们共产党是最恨浪费的。”

路骥看看桌上的菜：“这一桌，要花多少钞票，你怎么这么慷慨起来了，就为了那间门面吗？”

“哦，不，用不了多少钞票的。喏，那个服务员，那个顶漂亮顶苗条的，就是帮我们端菜的，是我的关系户。这些菜，经她的手，只要三分之一，或者四分之一的钞票。你不相信？”

黄扬讲得一本正经，路骥简直不知道该相信还是不该相信。他突然想起了李秋云，是那么的正气，却偏偏爱上这么个滑头。

黄扬说：“你一定在想，这家伙，真真假假，虚虚实实，弄不清。要说是真的，怎么可以随便泄露天机，随便告诉一个共产党的干部，难道不怕有人去揭发，去报告经理，炒那小姑娘的鱿鱼吗？要说是假的，怎么舍得请客？”

路骥无可奈何地笑笑。

黄扬收敛了笑容，正色地说：“这是真的，我不是寻开心。其实，你心里也明白，现在外面都靠这一套在做事体，整个社会机器就是这么在转动……”

路骥摇摇头，他晓得，黄扬对他说这些，是对他的信任，他很矛盾。一方面，他宁可不要这种信任，同时又为黄扬的信任而感动，他一时忘记了自己来找黄扬的目的。

黄扬递一支烟给路骥，认真地看了他一眼，说：“哦，对了，有一个人向我打听过你，看上去对你很关心，她叫潘奇娜。”

路骥起初没有什么反应，但很快震动了一下：“潘，叫什么，潘什么？”

“潘奇娜。”

“潘——奇娜，哦，不，不，她有没有其他名字？”

黄扬没有直接回答他，却说：“她是从深圳回来的，我想，你们一定认识。”

是她！是潘红英。路骥激动起来，他不想在黄扬面前掩饰什么，他急不可待地问：“她，她现在在什么地方？”

黄扬说出了潘奇娜的住处，问他：“你要去看她？”

路骥摇了摇头。

黄扬好像明白了一切，他慢慢地说：“也许应该去看看她，她是一个不停地奋斗的人，这样的人更需要一些特殊的感情，这是任何人也代替不了的。”

路骥一下子觉得，他跟黄扬之间根本没有什么隔阂和戒备，他们的心是那样的相通那样的靠近。路骥一时好像控制不住自己，就把他和潘红英的一切原原本本地告诉了黄扬。讲过以后，他自己也很吃惊，这些事他没有告诉过任何人，连亲妹妹也知道得不多。

黄扬徐徐地吐着烟雾，不知过了多长时间，店堂里的客人大都走了，服务员倒没有来催他们。

“是的，看来你们是不可能再走到一起去了。”

“可是我忘不了她。”路骥像一个任性的孩子在撒娇。

“她也一样，忘不了你。残酷一点说，这样更好，得不到的东西才是最美好的。”

路骥摇摇头，闷闷地想起了心事。

黄扬也不再说潘奇娜的事，抓紧时间吃饭。

路骥叹了一口气，先打破了沉默。

“你报告上不是说已经盘到地方了，怎么又在这里动脑筋？”

黄扬笑笑：“没有，根本没有盘到什么店面，不先造点声势，你们怎么肯抓紧研究呢。”

“你的报告还压着，这店面这么贵，你现在租，不是太早了吗?”

黄扬说:“这里市口太好了,我想在这里立足。什么时候批下来,我才能干事体,要靠你帮忙的。”

路骥问他:“你怎么想到要自产自销呢?这桩事体不是好办的。”

“我开这爿服装店,方针是‘时新、实用、齐全’,可是你看,现在要做到齐全是不容易的。我要开儿童服装专柜,还有,还有……残疾儿童专用品,特别是那些小孩子需要的东西,现在很少有人生产,我到哪里去批开裆裤这一类的货呢,这是一;二呢,现在有不少时装市场价格太贵,推销不开来,要是我能自产,就可以压下价格,销路一定很好……”

“你有自产的能力吗?”

“说是自产,其实我的想法是我设计、出原料,请某个厂加工。”

“你懂服装设计?”

“不,我一点不懂,要去找人、求人,不过……”

“那你已经找到同你联营的厂子了?”

黄扬笑着说:“没有,我还什么都没有做呢,等圣旨呢。”

路骥也笑了:“可实际上你已经开始做各方面的准备工作了。”

“因为我相信你会促成我的。”

路骥苦笑了,局里的分歧怎么好向他说呢。

黄扬见路骥苦笑,就说:“人人都有为难之处,但不管怎么说,我相信你。”

路骥发现黄扬笑起来眼角的皱纹很深,他突然想,一定要在顾局长离开之前,把黄扬的执照批下来,他立时有了一种紧迫感。

黄扬的情绪却蛮高涨:“你晓得,我开辟的专营儿童服装的分部,就叫‘唐老鸭’。我相信这个形象不仅受小孩子的欢迎,也会赢得许多家长的偏爱……以后，要是有条件，我还打算真正做到自产自销，搞一个小型的生产基地……”

路骥不由自主地打断了他：“你的资金呢，有人入股吗？你想独家经营，原料来路能保证吗？还有经营、销售等许多问题，你都有把握吗？”

黄扬犹豫了一下，随后说：“我会做最大的努力的。”

“也会担最大的风险的。”

“我知道。其实，我根本不必再冒什么风险。我已经赚了一点钞票，造一幢新房子，添置些高档用品，我只要继续维持锦帆桥市场上的那个摊位，也就够了。嘿嘿，别人说我这个人是最实际的，全是一套实用主义，说我没有一点幻想，其实，你看，我是经常想入非非的，没有幻想，怎么会……”

“哦，问你个事体，恐怕是不可能的，但还是了解一下当事人为准——传说你要修桥的事，是不是真的？”

黄扬一愣：“你怎么也——你是为这件事来找我的吧？我现在没有钞票赞助捐款，我还恨不得别人给我一点赞助呢。再说修桥本来是交通部门的事体，倘是筑路修桥，都由个体户包了，还要那些部门做什么，培养更多的官僚主义，老爷？他们拿了国家的钱不给老百姓办事。有些事情也真有意思，出钱修桥就是办好事、行善，就是精神文明、是雷锋，我要开这么一个店，说好听一点，不也是为人民服务吗，怎么就是唯利是图昧良心呢？嘿嘿，人就是这样，修桥的钞票拿出去是收不回来的，收回来的只是空名声，但大家欢迎，我也不会再被人骂了，别人的红眼病也不治而愈了。而开店，拿出去是为了收回更多的……”黄扬一口气讲了一大堆话，看路骥只是皱着眉头，不作声，他停了一下说，“今朝讲得豁边了。”

路骥笑笑。

“下次再说吧，我还有点事体……”

路骥点点头，看黄扬骑上自行车，他心里猛地一沉，好像什么东西一下子丢掉了,他连忙“哎”了一声。

黄扬回头看他,又下了自行车,推着走过来。

路骥见黄扬回过来,支吾了一阵,终于说:“她……回来干什么?”

黄扬说:“来做生意。她现在在香港人的公司里做事……”

路骥又犹豫了一下,说:“你说,我应该去看看她?”

黄扬郑重其事地点点头。

第 13 章

工商银行的信贷员，时下是很吃得开的。在这个改革开放的时代，许多单位和个人要贷款办事体，都要求助于信贷员。

可是，曾越在这个宝座上却是越坐越不安稳。

曾越从小是个很乖很听话的小女孩，从小学一年级到高中一年级，功课一直是名列前茅的，品行也深受老师赞赏。可是上了高二以后，她自己也不明白是怎么回事，总是静不下心来，不想学习，不想用功，对父母老师希望她考大学的迫切要求有一种说不出的反感。参加工作，分配在工商银行，可是，工种很不理想，让她去应付门面坐柜台，她不服气地看着一些成绩比她好的女同学扬扬得意地坐在楼上，肩负重任。为了出这口气，她考上了电大，后来终于坐到了信贷员这个位置上。可是，没有多长时间，她又厌倦了。女儿一天一天长成大姑娘了，父母操心的重点就慢慢地转移到婚姻大事上来了。他们不失时机地让女儿结识了郑峰，不仅曾楷夫妻俩高兴，曾越本人也是很满意的。郑峰外表不凡，内里也不空，待人接物，礼貌周全，对曾越更是温情脉脉。如果说曾越各方面条件可以打 80 分，那么郑峰的总分至少在 95 分以上。

当初，曾越欣赏郑峰那种孜孜不倦的求学精神，觉得这是个有上进心的人，可是后来，她厌烦的也正是这一点。她嫌郑峰太酸、太迂，她不明白那些“之乎者也”“归去来兮”究竟有什么用处。大马的能干和他对生活的理解，如一面镜子照出了郑峰的无能和空泛。曾越一下子认为自己要找的男子汉非大马莫属。父母迁就了她，因为在一段时间的了解和接触中，他们发现自己完全可以容忍大马这样的女婿，尽管不像郑峰那样尽如人意，却也不觉得讨厌。可是想不到，大马的那些优点，后来又成了曾越摆脱大马的理由。

曾楷气煞了，连一向稳当的舒林也着急了，他们郑重其事地去请教了学校里的一位心理学老专家。老专家说，这是青春期的心里紊乱，过了这一时期就会恢复正常。关键是这一阶段要帮助她把握住自己，以免做出什么今后要后悔的事情。

曾楷夫妻俩心领神会，猜想恐怕主要是指择偶。当那天晚上曾越拿出了第三个男人的照片后，舒林终于出马，她准备通过各种渠道去了解这个人的情况。

曾越知道这件事后，在家里大吵大闹，威胁说要搬出去住，再也不回来了。又说她早就不想在银行里坐硬板凳了，索性辞了职，到外面去做事体，去闯荡闯荡。终于迫使父母放弃了对她的干预。从此，父母对她好像变了态度，再也不提一个字。曾越一方面觉得自由自在很惬意，同时却又耐不住这种无人过问的冷落，特别是当她发现她看中的那位早已有了妻室的青年厂长对她毫无感觉的时候，她更觉得孤寂，慢慢地竟生出了一些无名的惆怅和后悔，慢慢地对许多东西失去了兴趣，跳舞、电影、旅游，年轻人爱好的一切活动，她都觉得寡淡无味。也许，以前玩过了头，物极必反了吧。

以前，她对父母亲的客人从来不放在眼里，或者视而不见，旁若无人，或者说一两句惊人之语来炫耀自己的个性。现在当她经常躲在家里不出去，就自然而然地对父母亲的客人有了些兴趣。

这天吃过夜饭，有人敲门，她去开门，发现是前几天来过的一对大龄青年中那个男的又来了。她暗自好笑，肯定是没有“花上”那个女的，来求媒人了。她很鄙夷地看了他一眼，心想，一个人的勇气还不够,还带一个来壮胆。

“我妈妈不在家。”曾越把两个男人冷冷地挡在门外。

“我们不找你妈妈,是找你爸爸的。”路骥领教过这个姑娘的泼辣,也冷冷地说。

曾越“嘻嘻”一笑:“找我爸爸,我爸爸可不像我妈妈,不会做红娘月老的。”

路骥又好气又好笑。

黄扬看出这个姑娘盛气凌人,正想捉弄她一下,却见曾楷闻声走出来,见是路骥,很高兴地说:“请,请里边坐。”回头对女儿说,“好了,去忙你的吧,我们谈我们的。”

曾越“哼”了一声:“我没有什么可忙的,你们谈话,我不可以听吗?保密吗?”

曾楷无可奈何地朝路骥和黄扬看看,好像说:“你们看,就这种样子,谁也没有办法。”

黄扬看在曾楷的面上,打消了捉弄她的念头。

路骥和黄扬在曾楷的书房里坐下来,路骥就把来意告诉了曾楷。在介绍黄扬的身份时,只是含糊了一下,曾楷也没在意,他好像并不在乎别人是干什么的。

“曾老师,”黄扬直截了当地说,“我读过您两本书,关于自然美和艺术美,我想请教您几个问题。”

路骥欠过身体说:“他正在搞一些有关服饰美学方面的调查研究。”

曾越走进书房听见路骥的这句话,立即有了反应:“哦,你是搞服装设计的?”

路骥和黄扬对视一笑,路骥说:“他什么设计都搞。”

曾越没有听出路骥话中有话,又问黄扬:“是服装设计研究所的吗?”

“为什么一定要是研究所的呢?难道只有研究所才能搞研究

吗?”黄扬不失时机地刺了刺这个傲慢的姑娘,又不至于损伤曾楷的感情。

曾越白了黄扬一眼,针锋相对:“不吃这碗饭,谁有这份闲心,研究了又有什么用,就算你掌握了消费者的心理,你自己懂设计吗?就算你能设计出来,有地方生产吗?告诉你,在我们这种社会里,吃哪一碗饭,做哪一件事,可是,哼哼,偏偏吃这碗饭的人,又干不成这样的事,吃干饭……”

“小越!”曾楷生气地阻止女儿,“你少说几句吧,天底下不是你一个人独具慧眼,也不是你一个人会针砭时弊,懂吗?”

曾楷不等女儿再纠缠,就把话头切入黄扬他们关心的服饰美的问题。

曾越几次想插话,都插不进去。爸爸和这个老三老四的人所谈的东西她是句句听得懂,却一句也说不出,只知其然不知其所以然,她终于乖乖地闭了嘴,在一边认真地听了起来。

“曾老师,你在《美在斯》一文中谈的内在美与外在美的互相转换问题,我觉得很有意思,要搞服装设计,眼睛恐怕不能只盯住服饰本身。”

“说得对,说得对。其实内在美与外在美这个问题大有探讨价值。”曾楷很高兴有人来谈他的著作。

“其实,生活中处处有这样的辩证法。”黄扬滔滔不绝地说,“曾老师,你是怎样……”

曾越忍不住悄悄地问坐在一边发呆的路骥:“喂,他是干什么的?”

“你不会感兴趣的,你不会看上眼的……”路骥说。

“哎哟,摆什么架子呀,一本正经的,了不起了……”

“个体户,你说过不算男子汉的个体户。”

“个体户,他要做什么,个体户搞这些做什么?”

路骥说:“说出来你也不一定懂,因为你根本就不想理解他们。”

曾越有点生气了，说：“你这种男人真是小肚鸡肠，说几句话就记恨在心，哼！”

“好好好，告诉你，他准备搞一个大型的服装店，其中有儿童服装专柜。现在市场上实用的儿童服装供不应求，他有一套计划，想自产自销……”

曾越眼睛一亮，随即却以不满的口吻说：“为什么只搞儿童的，不弄些成人的，你们以为现在苏州城里成人服装就很丰富了吗？告诉你，差得远了，你们到南边去看看，就会开点眼界了。”

“你去过广州，还是福建？”黄扬趁曾楷去倒茶的时候，回头问曾越。

曾越以为黄扬有意将她的军，立时涨红了脸，恨恨地说：“会去的，你等着看好了，说不定还会去做生意呢！”

黄扬“嗬嗬”一笑：“哦嗬，好派头，好胃口。不过，你会晓得的，什么地方也不是遍地黄金欧。”

“我不是为钞票去！”曾越一句顶一句，不肯认输。

黄扬说：“为了理想？为了事业？可敬可敬！”

曾越除了翻个白眼，说不出别的话来。

曾楷走过来问：“你们谈什么呢？小越这么顶真。”

黄扬笑着说：“谈红娘月老呢……”

曾越狠狠地瞪了他一眼，黄扬高兴地笑起来。

曾楷不知原委，又拣起了他自己感兴趣的话，谈到兴头上，他突然盯着黄扬看了一下，问：“你是干什么的？刚才这位路同志介绍，我没注意。”

“个体户！”曾越抢上来说，把路骥说给她听的话又卖给她爸爸听，“你不会感兴趣的，你不会理解的。”

曾楷一时不好说什么，摇摇头又点点头，也不知该怎么表达。

路骥连忙把黄扬的情况较详细地告诉了曾楷。曾楷问黄扬：

“你的这个计划,打算一个人单干吗?”

黄扬说:“不是打算,有许多工作已经在做了。”

曾楷又摇摇头:“你有,有那个,有人支持吗?”

“有后台吗?”曾越索性代他讲得更清爽一点。

“有。”黄扬朝路骥看了一眼。

路骥心里却不踏实,移开了眼睛。

黄扬一笑,说:“后台吗,大得很,政府就是我的后台嘛。”

“哟,打什么官腔呀!”曾越不以为然。

“小越,不要瞎说。”曾楷阻止女儿,回头又问黄扬,“那你的资金呢,你……”

“他准备贷款。”路骥代黄扬回答。

“贷款,你需要贷款?喂,为什么不来找我?”

黄扬听出这一次曾越不是嘲弄也不是寻开心,心里一亮:“找你,你是银行大老板?”

“哼哼!”曾越马上神气起来,“大老板倒不是,权力倒有一点,告诉你,工商银行的活菩萨,信贷员!”

黄扬和路骥不约而同地“哦”了一声,他们都知道这个人物的分量。

曾楷很不高兴地皱皱眉,随后压低了声音说:“小越,你怎么可以……公事公办,你怎么可以……”

曾越却偏把嗓音提高了说:“公事公办,我比你懂!”

黄扬对路骥眨眨眼,暗示路骥,这条路子不能放弃,一边对情绪低落下来的曾楷说:“曾老师,你能不能帮我介绍些能搞服装设计的人,或者是有这方面基础的……”

曾楷的情绪低下去,曾越的情绪却高起来,她“扑哧”一笑:“我爸爸呀,恐怕只认识他自己。其实,就算他认识谁,恐怕也不会介绍给你。为什么?你是个体户嘛,个体户朝不保夕,我爸爸可是一步一个脚印的,走了几十年,没有犯过一点点错误,也没有做过任何冒昧的事,他不能在这上面栽跟头,让人家,让他的高级知识分子同事们指指戳戳,说他也被金钱的妖风刮昏了头,对吧,爸爸?”

曾越这一番连嘲弄带讽刺的话,入木三分,至少可以概括出曾楷大半辈子人生的一大半内容。

曾楷正要对女儿发火,大家都听见外面的门“吱呀”一声。

曾越说:“红娘回来了。”

路骥站起来,迎了过去,舒林一见,又高兴又抱歉地说:“哎呀,让你久等了吧?”

曾越撇撇嘴:“人家不是来找你的,你不要这么自信嘛,有人需要你,也有人不需要你嘛。”

舒林不理睬女儿,问路骥:“小李怎么样?没有一起来?”

路骥下意识地瞥了黄扬一眼,含含糊糊地说:“好,好……”

“怎么样?”舒林并没有在意路骥尴尬的神情,笑眯眯地问,“你们的进展如何?小李的态度呢?”

不等路骥说什么,曾越又一次讥笑母亲:“人家是乔太守乱点鸳鸯谱,你这里是舒老师瞎牵月老绳……”转身又对路骥说,“喂,我说得对不对?那次我一看你们两个人的面孔就有数了,互不中意,对不对?那个女的,一张脸拉得有三尺长,别人看了心里发涩发闷,这种人……”

“你不懂!”路骥又看了黄扬一眼,对曾越说,“你不懂,你不可能懂的。”

黄扬说:“我们属于两代截然不同的人!”

曾越呆呆地看着黄扬,呆呆地听着他不动声色地说这句话。

舒林对不知所措的女儿说:“你以后会发现的,这几年你说了多少浅薄无知的话,做了多少浅薄无知的事,你会后悔的!”

曾越第一次在父母和外人面前窘住了。

黄扬却笑着说:“我相信每个人都是从二十岁走过来的,所以每个人在二十岁的时候，都会说一些浅薄无知的话，做一些浅薄无知的事……”

曾越很委屈地说：“我不是二十岁，我已经二十四岁了！”

舒林固执地回到自己关心的事情上：“好了，好了，小路，说说吧，你们的进展到底怎么样，你到底有什么打算，她呢？”

路骥连忙扯开去，把黄扬介绍给舒林，并把黄扬的打算告诉了她，黄扬不时在一边做补充说明。

舒林被黄扬的计划打动了，黄扬所谈的服装设计问题，拨动了她心底里的一根弦。舒林年轻的时候，是很喜欢画画的，在考上大学中文系之前，她曾报考过美院，因其他原因没能如愿，后来才报了中文系，忍痛改变了自己的志向。这几十年来，她从前的主攻方向退居为业余爱好，她的业余爱好又从画工笔画，变成了服装设计。近些年来，她自己也动手做衣服，设计自己穿的服装。当然，她是不可能去做黄扬的设计师的。

她想到了一个人，沉默了一会儿，她郑重其事地说：“我可以推荐一个人。”

“谁？”曾楷父女俩同声问，他们好像比黄扬更着急。

“我的一个老同学。”舒林稳稳地说，其实心里很不平静。这个人曾经给她带来过人生最甜蜜的初恋，几十年过去了，一切都烟消云散了，偶尔想起来，也只有一股淡淡的带点苦涩的惆怅。

“他最初就是想学服装设计专业的，可是我国一直到近几年才有这个专业，他后来进了美专。这个人的遭遇也很不幸……”

“是张文清。”曾楷小心翼翼地对舒林说，“你有把握吗？听说前一阵他又和人家去吵架，影响不怎么好，你既要做介绍人，可是要对人家负责的。”

舒林没有理会曾楷的话，对黄扬说：“这个人脾气恐怕比较古怪，不过你同他熟了，会了解他的。还有，他已经不年轻了，老了。”

黄扬笑笑说："其实我们也不年轻了……再说老，并不一定能说明什么的……"

舒林点点头："既然如此，我可以先介绍你们认识，什么时候去，你定一下。他现在，人老珠黄，又没有铁饭碗，关心的人少，管的人却不少，不过好在我们随时都可以找到他。"

黄扬从舒林的话中听出了她对这位老同学的关心和抱不平。

沉默了半天的曾越，这时又"咯咯"地笑起来，说："我妈妈真是好做介绍人，红娘做得不煞瘾，又要做中间人……"

黄扬却乘胜追击，对曾越说："你刚才说的那件事，不会食言吧，到时候我来找你，不会不认识我吧？"

曾越笑得更畅："哎哟，你这个人，真是一脑门的生意经，门槛精得六六四，今朝你到我家里来，可是一箭三雕呀，你这种人做生意不发财，天底下就没有发财的人了！"

"谢谢你的金口。"黄扬一本正经地说。

"你相信口彩？那我多讲几句，反正又不会蚀本。"

"金口只可以开一次，开多了，一分钱不值。"黄扬一语双关。

正在和路骥说话的舒林突然回头问黄扬："哎：小黄，上次我听小李说，她和你很熟的，又是邻居，又是同学，又一起……"

路骥阻挡不及，黄扬听舒林几次提起小李，早已有了某种预感。

舒林见黄扬一时没有反应过来，又说："小李，李秋云，在三院工作的，前些时介绍给小路的……"

黄扬艰难地点点头。

舒林说："那太好了，你能帮我的忙了。他们两个，也说不清怎么回事，不尴不尬不冷不热的，你能帮助促成他们……"

黄扬马上很爽快地笑起来："好，这件事包在我身上！"

路骥总想把话题扯开，可舒林却偏偏抓住不放。

曾越又想插上来说什么，被舒林挡住了，说："小越你少说话，你走得太远了,同代人都无法理解你。"

黄扬一时间有些恍惚,舒林说曾越"走得太远了,同代人都无法理解你",黄扬觉得好像是说的他。

"黄扬,时间不早了,走吧。"路骥的招呼把黄扬唤过神来。

黄扬站起来,一一和曾家的人道别,还和曾越握了握手,笑着说:"谢谢你,谢谢你的金口。"

在黄扬走出去以后,曾越突然大声说:"我很讨厌这个人!"

曾楷和舒林连忙"嘘"她。

曾越突然更大声说:"不,我很喜欢这个人!"

曾楷和舒林面面相觑,说不出话来。

第 14 章

列车晚点五个半小时,终于徐徐地开出了广州站。

大家的情绪都很恶劣。由于晚点带来的种种烦躁和怨言,此时都被这闷罐子似的车厢拘囿住了,像一个被压缩了的重型炸弹,一触即发。不时有争吵声从各个角落,从过道两头传来,为了一个行李架上挤不下的包裹,为了一块立足之地,随时都会发出令人心惊肉跳的尖声和不堪入耳的粗话。

这趟车好像从来没有过空位子,恐怕今后也难有空位子。高峰时期,不要说空位子,连过道里一块空地都没有,这常常使一些当年的红卫兵回忆起大串连的时代。只要有人诅咒这趟倒霉的车,立即会有人附和,也有人笑起来说,何止这趟车,哪一趟车不是这样呢。

一直到火车飞驰出去几百里路,车厢里才慢慢地平静下来。不过,仍然难免有磕磕碰碰叽叽咕咕,上厕所的踩痛了过道里人的脚趾,温吞吞的茶水也会把人"烫"得骂山门。然后就有人摆开了战场,"老 K""爱司"地吆喝起来,并且正大光明地在乘务员和乘警眼皮底下赌香烟赌钞票。各种街头小报、武侠侦探杂志在座位上传来传去,"浴缸女尸的隐秘""风尘尼姑恩仇记""江青艳史""谍海女杰"等各类名人的风流韵事以及改了题目的外国文学名篇,刺激着大家昏昏欲睡的麻痹了的神经。烟枪一杆一杆地架起来,浓浓的烟雾使本来就不太明亮的车灯更加昏暗。而散发着汗味、烟味、臭脚味以及各种携带物品的奇异味的混浊的空气,又熏得人睁不开眼睛,整个车厢乌烟瘴气。

三角包席地而坐,不出半个小时,腰腿就有些发麻了。他换了个姿势,趁机靠在座位边伸出来的一条大腿上,大腿的主人厌恶地皱皱眉头,抽回了大腿,三角包冷不防,朝后一仰,后脑勺撞到一条雪白的滑腻的小腿上。小腿的主人是个柳眉杏眼的姑娘,不等她发出愤慨的斥骂,三角包抢先对她一笑,极有风度地说了一声:“小姐,对不起!”

小姐总算没有发脾气,撇了撇嘴,挤开去了。

三角包重新调整了双腿和身体,要坐三十多个小时,他要尽量使自己舒适一点,靠在了座位的腿上。这条腿的主人总算没有来干涉他,他心情舒畅地笑了笑,摸出一支“健牌”,美美地享受起来。

在这闷热拥挤的车厢里,有三角包这样好心情的人,恐怕是不多的。

三角包这次广州之行,正所谓旗开得胜,马到成功。

三角包的营业执照批下来以后,就盘算着要到广州来一趟,弄点便宜的时装回去。因为他没有见过大世面,不要说广州没去过,连百十里外的大上海也很少去,所以,起初野猫决定和三角包一起来,领他一趟,介绍几个广州小弟兄。可临走前几天,野猫突然病了,走不成了,他劝三角包等他几天,三角包想来想去,不能等,跟了野猫去,等于寻求一个保护人,他不肯丢这个面子,以后小弟兄里讲出来,塌台势的。再说,车票已经买好,时间又不等人,眼看着天气就要热了,他这次去广州主要是进夏季服装的,再等,要等失时机了,所以,三角包决定一个人闯一闯,大有孤胆英雄独身入虎穴的气势,出发的时候,甚至有一点“壮士一去兮不复返”的悲壮。

车到广州，三角包随人流走出车站，天已黑了，只见车站前黑压压的人群，他突然觉得自己像一只刚刚钻出蛋壳的小鸡，睁眼看见这一片乱哄哄的世界，惊慌失措。他镇定了一下，提着几个空空的口袋，没走几步，就被人拉住了，一串听不懂的广东话，把他说得晕头转向。只见那人又矮又黑，只有两只眼睛的眼白在黑暗中闪动。三角包四处一看，才发现这一带有许多这样的人，手里拿着一两件东西专门向外地人兜售，有手表、眼镜、打火机、衣裤鞋帽等等。

拉住三角包的这个人见三角包不懂广东话，便改口说起了广东普通话。三角包差一点笑起来，他想起相声演员说的广东普通话。三角包勉强听懂了大意，这个人把一件西装塞到三角包眼前，说是高级全毛西装，三十块一件。三角包看看这件衣服，十分挺括，手感也很好，实在难分真假，倘若不是野猫再三关照，这地方的东西买不得，这地方的人碰不得，三角包还真想压压价买下来呢。

三角包挣脱了这种廉价商品的诱惑，找了一家旅馆住下，想就近找一家小吃店填填饥，走了半天也找不到一家小吃店，倒是有不少灯红酒绿的大饭店，他不敢进去，只好买了两个面包，回旅馆喝开水。他不由想起苏州街上到处可见的小吃店、小饭馆，那鲜滋滋的鸡汤馄饨，香喷喷的肉丝浇面，以及各式各样的点心。

填饱了肚子，三角包找到野猫给他的一个地址，这是野猫做生意跑码头交上的一个朋友。三角包去问服务员这个地址该怎么走，服务员的话他又听不懂，好像是说倘是夜里走，坐的士很快就到，自己找是很难找的。

街上的士倒是很多，大一点的马路上，每分钟都可以看见好几辆开过去，有的还主动停下来向外地人兜生意。上的士的中国人很多，因为这的士实在太方便太舒服了，但那大都是公费出差，回去可以报销车票的人，或者是那些已经发了财的个体户。三角包现在坐不起的士，也不大敢坐的士，人生地不熟，他怕司机带他绕大圈，敲他的竹杠，这种事体，上海都有，广州怎么会没有。

第二天一早，三角包就去找那个发仔。好不易找到了那个地方，一打听，说发仔被搭进去了，不晓得要判几年。

三角包灰溜溜地走了出来，现在只有靠自己了，直接去看货。幸亏野猫事先详细介绍了广州服装市场的各种情况。三角包绕了几个大圈，终于找到了野猫很推崇的那个以批发为主的高第街贸易市场。

一进这条街，三角包才发现自己是从屁股后面进来的，他看到的第一个摊位的号码是425号。三角包心里很激动，慢慢地看过去，琳琅满目、五彩缤纷的时装，样式品种恐怕至少在一千种以上。苏州的锦帆桥服装贸易市场，在苏州城以及苏州周围的地方也算是很有名气的了。除上海之外，连南京人、北京人，特别是东北来的人，到苏州，凡有采购衣物任务的，都要到锦帆桥市场去，每次去总能买到一些称心如意的东西。没有采购任务的，也愿意去观光一下，看一看那个名气不小的服装市场。可是，再看看广州的这条高第街，论面积范围，并不比锦帆桥大多少，可无论从数量上，还是从服装的花色、品种上，都是锦帆桥市场远远比不上的。三角包虽然初出茅庐，却也不是一窍不通的，过去常听野猫和一些个体户朋友吹牛，耳濡目染，多少也有一点基础。领了执照，开摊设点后，时间虽不长，但三角包很聪明，学了不少，到这里粗略一看，他就发现，这里的服装，以它们的新颖、时尚和快速地更新赢得了顾客的欢心。可是一般开价都比较高，像三角包这样千里之外赶来做批发生意的人，可吃不起贵货，所以，三角包牢牢记着野猫关于“杀半价”的教诲。

三角包这次广州之行，可是个苦行僧，口袋里瘪瘪的，手里的钱还是动用了父母亲的存款，加上哥哥姐姐的支援，他不能轻易出手。

终于,三角包看中了一件叫“魔幻衫”的夏季女衬衫。据三角包掌握的信息,这种款式的衣服,全苏州至少目前还没有人穿,更不用说流行了。摊主开价十块一件,经过长达半个小时的讨价还价,摊主答应以七块钱一件成交,但条件是三角包必须吃下五百件。三角包心里盘算了一下,这件货,到苏州起码可以买到十二三块一件,现在多吃一点自然是要多担一点风险,但是如果顺手,赚起来也是很煞瘾的。三角包终于下了狠心,一张口吃下了五百件。因为买卖比较大,卖主倒也够义气,叫了一个人帮助三角包把货运到火车站,并告诉他货物托运要想快一点,顺当一点,不烧点香是不行的。

三角包花了六十多块钱买了一条外烟,想不到火车站运输科的人不吃这一套,态度倒也不错,说只要交足了托运费,保证按时发到。

三角包很顺利地托运了行李,转身去买返回的车票。他在火车站排了一天一夜的队,才买到一张站票,总算运气还不错,排在后面的人,又要等买第二天的票了。

所以,挤在这污浊的车厢里,别人怨天尤人,三角包到悠然自得,那条外烟正好“进贡”自己。

站在三角包身后的那位姑娘,被烟熏得受不了,终于提出了抗议。

三角包因为心情不错,也不在意别人的态度,掐掉了烟头,笑眯眯地说:“遵命,小姐!不过小姐你不晓得,抽烟是男人一美,男人不抽烟,就像女人不生小孩一样,天晓得他是男人还是女人……”

周围的人忍不住笑了起来,特别有几个烟瘾大的笑得更开心,姑娘也憋不住,笑骂了一声。

座位上有一位知识分子模样的中年人,见三角包很困难地蜷缩在过道上,还有这份闲情逸致来说笑,不由对他有了些好感,也有了些兴趣,问他:“喂,小同志,你是干什么工作的?”

“杀牛的!”姑娘插上来说。

三角包和大家一起笑,说:“喂,老同志你看我像做什么的?”

那人想了一会儿,说:“个体户?”

三角包“啊哈”一笑,说:“咦,倒是滑稽,我走到哪儿,大家都猜我是个体户,我脸上有字啊?”

那个中年人说:“是有点奇怪,我也不晓得怎么,一想就想到你是个体户。”

“你看看自己这种样子,干其他工作的人会是这种样子吗?”姑娘接二连三地报一箭之仇。

三角包不由有些委屈了,倒不是为自己抱不平,为什么个体户就必定像他这样的人呢,他这样的人又怎么不好呢。如果他这样的人会损害个体户的形象,他满可以装出一副高雅的不苟言笑的样子,可以骗骗他们,说自己是大学生,是技术员,是什么作家、画家,说不定,那姑娘还会赏他几个媚眼呢。

“喂,你是做什么生意的?”姑娘斜眼看她。

三角包打量了一下她的穿着,说:“我做的生意你恐怕倒是感兴趣的呢,你斜着眼睛看个体户,恐怕不会斜着眼睛看个体户手里的连衣裙、牛仔裤、新潮衫,还有那些魔幻衫等等。”

姑娘果然认真起来:“什么,你说什么魔幻衫?我也听别人讲过的,不过没有看见过,什么样子,好看吗?”

三角包索性从随身带的手提包里拿出一件样品。

“哎呀!”姑娘一把抢了过来,横看竖看,在身上比画。

大家的注意力被吸引过来了,许多人参与对这件衣裳的评价。三角包很得意地听着。

姑娘好像舍不得把这件衣服还给三角包,问道:“多少钱一件?”

那声音那神态全然不是刚才那种不屑一顾的样子了,十分地谦和,甚至有点媚俗。

三角包很高兴，他觉得兆头很好，这笔生意看来是吃准了。火车上的人，一般都是走南闯北，见多识广的，他们认为这件衣服不错，他踏实多了，心里一高兴，就吹起批发的经过，并把七块的进价吹成六块五，吹嘘自己怎样“杀半价”，有多大本事，嘴皮子有多厉害，连精明透顶的广州人也被他弄得滴溜溜转。

“进价六块五？”旁边有人插嘴，“不贵的，可以的。”

姑娘冲三角包一笑，笑得很甜：“那你，多少钱卖给我？”

三角包被这一笑迷住了，心里一荡，一热，说：“就六块五卖给你，一分不赚你的。”心里想还便宜了你五角呢，就算买你那一笑的吧。

姑娘又仔细研究这件衣服，又问：“你真六块五进的吗？”

“那当然，他开价十块，我压到七，压到六块五，全是真话，天地良心。”

姑娘“哼”了一声：“天地良心？谁相信你，说不定你是三块两块进的呢，你们个体户，骗人吃饭，讲什么天地良心啾……”

三角包突然一把夺回姑娘手里的衣服，一揉，就往手提包里塞。

“你——”姑娘愣了，“你，做什么？”

三角包不理睬她，也不看她。

“你不是要卖给我吗？”

“不卖了！”三角包闷闷地回了一句。

姑娘尴尬地站在那里，笑也笑不出来，怒也怒不起来。

周围的人议论纷纷，姑娘涨红了脸，差一点要哭了。三角包倒又有点不忍，但想想她那些话的可恶，仍然气鼓鼓的。

三角包沉默下来，大家都很无聊。

那个中年知识分子又问三角包：“你那件衣裳，为什么叫魔幻衫？这个名字，恐怕是外国人想出来的？”

三角包不以为然：“那倒不见得，难道中国人连这样的名字都取不出来了？不要自己看不起自己嘛！”

中年人口服心服地点了点头，又问：“这件衣裳为什么要取这个名字呢，我一点也不懂服装。”

三角包看看他，一身灰不溜秋的中山装，料子是早已过时的的卡，心想你是不会懂的。可是三角包却被他这句话问住了，三角包并不明白这个名字是怎么取出来的，但他急中生智，按自己的想法，又拿出那件衣裳，胡乱吹了起来：“魔幻嘛，你看看，这里一方块一方块，像不像前些日子大家玩的魔方？这里，一片一片一团一团的，像不像天上变幻的云彩？两种图案交织起来，放在一起看，你看看，放远点看，有没有一种，一种……”他一时想不出什么好名词来，一急就说豁边了，“有没有一种稀里糊涂的感觉？”

那人一边看一边点头一边咂嘴说：“是有的，是有的。噢噢，对了，取这个名字，有道理的，想不到，想不到。小同志，你还真有点水平，经你一分析，是很有道理的。真是呀，老话说，行行出状元，不能小看呢，一件衣服上，学问还不少呢。刚才你讲的这番话，里面就包含了美学、心理学、市场学……小同志，是不是？”

“那当然！”三角包憋住笑，很神气地看了灰溜溜地站在过道上的姑娘一眼，说，“个体户里能干的人，有知识的人，凭真本事吃饭的人，多着呢，像我这种人，是最末等的了，只会卖卖嘴皮子，靠骗人吃饭……”

“不不不，”那个中年人实在是个老实人，连忙打断三角包说，“你也是有学问的，你是高中毕业吧？”

“当然，高中毕业！”三角包突然想起黄扬，趁机又吹起来，“我们同行里还有大学生呢！”

其实，黄扬算个什么草鸡大学生，反正在这里吹牛不会豁边的。再说黄扬总归是进过大学校门的，他又不说野猫是大学生，这不好算瞎说。

“说的是，说的是……”那中年人很感慨地说，“现在做任何一种工作,没有学问总是不行的。”

三角包现在像个英雄一样被大家尊敬,他心里愈发得意,这艰苦单调的旅程也变得丰富多彩了。

经过两天一夜的颠簸,火车终于把三角包送回了苏州。

那一天,三角包的大哥专门来车站送他上火车,三角包心里虚虚的,却故作镇静。现在当他走出检票口,回到了苏州的时候,完全像个凯旋的英雄。

他感受到苏州的空气凉爽湿润,广州的闷热,曾使他担心他的夏季衬衣进得太晚了,现在回到苏州,才发现这里还刚刚进入初夏。

三角包心里快活极了。

他在锦帆桥上碰见了黄扬,递上一支外烟说:“黄老板,抽。”

“嗬,回来了。”黄扬见三角包满脸笑容,问他,“怎么样,初次出去,看上去很顺手,是不是?”

三角包翘了翘拇指:“那还用说。”不等黄扬再问,他主动向黄扬介绍起来,讲到这件魔幻衫的时候,兴奋得手舞足蹈。

黄扬看了他的样品,马上问了一句:“你进了多少?”

三角包又跷了跷大拇指:“五百件!”

黄扬闷了一下没有说话,三角包不放心,追问:“黄老板,怎么样?”

黄扬考虑了半天,还是决定把实情告诉三角包,这对兴冲冲刚下火车的三角包无疑等于当头浇了一盆冷水。但这盆冷水是非浇不可的,不能再让他热昏,要让他早一点清醒,早作处理。这种季节性很强,又特别讲究时新的服装,最怕拖延时间。

黄扬尽量拣不过分刺激三角包的话说:“你晚了一步,这几天,苏州各处已经有人卖、有人穿了。你注意一下大街,就会发现,势头还不小,一般进价是七块五到八块,售价十块到十一块,你的进价只比他们低半块钱。还有,你可能不晓得,这个产品,不是从南边传过来的，也不是从上海过来的，这个样式最早是常熟一个乡办厂弄出来的，他们直接和广州、福建联系，跳过上海、苏州一下子打了出去，销路很好。现在，又从南方转了回来，自然上海已经先行起来了，苏州很快也会热闹了，你进得太多了……”

三角包如雷击顶，他不能相信黄扬的话，可理智却告诉他，黄扬的话是对的，黄扬在外面的路子比野猫他们熟得多，什么消息他不晓得？三角包后悔去广州前没有找黄扬了解点信息。可是，不管怎样，三角包不想就此萎下去，他不服气地说：“生意还没有做，怎么晓得来事不来事呢？”

“这话不错，”黄扬不忍心再打击他了，“你可以在销售上翻点花样。噢，你的货，什么时候能到，火车托运的？”

三角包告诉黄扬货很快就到，那边运输科的人保证的。黄扬没有再说什么，拍拍三角包的肩，走了。走出不远突然又回头说：“有什么事，来找我。”

三角包既很感激黄扬，心里又很不痛快，他的一腔热情，是被黄扬浇冷的。黄扬凭什么认定自己一定要去找他，他也不是什么三头六臂十二颗脑袋。

可是黄扬的话偏偏应验了。火车托运的货迟迟不来，眼看着街上就流行起了这种魔幻衫，三角包急得走投无路，天天到火车站去追问，后来终于把货等来了。几天生意做下来，三角包真正相信黄扬的话了。

对三角包的困境，野猫他们爱莫能助，从做生意来讲，他们常常是自顾不暇的。三角包左思右想，只好丢掉面子来找黄扬，看他能不能拉他一把。

三角包找到黄扬的时候，黄扬正在和他家隔壁的那个李秋云说什么。三角包发现李秋云的脸色不好，好像有很重的忧虑，三角包因为自己焦头烂额，也没有在意李秋云的情绪。

黄扬看见三角包走过来，不再和李秋云说话，迎了上去，三角包连忙递上一支烟。

黄扬开门见山对三角包说："你那批货，我帮你寻了条出路，假使你愿意，就听我的，不光可以保本，还略有赚头。当然，发财是不要想了……"

三角包这时候哪还敢想什么发财不发财，大批衣服积压，弄得不好，老本全蚀光，所以能有办法保住本就是万幸了。他连忙说："当然愿意，拜托黄老板了，过后一定……"

黄扬看了一眼站在一边目瞪口呆的李秋云，打断了三角包的话："你现在还有多少货？"

三角包哭丧着脸说："还有四百五十件，总共才出手了五十件。"

"好吧，"黄扬说，"零碎的你自己想办法，整数四百件，我帮你寻出路。"

"什么出路？"三角包迫不及待，他为自己积压的货着急，同时也想听听黄扬到底有多大的本事。

"我同一个乡的百货公司经理熟，上次他到苏州，有事找我，我把你这件事同他初步谈了一下，他那边看来是没有问题，可以以八块一件进货……"

只听说个体户向国营店集体店进货，从来没有听说过集体店向个体户进货。可是在黄扬手里什么戏法都可能变出来，三角包粗粗一算，这样还可以净赚四五百块，连忙问："黄老板，这里边的好处费是多少，你说，我照付，再多我也认了。"

黄扬又看了李秋云一眼，并不直接回答三角包的问题，却反问："你在那边搞托运，给了多少好处费呢？"

三角包如实说了，黄扬一笑。

三角包说："我回来听野猫他们说，我出手太少，人家不给面子呢。现在外面行贿还要卖面子呢，搭不够的，他还不收你呢。东西送得不够分量，他看也不看你。我还算额角头，弄得不好，他把那条烟往领导面前一交,表示自己的清白,受表扬加工资拿奖金,我就倒霉了。”

李秋云听了黄扬和三角包的这番对话,很吃惊,她不由地问:“这是真的吗?”

三角包说:“当然是真的。”

“这,都这样明目……明目张胆吗?”李秋云不知怎么用词了。

“当然也有隐蔽的,更巧妙的,大都是在职干部,既不能丢掉乌纱帽,又要弄钱。”黄扬很冷静地说。

“照你这么说,难道就没有一个人是正正经经做生意吗?那么你自己呢?”李秋云问黄扬。

黄扬又是反问:“你说呢,你看我像个正正经经做生意的人吗?”

三角包莫名其妙地笑起来。

李秋云摇摇头说:“现在,真和假、好和坏都分不清了。”

“真真假假,假假真真,假作真时真亦假……”黄扬说,“好了,不同你说了,再说,你会觉得更不可理解,你会觉得人生啊,生活啊,太没有意思了。其实,生活还是很有意思的,人生也是很有意思的,主要是因为大家真真假假,假假真真,那样,唱戏的才有戏唱,看戏的才有戏看……”

三角包忍不住问黄扬:“黄老板,你是怎么做生意的,你做生意为啥不蚀本不吃亏?”

“啥人讲?做生意总是有赚有蚀的,要想只赚不蚀,不要说凡人,神仙也做不到。你慢慢学吧,会精明起来的。其实这一套生意经,并不难,但是有一点,你要记住了,被人抓得住把柄的事不能做。”

三角包连连点头。

李秋云却沉重地摇了摇头。

第 15 章

第一次舒林领着黄扬绕了几个弯，穿过几条很深很冷僻的小巷，终于在一条小巷的尽头，在一幢深宅大院门前停下了。

“就是这里。”舒林肯定地说，但心里却有点迟疑。最后一次到这里来，离现在已经有三十年了。三十年过去了，这幢房子更衰破了，文清也不再是从前那个文清了。

舒林和张文清中学同了六年学，那几年，因为文清家里房子大，又有天井，又有过道，文清自己还有一间书房，天井和过道属于文清弟弟和他的那帮小学生，文清的书房则属于舒林他们这些中学生。

这宅大院总共有三进房子，文清家住在最后的一进。

据文清的母亲说，文清的祖父祖母都是读书人，又有些家产，所以从前在苏州城里是有一点小名气的。文清是个典型的书香门第出来的年轻人，儒雅温和，聪慧敏锐，舒林那时候很喜欢他，虽然她自以为是偷偷的，但同学们都看得出，文清心中也有数。

文清的母亲是一位旧式妇女，只读过私塾，没有进过洋学堂，但她思想很开通，很喜欢和文清的同学谈天说地。舒林曾经很崇拜文清的母亲，觉得她的知识很渊博，却又蕴而不露。文清的母亲年轻的时候跟人学过几天工笔画，专门画仕女，曾想进学堂深造，后因家境不允许，就半途而废了。她生性淡泊，年轻轻的守寡，带着两个儿子过着与世无争的生活，闲下来就抓起画笔涂涂画画。文清大约受了母亲的影响，从小就喜欢涂涂画画。有一次在闲谈中，文清母亲谈起中国现在服装设计力量很弱，服装样式太单调了，只有中山装、列宁装和旗袍。其实这是一门很丰富很有意思的学问，她鼓励儿子去钻研这门学问。文清十分尊重母亲的意见，从此以后，居然真的爱上了服装设计这一行。

多年足不出户的文清的母亲在一九五七年被打成右派，送到很远的一个劳改农场。究竟为什么，恐怕连她自己也说不清。直到二十年后，有关人员给文清看了他母亲的平反通知，他才知道母亲犯的是"出身"罪。他苦笑了，但平反已经迟了，母亲已经在一九六七年上吊自尽了。

母亲被打成右派的那一年，正值文清高中毕业，他被剥夺了参加高考的权利。过了好几年，形势好了一些，文清才考进了一所普通的美专。

文清被拒之学校大门之外，舒林动摇了。由于家人的反对，以及各方面的压力，她改变了考美院的决定，同时也放弃了对文清的那种刚刚开始却是最真诚最热烈的爱。

随后许多年舒林没有听到文清的消息。粉碎"四人帮"以后，当年的同学在一起聚会，说起文清，舒林总算知道了一点情况。文清美专毕业后分配在市群众艺术馆工作，尽管和他自己的专长服装设计不十分对口，但毕竟是一个文化单位，也总算有了个立足之处。可是过不多久，"文化大革命"一来，他下了农村，房子也被没收了。到一九七九年落实政策时，还了一部分住房给他，其余的，既不退还，也没有什么明确的说法，文清也不去追问。倒是文清的弟弟始终很执着地在同有关部门打交道。

文清当年下乡，既不算知青插队，又不是干部下放，他是退了职走的，好像城里再也不存在这个人了。所以，当他从乡下回城后，群艺馆已经进不去了，那里早就超编。因为当年的毕业文凭丢失了，他回母校开了一张证明学历的东西，跑人事局，跑劳动局，好不容易答应给他安排工作，谁知却把他分配到环卫站宣传科。他不明白这是怎么回事，人家说，你不是会画会写嘛，环卫站需要画需要写的东西多，灭苍蝇打蚊子清厕所扫垃圾，都需要宣传画，这工作很重要呢，关系到什么什么什么呢。

文清也就默认了。

文清在乡下待了十多年，做了十多年名副其实的农民，但他并没有认命，在那种艰苦的环境里，他仍然坚持自己的研究。有一回听说市里一个图书馆清仓，他卖掉了手表，赶去抢回来一大堆资料和图片。为了请教一位学者，他借了生产队一笔钱，一个人跑到北京，两个月以后才回来。那一年年底，他连一粒米也没有分到，还透支了几百块钱。独身一人时他一个人受罪，后来结了婚，老婆儿子跟着他倒霉。可幸的是，他熬出来了，十多年中，他的专业不仅没有荒废，而且有了很大的长进。

回城以后，他原以为自己有了这样的基础，又有作品实绩，进服装设计部门或者服装厂是不成问题的。可是命运又和他作对，叫他去画苍蝇蚊子。碰到所里劳动力紧张，有人看见他坐在办公室里舞文弄墨，恨不得叫他也去冲厕所、扫垃圾。不多久，文清一气之下，辞了职，拿着文凭以及自己设计的图样到处自荐，荐了一年，连个伯乐的影子也没有碰上。为了吃饭，文清只好自己开了一爿很小的书画店，进了一些价廉质低的工艺品，再搭上些自己画的一些画，向外国人兜售，生意十分清淡，勉强维持一家人的生活。

舒林领着黄扬登门拜访，正是文清心情最郁闷的时候。

文清的老婆是乡下人，户口仍然在乡下。两个小人的命运自然跟着娘，但文清把他们放在身边，放在城里读书，指望他们日后能考上大学，靠自己的本事跳出“农”门。

舒林的到来给文清沉闷的屋子带来了一股生气，两个人虽然都在笑,却笑得很苦涩很辛酸。舒林迫不及待地问起文清这些年来的情况,恨不得把每一个小细节都听下去。黄扬耐心地等待他们都平静下来。

舒林终于长长地叹了一口气,说:“文清,我们来请你出山,搞你的本行——服装设计,怎么样?”

文清混浊的眼睛亮了,他的大儿子不等他说话,就急急忙忙抱出一大沓设计图纸,对舒林和黄扬说:“你们看,这是我爸爸弄的。”

黄扬和舒林连忙凑过去看,是许多设计图纸。黄扬一张一张地翻看,他不大懂,但多少能看出点意思来。

文清不仅不责怪儿子的自说自话,帮他炫耀,反倒不无骄傲地看着舒林和黄扬,和他们一起研究自己的作品。

“这些,”黄扬指着其中的一部分图纸,“是你自己构思的?”

文清很自负地说:“我自然是看了许多参考资料的,但主体思想当然是我自己的,特别是一些国外的东西,照搬是不行的。”

黄扬很奇怪,像文清这样的环境,怎么可能看到许多外国资料呢。

文清好像看出了黄扬的疑惑,说:“我有个同学在丝绸工学院资料室工作,给我开了这个方便之门。另外他又有一个亲戚在香港,可以看到些外面的东西——惭愧啊,我是辜负了他的……”

过了一会儿,文清又把他们领进卧室。

卧室又小又窄,乱七八糟,地上床上桌上,都是些零碎布片,一台又旧又破的缝纫机上,也堆满了蹩脚的布料,有几件成衣挂在衣架上,也看不出有什么特点。文清突然看了舒林一眼,说:“对了,对了,我这里有一件刚刚弄好,你来做一次模特儿怎么样?你看看我这屋里,三个男的,做了女服,试穿的人也没有……”

这是一件浅灰色的上装,面料很普通,可衣服一上舒林的身,就显出它的不一般来,好像是专门为舒林定做的,颜色虽然老气一点，但式样比较别致，做工也很考究，舒林穿了，一下子好像年轻了十岁。

“怎么样？怎么样？”文清得意之情溢于言表，随即又叹了口气，“可惜，针脚还不齐，这台机器实在是，唉，面料也不尽人意，那些好料子，太贵了，唉……”

舒林很兴奋，她自己也做过许多衣服，一般都很得体，但细细想来，没有哪件比得过文清的这一件。

“你愿意和我合作吗？”黄扬很激动，忍不住问了起来。

文清看看他，问：“你是哪个单位的，研究所的？”

黄扬说：“我是个体户。”

文清惊讶地看着他。

舒林笑着说：“说起来，你们现在是同行，黄扬是个很有事业心的人，他有个很诱人的计划……”

不等舒林把黄扬的意图介绍完，文清突然摇摇头，很坚决地说：“不，我不同个体户合作！”

黄扬和舒林同时问：“为什么？”

文清听得出他们的言外之意，你自己也是个体户，为什么不愿意同个体户合作？他又摇头说：“为什么，我也说不清为什么，反正我不能同你合作。”

滴水泼不进，舒林有点着急了，说：“文清，你，别以为他是那种……”

文清仍然摇头：“我不管他是什么人，我绝不能把我的设计卖给他。”

“你嫌他出的钱少吗？”舒林同文清开玩笑。

文清脸发红，却老老实实地说：“经济问题也是要考虑的，不瞒你说我这些不是东西，不是三钱两钱可以卖出去的……”

舒林很尴尬地看了黄扬一眼，说：“你嫌他是个体户，可是你自己不也是吗，你怎么自己看不起自己呢？”

“看不起,是看不起,我有什么值得看得起的啵!再说,看得起又怎么样?”文清很气愤很不平地说,“我的这些设计,你不晓得,是世界水平的……”

文清的两个儿子忍不住笑起来,文清也不恼火他们笑他,只说:“笑什么,以为我吹牛?哼,你们小看你老子,总有一天,叫你们开开眼界……”

舒林又说:“文清,你再考虑考虑,好吗?黄扬他……”

文清打断他的话:“就算如你所说,他有事业心,有才干,有能力,可是,你敢说他有把握把这些图纸变成实品,让全国、全世界的人开开眼界吗?你说我看不起个体户,就算这样吧,我怎么能把我的设计交给个体户?我这个人,宁缺毋滥,我的设计,一般性的东西绝不搞,他有配得上我这些设计的成套设备吗?不,他不可能有,因为他是个体户,和我一样!”

文清这番话,一点不给舒林面子,更不给黄扬台阶,舒林不由有点生气了,一时说不出什么来。黄扬却认为文清的话有道理。

舒林还在做努力:“文清,他又不是要包下你的全部设计,你只要替他搞一些他需要的就可以了。一个人为什么要这样别扭,和别人别扭,也和自己别扭……”

文清仍旧摇头:“不,我的设计是不能被别人牵着鼻子走的。”

黄扬觉得没有希望了,对舒林说:“舒老师,我们走吧,既然张老师不愿意……”

舒林气未消,挖苦文清:“听你的口气,你的设计已经有主了,是市里哪家研究所,还是省里什么权威机构?”

文清一下子蔫了。

“你还是等着人家来发现你吧,也许你会等到那一天的。可是,你想想,你还经得起多少年的等待,你已经等了几十年了,你有信心再等十年二十年?”

文清灰溜溜地叹了口气,完全不是刚刚在两个儿子面前的那个说“总有一天会翻身”的文清了。他干咳了两声，说：“我晓得，你的话不错，可是我还是要等，也许有一天，运气就来了。现在我开了爿书画店，虽然不大，但和社会上的人接触多了，我想也许会有这一天的。这是我的心血汇成的呀，我不能让它们被你们随便糟蹋了……”

舒林和黄扬只好告辞了，走出门，文清追上来又说了一句：“你如果一定要找，你可以到丝绸工学院去求助，今年他们设计专业的学生毕业了，这是全国第一批服装设计专业的本科生，他们年纪轻，新东西多……”

文清说完，急匆匆地回进屋去。舒林抱歉地对黄扬说：“咳，这个人，你看，说他迂，说他酸，他好像比谁都现实；说他现实，他又那么酸，那么迂。从前，他不是这样的……”

黄扬笑笑说：“这一代知识分子，是不是都有些类似的情况呢？”

舒林点点头：“是啊，你说得不错，我们老曾也是的。”

黄扬看出来，两个小时前，舒林敲文清家门的时候，感情中多少夹杂着一丝惆怅，现在这一点点惆怅也荡然无存了，剩下的只是淡淡的回忆了。所以，有人说把握不住的东西最美好，这话一点不错。

黄扬其实也很为文清的回绝懊恼，他自己不懂设计，但凭直觉，他承认这是个人才，他是很不情愿放弃他的。可是既然文清这样固执，看上去是无法叫他改口了。黄扬乘兴而来，败兴而归，心中实在有些遗憾。

第二天，黄扬就到丝绸工学院去了。

丝绸工学院美术系服装设计专业第一批毕业生，已经在前几天分配完毕，走上了各自的工作岗位。学校宣传部的一位同志接待了黄扬，一点不因为他是个体户而轻视怠慢，他很热情地把这一届学生的情况作了介绍。最后，那位同志向黄扬推荐了几位分配在本市的比较出色的毕业生,建议黄扬去找他们,他们虽然都在单位工作,但业余时间完全可以和黄扬合作。

黄扬先去了市服装一厂,找分在设计科的小朱。

小朱是位非常有个性的青年人,浑身迸出一般现代青年大学生的味道。黄扬一去,刚说了一句"来请求你",他也不问黄扬是什么人,就对他大谈国内服装设计的落后和国外的新潮流,也和文清一样,急急忙忙地把自己的设计图样拿了出来。

黄扬不由把他和文清暗暗做了一下比较,文清的设计吸收了许多外来的东西,但还是文清自己,而这个小朱,却好像不是他自己。

小朱正谈得兴起,有个中年人走了进来,手里拿着一本书,对他说:"小朱,你看一下,你的那个套裙,和这个……"

小朱的面孔一下子红到了耳根,黄扬瞥了一眼,发现是一本国外的服装设计书。

小朱对那个中年人说:"科长,话不能这样说,这种惊人的相似,正好说明……"

黄扬站了起来,准备告辞了,小朱突然说:"哎,刚才你说你是干什么的,我又忘了,是记者?"

黄扬笑笑:"个体户。"

小朱"噢"了一声,说:"那你找错人了,我们这里是设计科,你到对面的办公室去,找供销科。"说着,又回头同他的科长争执起来。

黄扬走出了服装一厂,他手里还有另两个毕业生的地址,可是他没有按地址去找人,却不知不觉地走到了文清开店的南环路附近。

他站住了,犹豫了一会儿,还是朝南环路走过去。

从前的南环路是苏州城里一条十分僻静的马路,这条路上有好几家宾馆,外宾的车辆来往很多,为了预防拥挤而造成交通事故，这条马路没有通市内公共汽车，商店也不多，外国人要买东西，只能去大宾馆内的服务部买。近几年来，中国的老百姓胆子大起来了，人也聪敏了，也要做外国人的生意了，也要在外国人身上揩点油沾点光了，反正外国人袋子里有的是钞票。于是，这条冷清清的南环路上，眨眨眼睛就冒出来几十家书画店。

黄扬就近在一家书画店打听了一下，不等他把文清的外貌描述完，人家就笑起来："那只老甲鱼。"

"他的店名叫什么？"

"店名，噢，叫自得乐，稀奇古怪的名字，同那只老甲鱼一样古怪。"

自得乐，这个名字是有点怪。这条街上的店名，一般都是很雅的，什么寒山屋，什么南环艺苑、古吴轩，有的店主实际上文化水平不高，因为和外国人打交道，多少能说几句外语，加之服饰的考究，礼貌周全，所以，这一带的个体户，看上去文化层次比较高。可偏偏文清这个有真才实学的人，取了这么个店名，这个书呆子，好像总是自己和自己憋气，自己和自己作对。

黄扬寻到"自得乐"书画店，发现店堂里有几个外国人，通过翻译正和文清谈什么，黄扬站在背后听了一会儿。

这是几个法国人，他们到了文清店里，看看文清的那些工笔画，连连摇头，很是鄙夷，认为把这种画拿来卖钱，真是耻辱。文清一直坐在桌子边上，他听不懂法语，但从他们的神情大体看得出他们的意思，他并不生气，他对自己的那些画心中有数，所以也不计较别人的歧视。

那几个法国人正准备退出店堂，有位老太太无意中发现文清桌子上摊开的一些图纸，是一些服装设计图纸，她走过去兴奋地拿起几张，大声地叽里咕噜起来。

翻译告诉文清，这位法国老太太年轻时做过时装模特儿，后来改行搞服装设计，一度在巴黎还有些小名气，现在年岁大了，不再做什么事,但对服装设计仍然是很感兴趣的。她看了文清的图纸,很看重这些设计,问一问是不是文清搞的。

文清骄傲地说:“当然是我的!”

老太太又一迭连声地说了几句什么话。

翻译说:“她很喜欢,想问一问价钱。”文清动作很麻利地从老太太手里拿回那几张图纸,说:“这个怎么能卖,这个是不卖的!”

老太太不明白:“为什么?”

“不为什么,不卖就是不卖,不为什么……”文清结结巴巴说不清楚。

老太太商量了一会儿,又说:“你可以开价,也可以卖专利……”

“不!”文清犟着头说。

“你总有个原因嘛,为什么……”

这时候,黄扬走上前说:“我们中国人有许多东西是只能意会,不可言传的。”

文清也不看说话的是什么人,抢着说:“对! 对对,就是这句话,就是这句话,你们明白了吧?”

老太太知道没有指望了,摇着头,很不理解地说:“中国人,太狭隘,这就叫爱国主义? 不可思议,不可理喻,不可……”

老太太终于失望地离去。

文清这才发现是黄扬帮他出了这口气,高兴地说:“是你呀,你也是来算计我的吧?”

文清的口气松动得多了,黄扬也就直截了当地说:“不达目的绝不罢休!”

“哈哈!”文清咧开嘴笑,“我自以为是个犟头了,人家叫我老甲鱼,你倒比我还要犟,是个小甲鱼。”

黄扬看了一下文清店里挂着的工笔画,确实不如他的服装设计有灵气。那个外国老太婆倒是独具慧眼的,可惜文清是个扶不上的刘阿斗,不识抬举。

黄扬抓住大好时机猛攻:“既是同类,何必互相排斥。你是晓得的,我的目标是服装贸易中心,现在只是小试一下……”

文清拍拍额头:“嘿,当初我的胃口比你还大呢,你知道,我那时候想搞一个服装贸易托拉斯,托拉斯,你懂吗?人家说锦帆桥市场怎么怎么,那算什么……”

黄扬接上去说:“那里有许多东西,算是时装,可昙花一现。真正的时装,又要时髦,又要经得起时间的考验。”

“对的,对的。”文清不由自主地被黄扬牵着鼻子走,“现在的那些设计人员,没有眼光呀!”

“眼光其实还是有的,只不过短了一点,只盯住了一样东西……”

文清一愣,随即明白了,开心地笑起来。

又说了一会儿,文清突然发现了新大陆:“嘿,你也懂设计?”

黄扬摇摇头:“我一窍不通。我若是懂,还来求你做什么?”

文清说:“嘿嘿,你这个人。”

黄扬开始有点喜欢这个老天真、老犟头、老甲鱼了,他问他:“你到底怎么样?肯不肯帮我一次?”

文清狡猾地笑笑,不说什么,从柜子里提出一只瓶子,黄扬一看,还有半瓶白酒。

第 16 章

从前织里巷的人，看见织里巷服装厂的那块蛮神气、蛮耀眼的大招牌，就要发笑，就要骂一声“握空”。

“这爿蹩脚货也可以叫作服装厂，那么转弯角上跷脚的皮匠摊可以叫作皮鞋厂了，河对过大娘娘的糖粥摊，可以叫作大饭店了……”

“几台旧洋机可以办一爿厂，那我们屋里三台‘蝴蝶牌’，笃定挂块牌了……”

说起来也确实好笑，织里巷街道服装厂，总共只有面街的一间屋，二十平方米，厂里的全部资产就是七八台破旧蹩脚的缝纫机。

七十年代初，不晓得根据哪一条最高指示，到处兴办街道工厂，居民里的老头子、老太婆奔来奔去，逗五逗六，搅得七荤八素，你办塑料厂，我办纸盒厂，你办铁皮厂，我办洋钉厂，扛了白底红字的招牌，敲锣打鼓到市革会、区革会、街革会去报喜，激动得上气不接下气，回到屋里吃力得差一点断气。

眼看别的街道你追我赶，闹猛得不得了，织里巷居委会的书记、主任、委员，以及积极分子急煞了，他们实在创造不出办厂的条件，拿不出办厂的资金，挖空心思，搞了一个缝纫组，动员几户积极分子，把自己屋里的缝纫机借来摆在居委会，就这样挂起了一块织里巷街道服装厂的牌子。

后来慢慢地有了一点钞票，那几台旧缝纫机就作价留在这里。十几年过去了，这爿“厂”规模依旧，从来没有生产过什么产品，只是承接一些加工活，做做小人的鞋子，绣绣花边台布，踏踏做工要求不高的工作服。其实这些活也可以由各人领回去做，现在把大家集中在一起做，说起来居委会还存在这么一个组织，再说年纪大的人也愿意轧在一起凑凑热闹，议论议论张家长李家短。

倒是近几年，这爿“厂”有了点兴旺发达的兆头，进来了几个没有拿到毕业证书，所以一时寻不到正式工作的中学生，年纪轻轻的姑娘，心灵手巧，虽然心思野一点，收不拢，但做的生活是没有闲话讲的，背底里叫那些老太婆、大婶婶“老木”，老人听见了也不动气，只是有点不服气。现在她们是老了、是木了，可是她们也有年纪轻的辰光，那辰光她们做的针线活，哼哼，现在的小姑娘是绝对做不出的。

后来又进来一个小青年，专门跑外勤，到大厂家去联系加工活。这个人是山上下来的，起先居委会不肯要他，派出所和家长做了不少工作，总算收了下来。想不到这个小青年做起事体来还有一套，不出几个月，就联系了几桩好生意。“厂”里“工人”的收入眼看着一天一天好起来，名气传出去，不光织里巷的人眼热，附近几条街的人也找上门来要进“厂”。主动上门来联系请他们加工的单位也多起来。过去他们承接加工是有什么吃什么，赚头小的，吃工夫的，统统接下来做。现在不同了，有了挑挑拣拣、讨价还价的资本了。“厂”里赚钞票，居委会也全副武装起来，添置新家当，俱乐部里也有了老人玩乐的东西，不像从前徒有其名。“厂”里“工人”热天有冷饮吃，冷天有营养费，吃肉吃菜和正式工人一样有肉补。现在可以说是万事俱备，只等觅一块地皮造新厂房了。

现在织里巷的人，不再小看这爿服装厂了，不少热心人帮他们出主意，叫他们不要再帮别人加工，不如转入生产，成为一爿名副其实的服装厂。

对这么一个光明的前途，不仅小青年们翘首以待，连那些一向稳妥的老人也叽叽喳喳抢着出主意。六十年风水轮流转，织里巷的风水肯定会转好的，何况织里巷从前就是有名气有影响的。几百年前，就是一块织绸出布的好地方了。现在这爿厂有了这样的好兆头，还不是借了好风水，不像桥那边，不要看眼前那样闹猛，那终究是一块不祥之地，早点晚点要败落的。

确实，大家心里早就发痒了。可是要正式转入生产谈何容易。先要到银行贷款，银行一听是这种街道单位，就要打回票。平价原料也不是轻易弄得着的。要请设计师，要请管理人员，要会计师，有各种各样的名堂，有各种各样的花样经，归起来一句话，是要冒大风险的。触起霉头来，老本蚀光还是轻巧的，假使亏了一屁股债，叫居委会拿什么来还，三间破房子，三钱不值两钱。所以，想来想去，还是不敢轻举妄动，现在的日脚过得蛮太平，贪心不足总归没有好结果的。

黄扬就在这辰光，来到织里巷服装厂。

黄扬的到来，立即给这间二十平方米的拥挤的空间带来了更充实更丰富的内容和更统一的话题。在这里做生活的人，别的不怕，就怕没有一个有趣的话头来咀嚼，现在黄扬这个最有谈论价值的人物出现了，犹如一针兴奋剂，刺激了大家在机器声中逐渐麻木了的神经。

“哟，黄老板，长久不见了，这一阵到哪里发财去了呀？”

“哎，黄老板，人家说你已经六位数了，公开公开嘛，怕我们问你借啊！”

黄扬眨眨眼睛：“为啥要公开，你问我六位数八位数做啥，有女儿想嫁给我啊？”

“哎哟，我们家女儿没有这份福气，你眼乌珠戳在头顶囟上的。”

“黄老板，你不要千拣万拣，拣着个猪头瞎眼啊！……”

“喂，我问你，上次我同你讲，帮你介绍个小姑娘，你嘴上答应见面的，后来怎么人影子也不见了？找你几次找不着，人家小姑娘盯牢我，好像我把你吃掉了，幸亏我家里没有女儿……你讲讲，你什么名堂，到底诚心不诚心？喂，我同你讲清爽啊，人家小姑娘，的的刮刮的姑娘家啊，我介绍的人，全是上得了台面的啊，你不要当是破瓜啊！……”

黄扬嬉皮笑脸：“三婶婶哎，你又外行了，你不晓得破瓜才是熟瓜，不破的瓜作兴是生瓜呢，生瓜有什么滋味呀！……”

“呸！”李家妈妈气恨恨地啐了一口唾沫，她是这里的三朝元老，因为家里条件不好，从一开始就在这里做活，十几年来从未停止过，算是个中心人物。平时她也和大家一样，寻开心讲起野话来是豁嘴豁爿的，那种姑娘家听了脸要红的话她也照讲不误。可是一看见黄扬，她就有种说不出的讨厌，不光讨厌，还有一种隐隐约约的威胁感。

李家妈妈的一声“呸”，其他人一时冷落下来，黄扬自己倒无所谓，李家妈妈越是讨厌他，他越是凑过去同她讲话。

“李家妈妈，你们家秋云回来了，你也不告诉我一声，我想去看看她，不晓得你肯不肯让我进门……”

大家盯牢李家妈妈看，想从她脸上看出点新闻来，最好是桃色的。

李家妈妈的脸青一块紫一块，上了年纪的人气不得，一气，尖嘴利舌也会变得笨嘴笨舌。李家妈妈结结巴巴地说：“你问我们家秋云做啥，我们家秋云同你不搭界！”

“咦，李家妈妈，你这句话就见外了，怎么不搭界？我同你们家秋云十几年的同学，又一同插队，又住河对过，热络煞的……”

旁边有人开始窃笑，后来索性笑出了声，大家觉得李家妈妈的脸上很滑稽。

李家妈妈更加讲不清了："热、热、啥人同啥人热络，你讲讲清爽……"

"哎哟李家妈妈，你们同我热络你们不吃亏的，你叫大家说说！"

"你、你、你……"李家妈妈指着黄扬，说不出话来了。

黄扬看她指向他的那只手在抖，心里竟然也抖了一下，不过脸上还是笑着说："好了好了，不讲了，不讲了，算我瞎说。哎，我寻你们厂长，她人呢？出去了？那我等一会儿再过来……"

黄扬一边说一边朝外走，正巧在门口碰上了厂长。

服装厂厂长是居委会副主任沈阿姨兼的，沈阿姨退休回来辰光不长，担任服装厂厂长只有几个月，却很有能力和办法，那个山上下来的小青年，就是她主张收下来的。

沈阿姨见黄扬找他，连忙把他领进隔壁的办公室。

"沈阿姨，听说你们有打算要改建生产厂。"黄扬开门见山地切入话题，"下一步你们打算怎么走？"

"下一步？"沈阿姨苦笑了一下，"还不晓得呢，我要往东，你要往西，他要往南，上面还要指一个方向，你说怎么走？"

"我想，"黄扬顿了顿，说，"我有个计划，可以和你们联合起来。"

沈阿姨眼睛一亮："你说说，你说说。"

黄扬有两个设想，这两个设想都以服装厂由承接加工转成生产为前提，由黄扬负责解决设计、原料以及销售方面的问题，服装厂只需出劳动力、技术工。

第一个设想是，服装厂仍属街道，黄扬入股。

第二个设想是，服装厂租赁给黄扬。

其实还有一个设想黄扬没有说出口，因为这不是短时期内可能实现的，他想把这爿小厂买下来。

沈阿姨吃了一惊："你想租，想入股，你……资金呢，你真有那么多?”

“我有办法贷款。”黄扬很自信,尽管他知道开辟银行的路是一条十分艰巨的路。

“那,你不怕,不怕——那个吗,你考虑过吗?”沈阿姨倒是很想听听黄扬的想法。她自己对服装厂是不是转为真正的生产厂这个问题,态度一直是很积极的,可是步子一直跨不出去,正是被这个最敏感的问题阻挡了,大家都怕担风险。这个社会是一个竞争的社会,既是竞争,就很难保证什么,人人都想得了保证再做事情,那是不可能的。一个集体性质的单位尚且不敢冒一点风险,担一点肩胛,这黄老板为什么就没有顾虑呢,他又有多大的把握呢,他对自己的成功率的估计是否合理,是否科学呢?

黄扬说:“我不怕失败,我只怕连失败的机会都不给我。”

沈阿姨又问:“倘是按你的想法,租赁这爿厂,这些工人呢,这一部分年纪较大,手脚不灵的人怎么办?”

黄扬胸有成竹地一笑:“我想到时候我会安排妥当的。”

“那么我呢?”沈阿姨有心试探他。

“你就做我的支部书记吧。”

沈阿姨笑了一下,冷静下来说:“你好像把这件事看得很轻松很简单,你想过吗,自产自销,不是一件简单的事,许许多多的关口要去打通,最主要的一关,上面能批准吗?”

黄扬点点头:“我必须一个一个地啃下来,否则,面对这么一大堆难题,谁都会望而生畏的。”

沈阿姨盯着黄扬看了一会儿,说:“听说你已经赚了不少,还想搞这么大的事,你到底想干什么?”

黄扬狡黠地反问:“你说呢?”

沈阿姨又笑了:“谁晓得你,你这个人,人家都说弄不清的,恐怕连你老婆也……”她突然住了口,他现在并没有老婆。

黄扬没有在意,说:“恐怕连我自己也弄不清自己呢。”

沈阿姨不再说什么，听了黄扬的设想，她是很激动很兴奋的，但又觉得这件事离她和黄扬都很远。她认真地看了看黄扬的脸，发现这张面孔好像很成熟老练，又好像很天真幼稚，成熟得与年龄不相称，幼稚得也与年龄不相称。她想黄扬说得不错，恐怕连他自己也弄不清自己呢。她无法对黄扬所提的问题作出答复，她是厂长，但这爿厂不是她的。她似乎觉得和黄扬没有什么再谈下去了，应该说一声“回去吧，黄老板，你这只是一个不切实际的幻想”。

在沈阿姨和黄扬都沉默下来的时候，外面一下子拥进来好多人，一进来，大家的眼睛就都紧张地看着黄扬。

黄扬和沈阿姨的谈话，早被外边的人听去了，现在，黄扬和沈阿姨被他们包围住了。

“沈厂长，这件事体不是寻开心的，你不好随便应承的。”

“黄老板，你自己吃饱了，还要来抢我们的饭碗，不作兴的啵……”

“沈厂长，你应该考虑的，跟黄老板做，不会吃亏的……”

“就是，现在这种生活，做来没有劲，这几个钞票赚来不煞瘾，不够用……”

“你们小鬼头小赤佬懂个屁，跟黄老板做有你们苦的呢，啥人不晓得他黄老板做起事体来辣手的，六亲不认的……”

“沈厂长，这桩事体你要帮我们做主的，到了他黄老板手里，我这把老骨头禁不起几日作了……”

“沈厂长，我们现在全靠街道的牌头，靠共产党的福，做点生活，寻点活络钞票。跟了黄老板，我们怎么办？”

“黄老板，你不要听这种老木瞎说，他们不肯，我肯的，我跟你做好了，你收不收？”

“沈厂长，共产党的饭，大家吃，不好一个人独吞的……”

沈阿姨招架不住，只好抵挡说：“说说白相的，你们不要当真嘛。”

黄扬却说:“要当真的。”

沈阿姨无可奈何地苦笑笑,对大家摇摇头,又对黄扬说:“黄老板,你这么性急,索性我现在就陪你到街道办事处去,这是头一关里的头一关。”

沈阿姨和黄扬走出织里巷服装厂,还有不少人追出来,在背后大喊大叫。

街道办事处的一位主任很耐心地听完黄扬的话,很果断地说了两个字:“不行。”

黄扬看了沈阿姨一眼,她也正在看他。

黄扬赶紧又递上一支烟,对方仍以“不会抽”为由拒绝了,可是看他的手指分明被烟熏得发黄。

真是滴水不进,黄扬想,应该从另一个方面进攻。他开始向这位主任描绘自己的蓝图。

主任始终很耐心地听黄扬阐述他的理由,听完仍然很果断地说两个字:“不行”。既不看黄扬,也不看沈阿姨。

沈阿姨对黄扬说:“走吧,这件事你就死了心吧。”

黄扬还想对这位不动声色的主任动之以情,晓之以理,主任却站了起来,很有礼貌很谦虚地说:“对不起,我还有个会,你要是还想再谈下去,请明天来。”

黄扬只好和沈阿姨一起退了出来。

沈阿姨说:“你另外动脑筋吧,这条路肯定是走不通的,你看这头一关就这么难过,你还想过五关斩六将?”

黄扬还抱着一线希望:“他不是让我明天再来吗?”

“咳,你看不出来,这个人是个牛皮糖,性子好得很,你急他不急,你叫他不叫,但原则他是绝不会放松一丝一毫的。”

“我再跟他磨嘴皮子……”

“你也看得出,要讲道理,他比你懂得多;要讲人情,他比你明白得多,你还同他磨什么呢?”

黄扬终于没有话讲了。

“另找门路吧。”分手的时候，沈阿姨对黄扬说，“假使你下决心要做，你另外找门路吧。”

黄扬想了想，说：“那么，退一步，请你们加工，总可以吧？”

沈阿姨想不到黄扬会后退，愣了一下，点点头：“这个权，在我们厂里。”

黄扬说：“我再去想办法，倘若一时解决不了，就先请你们加工一些……”

沈阿姨到黄扬走后，才想到自己那句话说得冒失了，她可以做主承接任何单位的加工活，恐怕唯独黄扬的活她做不了主。

黄扬的名声在居委会那些人心目中并不好，还有那些眼热黄扬发财的人，不会同意帮黄扬加工的，他们很可能会说，宁可停工也不帮黄扬做生活。

黄扬从街道办事处直接回家，却被街道服装厂的一群娘娘婶婶们堵在锦帆桥边了。

黄扬晓得逃不脱一顿指责，他倒不是怕这些娘娘婶婶的尖嘴，实在是没有兴趣同她们啰唆。服装厂的事谈不成，意味着自己的整个计划要改变，他就不能再做自产自销的美梦了。实现不了自产自销，他的服装店就很难以“齐、全”取胜。正在黄扬愁肠百结的时候，这些人又来缠他。

面对严阵以待气势汹汹的老太婆，黄扬既不能一本正经同她们论道理，又不能翻了脸和她们吵骂，只有拿出惯用伎俩，嬉皮赖脸地对付她们。

老太婆们像饿狼扑食一样扑了上来。

“黄老板，天地良心，你做事体不要做绝啊，天底下的路这么多，你也留条让别人走走……”

“喂，我同你讲清爽，你要是打我们的主意，我是不怕你的，我要到你锅里盛饭吃的！”

“哎哎，黄家老二，老话讲……”

七嘴八舌，吵得黄扬头脑发涨，他打躬作揖地说：“好，好，我该死，我该死，婶婶娘娘们饶了我吧，现在你们看不是我不让你们走路，是你们不让我走路……”

老太婆哪里肯罢休，缠住他不放。

黄扬对老太婆们的话并不怎么在意，一只耳朵进一只耳朵出，他从来都是我行我素的。可是，这时候有一句话倒触动了他的心境。“黄老板，你要是票子多，就积积德吧，喏，这座破桥哟，小人三日两头出事体，年纪大的走上去心惊肉跳，你出票子修一修，减减罪孽嘛，积德行善，总归有好报的……”

黄扬一时间不晓得说什么好了，心里乱七八糟的。他可以在路骥面前从容不迫地大谈修桥的辩证法，在这帮老太太面前，他却变得笨口拙舌，积德行善的话，深深地刺痛了他，他真想反唇相讥，可是又不想同她们理喻，于是只好嘻嘻笑着说：“恶有恶报，善有善报，闲话虽然这样讲，其实也不见得。你们想想，这座桥从前不是孙家出票子修的吗，为啥孙家就没有好报呢？到末了是火烧了祠堂，这可是多大的恶报呢！所以我讲人还是恶一点好……”

老太婆们又哄闹起来，恨不得把黄扬生吞活剥。

黄扬正苦于没有办法脱身，发现自家大嫂下班走过来了，心中一喜。

果真，黄家大媳妇晓得这几个老太婆又在攻击老二，走上前来，脸一板，老太婆们先有了三分惧怕。这个人是织里巷上下沿三只雌老虎之一，骂起人来没大没小的，老太婆还要顾全自己一张老脸。说句良心话，啥人屁股上没有一点屎，这个女人是专门揭人家屁股的，犯不着让她伤了自己的老脸。

黄家大媳妇看看老太婆们退缩了，更加得意，气足得不得了，开口先是一句花腔：“哎哟哟，三婶婶，那天我碰着你家新娘娘，肚皮大得来，倒像有七八个月了，我算算不对头嘛，结婚只有三个月嘛……”

三婶婶一张尖嘴立时立刻就钝了。她家讨的儿媳妇作风不好，肚皮里这个小人，儿子不承认呢。三婶婶是这群老太婆的头，她钝了，别人也尖不起来了。

黄家大媳妇乘胜追击又戳了几个人的脓疱，弄得这些刚刚还不可一世的人，脸发红的发红，转白的转白，好不尴尬。

黄扬趁机溜走了，可刚走出几步，发现李秋云站在前面，她一定目睹了这场闹剧，黄扬心里很不是滋味，但脸上却坦然轻快地笑了一下。

第 17 章

八滩村是一个很普通的小村庄，和贫瘠的苏北平原上的大部分地区一样，它贫穷、落后、闭塞、愚昧，直到七十年代初，那里的农民还保持着不食螃蟹也不知螃蟹可食的旧习惯。六十年代末席卷全国的上山下乡运动给这块地方送来了一批在城里长大的年轻人，把这个混浊而又宁静的封闭世界搅了一下，使这里的农民知道了螃蟹的鲜美、甲鱼的昂贵以及更多更多的小村庄以外的事情。然而，插队青年并没有给这个地方带来更大的变化，当他们一个跟着一个离开这里的时候，这片土地仍然是贫困的、落后的。

八滩村是由八滩湖而得名的，当年插青刚下来，大队干部领了去参观全村，一直走到离村子很远的八滩湖。湖滩上杂草丛生，一片荒芜，大队干部介绍说，大队里已决定把这大片茅草滩改造成良田，要叫湖水让路，让荒滩交出粮食来。插青们个个热血沸腾，当场立下誓言，要为开发八滩湖献出自己的青春、热血甚至生命。

几年以后，八滩湖茅草滩果真变了样。

可惜的是，八滩湖茅草滩改造以后，变成了大片农田，因为土质不好，离村子又远，八滩的农民没有谁肯去那里种田。好几年，那一大片水田一直荒着，乱草又长高了，眼看着八滩人为改造茅草滩、开发八滩湖所付出的代价将付诸东流。

进入八十年代，八滩村也和其他乡村一样，实行家庭联产承包。

八滩村的余三龙，家里有三个整劳动力，包了三亩田。这几亩田里的农活，一年里用三个月的时间就足够了，剩余劳力怎么办，浪费了太可惜，相信勤劳致富的余三龙想到八滩湖的那一大片土地。倘是去种那些田，每亩只要上缴几十斤粮食给集体，其他多收少收小头归自己，余三龙怎么算也是划得来的，于是他主动向村里提出承包了十亩湖田。

余三龙自己怎么也没有想到，就从这十亩没有人要的荒田开始，几年以后，他竟成了闻名全省的三龙农场的场长，人称“余三王”。

如今的三龙农场，承包了集体近千亩土地，有农场职工五十多人，种植粮食、棉花、蔬菜、瓜果，饲养猪、羊、牛、鸡、鸭、鹅等家禽，后来又开了一爿粮食加工厂和一个服装加工厂，正逐渐向一个农工贸综合农场发展。

一个偶然的机会，黄扬从报纸上看到了关于三龙农场的宣传，他一下子兴奋起来。他对这个农场每年出产多少大米小麦，多少蔬菜水果，多少猪羊鸡鸭，多少棉花蚕茧，农场主每年赚多少万，农场职工每个劳动日拿多少钱，都不是十分感兴趣，他的注意力被农场的几个小型工厂吸引了，其中一个是服装加工工厂，虽然还只是雏形，但却给了黄扬极大的启发。

黄扬在织里巷服装厂碰了钉子，又连续找了几家这样的工厂，都像碰上了弹簧一样被弹了回来。他请织里巷服装厂替他加工一批服装，这个要求也被拒绝了，理由是他们只承接国营和集体的加工活，因为那可以让人放心，他们街道小厂，禁不起骗，上不起当。

一切都在沈阿姨的意料之中，黄扬虽然失望却也不觉得很意外。正是在这时，他看见了那张报纸，看见了余三龙，山重水复疑无路，柳暗花明又一村。

黄扬在社会上混过几天，要说脸皮，总比一般人要厚几分，可是要他直接去找余三龙，他倒有点举棋不定了。

余三龙的老婆吴文满，曾经是他的老婆，是悔悔的亲生母亲。

黄扬想到了李秋云，他认定李秋云会去的。

他在医院门口等到了刚刚下班的李秋云。

"有件事，想找你帮忙，这件事，非你不可……"

"什么事？"李秋云发现黄扬很急迫。

黄扬犹豫了一下，终于说："想求你，是求你，调几天休假，帮我到乡下去一趟。"

李秋云注意他的那个"求"字，问："去乡下，做什么？"

"去找文满。"

李秋云吃了一惊。

"我想，"黄扬又恢复了自信，"你会去的。"

"不，我不去！"李秋云说，没有一点商量的余地。

黄扬想了想，说："我现在急于找余三龙，为了服装加工……"

李秋云看了他一眼，冷淡中夹杂着一些酸楚，说："那你自己去吧，你自己为什么不去？"

话一出口，她又有些后悔，不去就不去，不应该去刺痛他的。

黄扬并不生气，说："我为什么不去，你是晓得的，再说，我这里一摊子……我也走不开呀！……其实我也可以先写一封信去试探一下，但那样总不如人去的好，人去人情也去了，还可以顺带看一看他那个服装加工厂是不是吹牛吹出来的……"

李秋云很认真地说："我要上班的，最近医院里很忙，请不出假来……"

口气松动多了。

黄扬说："你想想办法。"

李秋云好像有点生气地说："你想招我做你的雇工吗？你可以任意指挥我……"

黄扬突然动了感情,说:“秋云,我求你了,你晓得这件事对我目前的处境有多么重要,你一定很清楚,我不求你求谁呢?谁能给我这么大的帮助呢?我知道,你对我完全失望了,我也无权辩解,我确实早已卖掉了自己的灵魂,可是……”

“你别说了!”李秋云突然阻止了他,“我去。”

李秋云想办法调休了一个星期,又找个借口瞒过了妈妈。

汽车颠簸了十个小时,又坐了一程二等车,李秋云终于在天黑之前赶到八滩村。

她在村口看见几个小孩在玩,就去问路,他们不认识她,她也不认识他们。

听说到三龙农场场部还有一个多钟头的路程,李秋云不由得有点害怕。她又累又饿又渴,真想马上找个地方躺下来休息。这一个多小时的夜路,又不熟悉,怎么走啊!她心里一酸,既怨恨黄扬,又责怪自己自找苦吃。

几个小孩见李秋云站着不动,就抢着告诉她,说三龙农场有卡车出来运货,这时候还在村代销店,马上要开回去的,叫她快点赶去搭车去农场。李秋云一听,喜出望外。几个小孩又帮她引路,很快就到了村代销店,果然停着一辆三吨卡车。

李秋云站在代销店门口东张西望,代销店里突然有人喊了起来:“哎呀,你、你不是从前的插青吗?”

李秋云连忙走进去,看见代销店还是麻子在座店,这么多年了,没有换人,倒是少见。代销店扩大了一点,但总的变化并不大。

“哎,你好!”李秋云不能再像以前一样跟着大家的口气叫他麻子,只好含含糊糊地打了个招呼。

“哎呀呀,好多年不见了,你那时候插在几队的?对了,是三队,你叫什么的,我想想,对了,你姓李,叫李……”

“李秋云。”

李秋云一边回答,一边打量着周围的一切。她原以为这里的变化一定很大,可现在一看,并不是想象中的那样,并不见一幢幢的新楼房,村落里仍然有不少茅草屋,至多是在屋顶上加了几片瓦;农田的面貌也看不出什么变化。

李秋云很失望,不由问麻子:"怎么,这里怎么还是老样子?"

麻子说:"欧,你不晓得,到底不一样了,从前你们在的时候,我这店里最畅销的是盐和萝卜干。现在到底不一样了,啤酒、汽水都是一箱一箱买的。从前嘛,喝酒的人,拷一角钱黄酒咪咪,顶多是一瓶二两半的土老烧。现在他们还要叫我去进罐头呢,什么猪肉牛肉鸡鸭鱼,你们城里人晓得的,这种罐头,贵得不得了,三块钱开出来只有三小块鸡骨头,我是怕进了货没有人要的,结果一进就抢光。你说说,这不是不同了吗?还有呢,你看香烟哟……"

李秋云不明白了:"那么为什么不见大家造新房子呢?"在她的印象中,宣传农村变化,常常是说本村有百分之多少的农户住进了新居。

麻子很滑稽地一笑:"你在这里待过好几年,你还不晓得这里的人吗,钱是身外之物,生不带来,死不带去,吃光用光,死的时候就清爽……"

李秋云想笑却笑不出来。

麻子又说:"哎,你晓得吧,这里的人怎么得钱的,外面有句话,说八滩人是有福气的,一靠共产党,二靠余三王……"

"余三王?是余三龙吧?"李秋云更不明白,"为什么别人都这样,余三龙却能办起农场?"

麻子闭闭眼睛:"余三龙,哎,八滩村几千人里只出一个余三龙,也幸亏只有一个余三龙,倘若个个都要做余三龙,一个人要抢几千亩的地,几千个人怎么分得够,还不打出人命来……"

"可以竞争嘛,谁有本事谁干。"李秋云很认真地说。

"哈哈,说是这么说,可是八滩这地方的人,没有和别人争高低的习惯,余三龙嘛,他原本又不是这地方人,他家也是外来的……"

李秋云摇了摇头。

麻子突然问:“你要去找余三王做什么?”

李秋云支支吾吾地说:“我,我不找他,不做什么,只是想去看看,我是出差经过这里的……”

麻子狡猾地笑笑:“你瞒我吧,说不定你们城里人也眼红余三王了吧,是不是?不过我把话讲在前面,你们可不要想从余三王那里得些什么好处,那个人,哼哼……”

李秋云心里有了一个疙瘩。这时候,卡车司机喊了起来:“哎,谁要去农场的,开车啦!”

李秋云连忙向麻子告别,上了卡车。

卡车司机是个二十来岁的小青年,年纪虽轻,嘴巴却很紧,李秋云想从他那里了解一些余三龙的情况,他总是掩掩饰饰推推挡挡。后来又突然问她:“你是不是报社的记者?”

李秋云一怔,反问他:“你说呢,你看我像吗?”

“像,又不大像。”

“哦,”李秋云很奇怪,“怎么回事?”

“我们这里经常有记者来。”

“你们欢迎吗?”

“欢……”卡车司机咧了咧嘴,“欢迎,当然欢迎。”

李秋云听不出这话有什么别的意思,但又觉得听着不顺耳,就不再打听什么了。

路不好,坑坑洼洼,颠簸得很厉害,但车开得很快,不到二十分钟就到了三龙农场。

李秋云被领到一幢别墅似的小洋房前,这就是余三龙的家。李秋云心想,怪不得他把房子造得离村子这么远,孤零零地在这片曾经是荒滩的地方,倘若他把房子造在村里,在那些破旧低矮的平房和草屋之中,那可真是下策。

余三龙的房子是二层楼,卡车司机陪李秋云走进了客厅,有个十岁左右的小男孩应声出来，这大约就是文满和余三龙生的那个儿子，李秋云想。

“找谁？”小男孩显得十分成熟，“我爸爸妈妈都不在家，爸爸到城里去了，今天不回来；我妈妈在西瓜地里，等一会儿要回来的。”

卡车司机对李秋云说：“你先坐一会儿吧，我帮你去喊老板娘。”

小男孩于是很老练地负责起接待工作，给李秋云倒了一杯茶。

李秋云打量着客厅，这间客厅大约有三十多平方米，地上铺的紫红的化纤地毯，墙上贴了绿色墙布，有二十英寸的大彩电，双门冰箱，全套家具沙发都很现代化。李秋云暗暗估量了一下，这幢二层的小别墅，少说也有两百多平方米。

李秋云又想起那些东倒西歪、摇摇欲坠的旧房子，心里说不出是什么滋味。

小男孩见李秋云不说话，大概有点无聊，主动走过来对她说：“你不是记者，对吧？”

李秋云很奇怪，刚才那个司机问他是不是记者，现在这个小孩又说她不是记者，怎么都和记者有关，是或不是又以什么为标准呢？看起来这地方肯定是记者蜂拥之处。李秋云笑着问小男孩：“为什么我不是记者？不像吗？”

“是不像。”小男孩很内行地打量李秋云，“记者来，先要把记者证拿出来，说，我是什么什么报的记者，我是什么什么电台的记者……”

李秋云被小男孩的逼真模仿逗得发笑，正在这时，小孩叫了起来：“妈妈回来了。”

李秋云连忙站起来。

卡车司机在西瓜地里找到吴文满，告诉她家里又来人了，但不是记者。吴文满赶回来，进门一看，不由高兴得叫了起来：“哎呀，秋云姐!”

李秋云插队时并不在文满那个生产队,自从黄扬写信要文满帮助李秋云,文满心中就明白了。后来,李秋云就做了大队医疗站的医生。有一阵文满身体很不好,三日两头去看病,和李秋云熟悉起来。起初,李秋云见了文满心里总有点别扭,看病发药总是冷冷淡淡,例行公事,可时间长了,李秋云发现文满并不如她想象的那样愚昧、粗浅、轻浮,她虽然不识字,却很懂道理。文满和黄扬结婚后,并不幸福,她的心口痛查不出什么病因,很可能是长期积郁造成的。李秋云从厌恶她慢慢地变为同情她,后来两个人成了很要好的朋友。两人在一起,除了黄扬的事很少提及,其他什么都谈。当有一天文满哭着告诉李秋云,她要和黄扬离婚,李秋云居然也忍不住和她一起哭起来,好像经历了种种磨难的不是文满,而是她自己。

李秋云离开乡下,只有文满去送她,临上车了,文满突然轻轻地对她说:“其实,黄扬他人不坏,我不恨他……”

李秋云见她眼睛红了,连忙掉过头去,急急地上了车。

可是文满还是追到车窗下,眼泪流了下来,说:“他是不会再回来了,你以后要是见到他,帮我传一句话,不要委屈了女儿……”

李秋云不知怎么劝她,车启动了,她说:“文满,你回去吧,我一定转告,如果他还有点人性……”

文满追着汽车又说:“都是我不好,都是我不好……”下面的话李秋云就没有听见,但她知道文满的心情。

一晃多年过去了,此时,站在李秋云面前的文满,已是一个全省闻名的拥有数十万家产的老板娘了。

看上去文满的心情和精神都很好,李秋云也很高兴,说:“文满,你是越活越年轻了。”

文满抿嘴一笑,拉过小男孩说:“冬冬,叫阿姨。”

小男孩哈哈笑起来:“我说你不是记者,对吧?”

李秋云和文满同时笑起来，文满说："冬冬，去叫阿发多炒几个菜。"

李秋云说："你怎么这么晚还在地里做生活，你们一直这样忙吗？"

文满点点头："你猜我现在最想做什么，我最想睡觉，称我的心，如我的意，我要睡三天三夜不起来。"

晚饭很快就弄好了，李秋云吃惊地看着那一盘盘的虾仁、海参、鲜鱼等菜。

文满知道李秋云奇怪，说："我们这里，每天有客人来，中饭晚饭有时要开好几桌。有时候，一顿饭要分几次吃，接待几批客人，今天晚饭已经开过了……"

"这些，"李秋云指指桌上的菜，"谁开支？你们自己开支？"

文满点点头，同时又叹了口气："当然是我们自己开支，我们发了财，吃我们的是理所当然。光是请吃饭，外加点心、茶叶香烟瓜子糖果，一个月起码要上千块……"

"这，怎么可以，这是不应该的嘛，不是一直宣传不准吃大户的吗？你们不可以抵制吗？"

"开始三龙也很生气，硬顶了几次，结果却吃了大亏，人家背后到处讲坏话。后来，三龙只好认输，请人家吃。但请吃了，还是照样说坏话。其实，吃顿饭什么的，也还是有限的，看得见的，吃了不够，还要带着走，甚至都开口要，说是尝尝土特产，可以帮我们宣传。你想想，那可真是没完没了，是一个永远填不满的洞。不光我们气恼，职工们也很担心，说这样下去，农场非被这一群又一群的蛀虫吃光拿光不可。我跟三龙说，适可而止，不要再想什么鬼花样了，就现在这样做做，就可以少求人，也不用这样怕人了。可是三龙不肯，他还要扩大，还要发展，他的心思，不晓得有多大，我真担心……"

李秋云想，余三龙跟黄扬倒有些相同的地方。

吃过饭,又谈了一阵农场的事,文满突然对李秋云说:“我猜,你肯定不是出差路过这里的,你是特意来的。”

李秋云红着脸点点头。

“是……是他叫你来的?”文满盯着李秋云的脸看。

李秋云心里一阵发慌,也弄不清是为什么,轻声说:“是的,是黄扬叫我来找你的。”

文满突然哭了起来,李秋云不知所措,只好陪着她。文满哭了一阵,哽咽着问:“他,他好吗?”

李秋云点点头,不过没有说什么,这时候她不知道该说什么。

“悔悔,好吗?”

“好,很好。她自己在家看书识字,已经有了小学毕业的水平了,学校里破格收了她,已经去上学了……”

文满又呜呜地哭,李秋云说:“你别哭,一切都很好,黄扬知道了你们的消息,他也很高兴……”

“悔悔,有后娘了吧?”

李秋云心里莫名其妙地一跳:“不,没、没有,黄扬还是那样子。”

文满摇摇头,两个人都不说话。沉默了好一会儿,文满突然一把抓住李秋云的手,抓得紧紧的。

“秋云姐,我,我对不起你,我真的,真的,唉,那时候,我真的不知道,后来我才知道的。从前他是,他是……其实,他和我结婚以后也从来没有喜欢过我,我一点也不知道他为什么要和我结婚。”

李秋云拍拍文满的手说:“好了文满,不要说了,这么多年了,早已经过去了……”

“可是这么多年我一直在想这件事,我的心里总是不得安宁。秋云姐,你现在,现在……”文满满怀希望地等着李秋云的下文。

李秋云却默不作声。

文满的手松开了，过了一会儿重新又抓住李秋云："秋云姐，我真怕，怕他给悔悔找个狠心的后娘，悔悔那孩子，可怜欧……"

李秋云突然冒出些烦躁来，文满老是叨叨这件事，她心里不舒服。她解释说："文满，我这次来，其实事情和我没有一点关系，黄扬说他很忙走不开，别人又不熟悉这地方，只好叫我来，我原本是不……"

她没有再往下说，她越解释越不清爽，这种解释是很拙劣的，根本用不着的。

文满是很聪明的，她看出来李秋云不愿意把她和黄扬的名字扯在一起，文满也只好顺着李秋云的口气说："他叫你来，到底有什么事情？"

李秋云把事情的经过详详细细地告诉了文满，她发现文满的神态变得沉重不安了，她想起代销店麻子的那句话，别想从余三王那里捞到一点好处，可她不相信文满会拒绝给黄扬的帮助。但是，如果余三龙为人厉害，文满作不了他的主呢？

"假使有难处，你就说，黄扬也只是想试一试……"

文满却答非所问地说："他也在做个体户，和三龙一样，他们两个人一样的，都想做大事情，你想，三龙他居然买了一爿厂……"

原来，三龙农场的缝纫加工厂，是八滩村的村办厂，由于经营不善，几年来一直亏本，前景更是不佳，村里出于无奈决定关门停业。余三龙一听这个消息，心思又活了，买下了这爿厂，说是要把三龙农场办成一个农工商经济联合体。工厂买下以后，一片混乱，设备陈旧，厂房破败，职工技术水平低，厂里一片混乱。余三龙私人投资十万元，整顿点样子出来，现在正在同外面联系业务，准备马上开工。可是一连串的问题跟着来了，这个厂，从来就没有什么声誉，地方又偏僻，水平又低，外面的人根本不信任，谈了几次，也没能谈成一笔生意。长期下去，工厂出不了活，赚不了钱，工人的工资倒不能不发。有几个裁剪师傅还是专门从上海高薪请来的退休老工人,弄得不好,白白把钱扔了,一点水花也溅不起来。

文满担忧地说:“没有承包工厂之前,已有不少人骂我们是解放地主,说我们是什么掠夺式的经营,许多人等着看我们的结果。买厂的事情一传出去,人家更气愤了,说像三龙这样的人,土改时肯定是枪毙鬼,再来一次什么运动,不杀头也起码判二十年。秋云姐,你说这话有没有道理?我说是有点道理的,我总觉得三龙这样干下去,不会有好结果。可是他怎么会听我劝,他那个脾气,他那个心思……”

李秋云不由得说:“我记得三龙从前好像是很本分的嘛。”

“是的,可是从承包八滩湖开始,他的胃口就越来越大了,好像发了疯一样,又像鸡头昏,转不停了。秋云姐,你说说,我怎么办?我现在一直心惊肉跳的。黄扬这件事,我也不知道怎么办。我想劝三龙把厂退出去,损失就损失一点,不要搞什么联合体,吓人的,就老老实实种田算了,反正田是村里的,是国家的,不是我们私人买下来的,不要紧,我们只是按合同办事,要是政策不允许了,我们就退还给村里。可是买了厂就不一样了,要办工业,还要做生意……”

文满越说越担心,好像一口气要吐出积压在心中的全部担忧:“秋云姐,你看看这幢房子,造得这么大,这么豪华,浪费了好多钱不说,给人家背后骂得要死。可是三龙说这是派头,一定要造的。我爹也说,这样下去要出大问题的……”

“哦,你爹他好吗?”李秋云想起那位公社书记,“他还在做书记吗?”

“早就不做了,下台了。身体也不大好,有好几种病,在家里帮我娘种几分口粮田,大部分时间就到处走走转转、玩玩麻将扑克。”

想不到当年那位斗志昂扬的壮年书记老了。

李秋云在农场住了两天,直到第三天晚上,余三龙才回来。大大出乎李秋云的意料，余三龙一听她讲了黄扬的主意，拍着大腿连连称妙，连声说："好家伙，有两下子，是条好汉！"

好像他和黄扬之间根本不存在什么尴尬的事情。

文满担心地说："这么远的路，怎么方便……"

余三龙"哈哈"一笑，毫不在乎地说："文满哎，你到底为哪个男人担心啾，你这个人，命里注定过不成安定日子的……"

文满苦笑了一下，眼圈却红了。

余三龙回头问李秋云："黄扬他自己为什么不来，还不好意思？哈哈，真是的。"

李秋云不由自主地替黄扬辩解："他很忙，走不开。"

余三龙又哈哈一笑，说："黄扬也是个铁头，要么不干，要干就干个痛快，跟我一样。嘿，他怎么不来，他要是来，我们倒可以谈谈，肯定谈得拢。不瞒你说，我早就看出来他是不一般的，嘿嘿，我们现在就是缺这么个人才呢，他的信息，大城市的信息比乡下快得多。唉，他是不会愿意到我这里来，做我的高参的，他若肯来，我可以出最高价，要不然，就做我的信息员，驻苏信息员，每月也可以付个百八十块的……"

余三龙完完全全地变了，真真实实地变了。李秋云看着他，想起了黄扬，不由感慨万端，和余三龙比，黄扬倒显得变化不大了。

余三龙见李秋云不说话，又笑着说："你看我，你看我，真是，黄扬是什么角色，怎么肯做我的下手，对吧？哦，对了，我想问一句，他要那么多的货，吃得了吗？"

"他那爿店是兼营批发的。"李秋云说。

"哎呀，好打算，好胃口……哈哈……"

余三龙给李秋云的印象不怎么好，她觉得他是一个典型的暴发户，充满自信却难免有些狂躁。黄扬也很自信，却看不到这种狂躁。她瞥了文满一眼，看出文满忧心忡忡，也许正是因为这个，文满才忘不了黄扬。

余三龙要和李秋云一起去苏州,要亲自去找黄扬,促成这桩生意,他的工厂正饿着肚子呢。李秋云连忙阻挡了一下,她怕余三龙这么快跟去,黄扬没有防备,她找了个理由推托了一下,让余三龙等黄扬的消息。三余龙一笑,像是同意了。

李秋云临走的前一天晚上,文满和她轧铺睡,两人讲了不少话。文满说来说去总是把李秋云和黄扬往一起靠,弄得她不得不说:"我的个人问题,已经考虑好了。"

文满一惊,随即沉默了。她控制住自己的感情,说:"那也好,黄扬那个人,保不住……"

李秋云心里一阵酸楚。

过了一会儿,文满从口袋里摸出一个鼓鼓囊囊的纸包,交给李秋云,说:"秋云姐,这个,求你帮我带给悔悔……"

"是钱?"

"是的,钱。你千万不要告诉他,他知道了,不肯要的。你偷偷地塞给悔悔,也不要告诉她是谁给的,让她自己买点吃的穿的……"

"文满,你……"李秋云理解文满的苦心,一个贤妻良母的苦心,她暗暗地叹了口气。

第二天一早离开三龙农场的时候,李秋云没有看见余三龙。文满说:"他大概已经赶在你前面去了。"

李秋云朝前面看去,一条空荡荡的路,路上什么也没有。

第 18 章

织里巷 8 号的房子是一幢非常别致的住宅，它跨水而筑，河西有两大间主要住房，分别有十五平方米。河东是一间附属房，也有十多平方米。这河东河西的两边住房以跨在河上的小桥联系，组成一户住宅，而这小桥别具一格，上方有顶，两侧是木板长窗，其实已不能称作为桥，已经是一间相当正规的房间了。

野猫小的时候，家里人多，这架在河上的暗桥也就当作一间正房住人，野猫自己就是在这间跨水而筑的小房子里长成大人的。

野猫生下来，不像别的小人，拎起屁股一拍，就哇哇哭。野猫的屁股被拍得啪啪响，面孔憋得发紫，就是不哭。接生的三婶婶背底里说，这个小囡，命硬，剋爷剋娘的。野猫长到十八岁，爷娘就都已经不在人世了，也说不出有什么大毛病，就这样死掉了。所以，巷子里的人说，三婶婶的话是有点道理的。野猫现在跟阿爹一起过日脚。野猫的阿爹已经七十九岁了，住在河东的那间屋里，平常日脚只喜欢两桩事体，吃茶听书，对野猫的事体不闻不问。凭良心讲，倒也不是不关心自己的嫡亲孙子，实在是没有能力了。野猫占据的河西的两大间和跨河的小间，老头子平时很少过来，他进进出出，走河西的后门，倒也蛮方便。

和一般的小青年比，野猫的住房条件是得天独厚的。河西面临织里巷的两间三十多平方米，过河桥也有七八平方米，而且架空在河上，两面全是落地窗，四面通风，亮堂明净，所以，尽管野猫外貌欠佳，又没有固定职业，但是愿意和野猫轧朋友的姑娘却是不少。可惜野猫对这方面的事体，不大感兴趣，不晓得是开窍晚，还是天生的不喜欢女人，野猫活到二十五岁，那份心思还没有开始朝女人身上转移。

野猫做个体户，赚了点钞票，街坊邻舍见野猫的阿爹不管孙子，就好心地劝野猫，把几大件先一样一样地撑起来，现在外面的行头越来越显赫了，到野猫结婚的辰光，还不晓得要怎样张罗呢，现在不准备起来，要办事体，一时头上凑起来不容易的。这种劝说，野猫只当穿耳朵风，一只耳朵进，一只耳朵出，他不相信这一套，手里捏了几个钞票，香烟老酒，吃得了尽吃。不过吃吃喝喝，用的钞票总归有限的，野猫肚皮再大也吃不了这么多钞票。钞票摆在身边，不作掉一点，心里总归不踏实。

野猫开始白相麻将牌了，起初只是出于好奇心、新鲜感，小来来，或者来几根香烟，不多久就上了瘾头，一夜不摸牌，比戒烟还要难过。后来索性不到别人屋里去赌了，就在自己屋里开了一场，台子就放在跨河小间里。在这个地方来输赢，既惬意又安全，阿爹反正是不管他的事体，就算有警察在弄堂里巡逻听壁脚，也听不清过河楼里的声音，就算警察上门来捉赌，前门进来，可以从后门出去，后门进来，可以从前门溜掉。所以，自从野猫在过河楼里开了赌桌，每天夜里不到三更天是不肯收场的。

不晓得从什么时候开始，三角包也成了野猫过河楼里的常客。野猫的牌友，三教九流，大都是野猫自己拉来的，或是经过朋友介绍寻上门来的，也有闻风而来的邻居。可是野猫从来没有拉过三角包，倒不是他同三角包搭不够，也不是嫌三角包牌艺蹩脚或手头不宽，他实在是怕三角包屋里的大人。三角包的爸爸妈妈、哥哥姐姐，自从三角包当了个体户，对三角包交朋友的事体更加管得严,啥人上门找三角包,总要被他们上追祖宗八代,下追子孙三四代,牛屎里追出马粪来,比单位里入党考验还要严格。三角包的不少朋友就是因为这个原因,不上三角包的门,和他慢慢地疏远了。野猫每夜在过河楼里开赌,从来没有告诉过三角包,怕三角包嘴快,讲给家里大人听,他们肯定要去报告派出所的。

可是有一天夜里,三角包无意之中闯进了野猫的过河楼,那一天野猫他们正好三缺一,等第四个人等得不耐烦了,三角包一来,也不管他会不会,马上把他拉过来补缺。三角包也很开心,可是一上桌,摸到牌,听了规矩,才晓得这是真家伙,大来头的,三角包有点后怕了。

三角包的生意,虽然有亏有赚,但手头到底比以前活络了,气派也大了一点,所以,他对野猫他们的赌注,心里虽然有点虚,但面子上还是要硬撑的。

要论玩麻将的水平,野猫和另两个老手,自然要比三角包厉害得多,可是,三角包手气好,一圈打下来,赢了;再摸一圈,又赢了。

一个多钟头,三角包就进账一百多块,连他自己也不相信,这些钱归他了。

野猫说:“拿起来吧,玩牌嘛,总归有输有赢的。你放心,我们全是赢得起也输得起的,不会恶死做的,到我这里来弄牌的,全是上路的……”

三角包这才收了钞票,手痒得很,还想再来。可是野猫他们等的那个人来了,三角包只好让开,坐在旁边看他们玩。

这一圈一上台下赌注就比刚才翻了一倍,三角包吓了一跳,越看心越惊,越看心越痒,到三角包走的时候,他晓得野猫已经输了五百,但脸上并无愠色,也不急躁。赢钱的那一位也不显得很兴奋,三角包很佩服他们。

这以后,三角包就经常上野猫那里去玩牌。由于他手气好,总是赢得多,输得少。请一个会看相的人看他的手,果真,运气线又粗又长,从太阳圆直通出来。

野猫这一段手气不好,总以为是三角包触了他,又眼热三角包,但看在朋友的面子上,不能对三角包怎么样。后来野猫私下和三角包做交易,要和三角包合伙吃别人,三角包也晓得野猫想揩他的油,想想野猫对他一向义气,就答应了。从此,这两个人,一个靠运气,一个靠牌艺,所向披靡,有一夜赢了人家一千多块。

输钱的一个家伙是小人,一时拿不出这么多钱,写了借条,什么辰光能还出来心里也没有底,心想只要一报警,这笔账就可以赖掉了,一急之下,写了封匿名信,告发了野猫和三角包,并且把过河桥的环境写得一清二楚。警察捉赌,前门后门一堵,等于瓮中捉鳖,干净利索,困在西屋的阿爹连听也没有听见,事体就解决了。

野猫这等人,既能赌,也就能应付捉赌,人赃俱在,低头认罪为上策,态度好一点,表现得可怜、无知一点,"老老实实"地把数字报小一点,重的拘留两天,轻的罚几百块钱走人。

野猫和三角包以为这桩事体就这么了结了,想不到那封揭发信还顺带了一笔,告他们两个人不法经营,卖进口旧衣裳。

这几个字的分量比赌博要重,由商检部门、卫生防疫部门、政法机关等单位联合调查,果真查出野猫和三角包进了一批旧服装。进这批旧货是野猫牵的头,总共是一百套,针织尼龙服装,是从香港、台湾等地进来的。野猫自己只拿了二十套,八十套转手给了三角包。当时三角包就犹豫过的,但他做了几笔生意都不满意,捞价不大,急于想赚一票,终于经不住野猫的劝说,吃下了这批货。依着野猫的主意,把一些有着明显脏痕的衣服在洗衣机里洗一下,再用膨松剂发一发松,因为是针织原料的,新旧差别并不是很明显的,一般人也看不出来。

因为季节的原因,三角包的这批货还没有出手,往他屋里一查,就抄了出来,八十套旧衣裳,当众烧毁,还拍了电视。三角包过去没有机会露脸,这一次倒是出足了风头。三角包家里的大人全气伤了心,再也不肯拿出一个铜板支持他了。

三角包看看手掌,寻来寻去,那条什么运气线也寻不见了,想想外面的人太不上路,又不好去咬谁的卵,要想寻那个告密的小子算账又不敢,警察反复强调,报复、阴损揭发者,罪加一等。三角包有这口气,却没有这个胆。野猫转他的八十套旧货,说起来是为他好,可是野猫为啥自己只要二十套,三角包也想不明白,不过野猫虽然只留了二十套,警察倒不是昏官,罚他的款罚要比三角包多。自己家里的人六亲不认,来个釜底抽薪,逼得他生意做不下去了。三角包想来想去,只有黄老板可以帮他一把,可是黄老板现在要开店了,忙得人影子也不见,哪有什么闲工夫来帮他想办法出主意。三角包在屋里闷了几日,还是憋不住,这一日吃过晚饭,他到隔壁李家去谈山海经。

李家妈妈一看三角包进来,一边应付,一边提高了警惕。秋玲的婚事一天不落实,她对三角包的警惕就一天不能放松。李家妈妈是亲眼看着三角包长大的,前几年这个小人总算还比较上路,进了厂,也学得文文气气,李家有什么重活也肯过来帮帮忙,后来就越变越不像腔了。

三角包嬉皮笑脸地问李家妈妈:“你们家秋云呢?”

李家妈妈没有听清,以为他问秋玲,自然没有好脸给他看:“秋玲不在屋里,同男朋友看电影去了。”

三角包“嘿嘿”一笑:“哟,李家妈妈,你们家秋玲到底要寻几个男朋友呀,今朝同你去看电影,明朝跟他去听唱歌……”

李家妈妈说:“反正不跟你去。”

“咦,怎么不跟我去,上次不是跟我去跳迪斯科的?”

李家妈妈吃了个败仗,顿了顿,说:“从前的事体归从前,现在她的朋友是警察。”

三角包脸上有点尴尬,总算规矩了一点,说:“我不是寻你们家秋玲的,我是寻你们家秋云的。”

李家妈妈瞪大了眼睛,不明白:“你,找秋云做什么?”

三角包正在想这桩事体不能让老太婆晓得,怎么瞒过她,骗一骗她,李秋云在里屋听见声响走了出来,问:“什么事?”

三角包对李秋云眨眨眼睛,又背着李家妈妈歪歪嘴。

李秋云明白三角包的意思,肯定是有什么话怕被她妈妈听见,就对三角包说:“来,里厢坐,里厢坐。”

秋玲从里屋探出头来,说:“吵啥呀,轻点,人家在看电视。”一看是三角包,马上笑起来,“哟,三角包,你现在是大明星了,我们厂里的人全在议论你,这个小伙子,身架子倒蛮派头的。我说,你们走近去看看,那张脸,隔夜饭也要呕出来的,金鱼眼睛,猪鼻头。人家讲,长得难看的人上相,好看的人反而不上相,是有点道理的,我就是不大上相的。”

三角包笑着说:“秋玲你不要谦虚了,你不上相,你家妈妈为啥拿了你的照片到处给人家看?”

秋玲“呸”了他一声,又说:“喂,三角包,你罪该万死欧,人家说你是枪毙鬼,把外国人的艾滋病买进来了……”

“要生艾滋病,你总归第一个,你不是顶喜欢外国人的衣裳吗……”

李家妈妈很紧张地问:“什么爱子病?什么爱子病?”

秋玲和三角包一起哈哈大笑。

李家妈妈突然“哎呀”一声:“不好,煤炉上的水要烧干了。”一边奔到灶屋里。

三角包抓紧时机对李秋云说:“我想——想问问黄老板,肯不肯拉我一把,想想办法……”

秋玲又叫了起来,不过马上又很识相地压低了嗓音,她也怕妈妈没完没了地纠缠,说:“咦,你这个三角包,你找黄老板你自己去找,为啥来找我阿姐,我阿姐又不是黄老板的什么人……”

秋玲一边说一边自知说漏了嘴,吐了吐舌头,一看阿姐,果真红了脸，有点生气的样子，秋玲连忙又对三角包说："你这种人，从前不把黄老板放在眼里，现在嘛，黄老板名气大了、财气大了，你一口一声黄老板，叫得甜甜蜜蜜，恨不得舔人家屁股……"

秋玲的话难听，三角包从来不计较，倒是秋云不过意，对妹妹说："秋玲，你怎么这样对人家讲话？"

秋玲又哈哈笑："对人家，对啥人，这是三角包呀！跟三角包讲话，还要什么好态度，还要什么好听的词呀？你听听他那张嘴，什么龌龊话没有。"

李秋云倒是没有注意到，可能三角包在她面前收敛一些。

秋玲又说："现在黄老板神气了，那爿店，你去看看，啥等样子，显得不得了，比国营店还要漂亮。黄老板就是有头脑有胆识，不像你这种人草鸡一只。我听人家讲，黄老板开张那日，要请十桌酒席，就在得月楼里。"

三角包点点头，一副口服心服的样子。

"你找黄老板怎么样呢？"李秋云尽管有点尴尬，但还是关心着三角包。

三角包的神情顿时萎了："你们也晓得的，我这一阵算是霉头触够了，钞票罚光，爷娘又扣牢钞票不放，不让我做生意了，要叫我吃爷娘的饭，吃阿哥的饭，这份日脚，多少难过。"

"那你找黄老板怎么办，借钞票？"秋玲抢着问。

"我自己也不晓得，想听听黄老板的主意。看来看去，还是黄老板上路。可是，上次黄老板劝我不要进旧货，我没有听他的，还说他胆小没官做，现在去求他，唉唉，没有这张脸呀。我听别人讲，黄老板店里人手不移，我宁可去做他的下手，我的执照，也可以让给他用，他总归是要扩大规模的……"

李秋云点点头。

秋玲也说："那倒是的，黄老板胃口这么大，肯定要添人手的，你嘛做做他的下手倒差不多。"

三角包可怜兮兮地说："我想求你帮我去试探试探，我这种臭名气，只怕黄老板……"

李秋云对三角包说："要不，我和你一起去，也可以讲得清爽一点。"

三角包想了一会儿，说："好吧，一道去，你帮我多讲几句。"

李秋云和三角包到黄扬屋里，只有悔悔一个人在。悔悔一见李秋云，笑着说："我认识你，你是河对过的阿姨。"

李秋云也笑着说："我也认识你，你是河对过的小姑娘。"

悔悔很开心，告诉他们，今天是她的生日，爸爸日里没有空，现在去买蛋糕了。

正说着，黄扬手里提着个大圆蛋糕回来了，还买了一合小蜡烛。黄扬一见李秋云和三角包，马上笑着说："哟，我们悔悔好运气，有人来祝贺你过生日了。"

悔悔开心地笑着，趴在桌上，又激动又认真地把小蜡烛一根一根地插进蛋糕。

李秋云看出三角包心急如焚，几次想开口，她连忙暗示他再等一会儿。

一直到悔悔兴高采烈地吹灭了小蜡烛，大家开始吃蛋糕时，李秋云才对黄扬说："年伟，找你……"

黄扬其实早就料到他们的来意了，用不着李秋云再说什么，他说："你要跟我做，同我合本，都可以，但我是有条件的，你能答应，就来。"

三角包连忙问什么条件。

黄扬说："我先问你，你到我店里来，想做什么事体？"

三角包想了想，心口不一地说："随便随便，随便什么事体我都肯做的。"

"那不见得，你这个人，从来是犟头甩耳朵，我晓得你……"

三角包不好意思地笑笑："反正现在我也没有资格犟头犟脑了，你黄老板说啥我做啥。"

黄扬又问："那么你的那爿厂，假使复工了，你怎么办？"

三角包倒是没有想到的，他只好说："断命厂，不晓得等到哪年哪月呢。"

"那也不一定。"黄扬又给女儿切了一块蛋糕，对她一笑，然后又继续同三角包讲话，"假使明朝就来通知你了，你怎么办？"

三角包一时不好回答了，听黄扬的口气，好像要三角包死心塌地跟他做，即使工厂复工也不要去，这不仅叫三角包为难，李秋云也觉得黄扬太过分了，插上来说："厂里复工当然应该回厂里去，你自己说呢？"

三角包没有点头，却叹了口气，这口气叹得很有分量，不像一个二十出头的小青年发出来的，倒像一个饱经风霜的老人在叹气。

黄扬也学着三角包叹了一口气，说："唉，你们误解了，我又不是要绑住三角包，现在是你来求我，可不是我求你瞅，我的意思不是不让你回厂里做，是要你先和我订一个合同。"

李秋云皱了皱眉头。

黄扬停顿了一下，又说："你要是回厂里做，随便什么辰光走都可以，不过，有一个条件……"

李秋云不想陪着他们做交易，又不好留下三角包先走，就同悔悔说起话来。

悔悔是个很聪明的小人，猜得出这个阿姨对她爸爸有点不满意，就小心翼翼地对李秋云说："阿姨，我爸爸说你是做医生的，我顶喜欢医生，着白衣裳，顶清爽了。"

李秋云心想其实医生的工作是最不清爽的，她对悔悔笑笑，不晓得该怎样和悔悔对话。

悔悔又问她："阿姨，你到我爸爸的店里去过吗？"

李秋云摇摇头。

悔悔有点失望。

李秋云连忙说:“悔悔你去过吧,很漂亮,是不是?”

悔悔笑了:“我爸爸说,以后更加漂亮呢,更加大呢,你相信吗?”

李秋云点点头,说:“你开心吗?”

悔悔说:“我开心煞了,爸爸店里有许多漂亮衣裳,小人衣裳也有……”小姑娘说到一半,突然停了下来。

李秋云用一张纸叠了一只飞鹤,悔悔只学了一遍,就会了,精心细致地用纸叠着飞鹤,一眨眼叠了十多只。李秋云默不作声地看着小姑娘,却无法避开黄扬和三角包的谈话。

黄扬把自己的计划,包括已经实现的和正在进行的以及尚未实现的统统讲给三角包听,说的人好像很平淡,听的人倒激动起来,末了,三角包一拍大腿,跳了起来,说了一句:“哎呀,黄老板,像你这样做生意,煞瘾的!”

黄扬淡淡地一笑。

三角包又说:“这样下去,用不着多少辰光,你又可以扩大规模了……”

黄扬说:“只怕不批准,只要批得准,我总归要做下去的。”

悔悔突然丢开纸鹤说:“爸爸,你以后会不会丢开我,不会的吧?”

在场的每一个人心里都震动了一下,李秋云用一种少有的尖利的目光看着黄扬,黄扬却很轻松地笑着说:“悔悔,你不是很喜欢这个阿姨吗,如果爸爸走开了,这个阿姨肯定会照看你的……”

悔悔饱含着复杂的感情的眼睛,盯住了李秋云的脸,再也不移开了。

李秋云不知所措,她发现三角包正偷偷地注视着她和黄扬的神态,脸上似笑非笑,她真想冷下脸来说黄扬几句话,可又怕伤了悔悔的心,脸憋得通红,说:“你们谈吧,我先走了。”

不等黄扬和三角包反应过来，她自己开门走了出去。

在天井里，三角包追了上来。

三角包并不清爽李秋云和黄扬之间的恩恩怨怨，但至少窥探出一点苗头，他正在动脑筋想用一句恰当的话把李秋云劝回来，他晓得李秋云一走，黄扬的心思也不会很集中了。

黄扬也紧跟着出来了，三个人站在天井里，有点冷场。

李秋云心里很乱，她不明白黄扬究竟要干什么，他究竟变成了一个什么样的人。她不由自主地又看看那间小屋，看见悔悔的身影被灯光投在窗上，是那么的孤独，那么的瘦小，她心里很难受，忍不住对黄扬说："今天是悔悔的生日。"

说完，她走出了黄扬的天井。

前面的过道里一片漆黑。

第 19 章

黄扬的店马上就要开张了，一切准备就绪，只等掐个黄道吉日放炮仗了。

李秋云曾经下了决心，不再去过问黄扬的事。从八滩乡回家后，母亲的唠叨使她受不了。那天夜里她和三角包一起去找黄扬，他居然当着三角包的面，说出那样的话，使她很难堪。

可是，越是临近黄扬的开张之喜，她的心情就越不能平静，好像在开张之前不亲眼看一看那爿店，她的心就放不下来。

她终于还是去了。

这爿新店果真招眼，店还没有开张，玻璃橱窗里的各式挂灯已经闪烁着五彩的光亮，橱窗的布置更是别具匠心，模特儿的夸张、变形和服装的新颖奇特吸引了不少夜游人。

李秋云好不容易挤了进来，一推门，发现店堂里有人，还有她从未见过的陌生人。

三角包正在给三名营业员讲怎么站柜台。

这三个人，一个是黄扬的侄女，刚刚高中毕业，另两个是在本地无亲无故的安徽农村人。再加上自己有执照的三角包，店里总共五个人。

三角包见李秋云进来，很兴奋，过来招呼她。

黄扬看看李秋云，突然说："我要到林残冬那里去，你去吗？"

"现在？"

"当然是现在！"

"他，情况不好？"李秋云一直记挂着那个林残冬。

黄扬不置可否，但神情很沉闷。

李秋云站起来说："走吧。"

门外停着一辆崭新的幸福牌摩托车，黄扬手一招："请吧。"

摩托车飞快地在夜幕笼罩下的大街小巷穿行，李秋云只觉得两耳生风，死的恐怖和对生的渴求，促使她双手紧紧抓住前面的坐垫。

李秋云心里很清醒，她的选择正在逐渐明朗，正因为如此，她也就更愿意为黄扬的事多分担一些，也多理解一些。

摩托车在一条小巷深处的一幢新公房前停下了，林残冬一家就住在这幢楼的四层。自从上次发病以后，全家人硬是把他从厂里的集体宿舍拉了回来，每日就关在这四楼上，反正父亲和继母都离休了，有时间也有耐心守住儿子。林残冬每日只能站在阳台上，看着窗前楼下破旧的小巷，低矮的民居里的人们在那里忙忙碌碌地生活。

这是一幢在旧民房中独吊吊地矗立起来的八层大楼，可以说是前无遮拦后无阻挡，附近亦无工厂，可以少受噪音的干扰和毒气的污染。窗前楼后的低矮的居民住宅，虽然已破旧不堪，但若要拆掉了也造这种八层的楼，恐怕还不是几年之内的事情。

林残冬的父亲林孝颐，在这幢楼里占了两套大户，总共一百二十平方米。可是一直到搬进大楼以后，林孝颐还在发牢骚，十分不满，因为他完全有资格进南园新村的高干楼，他争的不是面积，而是面子，是一口气。

近南郊的南园新村是开发不久的新住宅区，据说，南园新村的第一幢住宅动土是在五年前，仅四年多时间，那地方已经先后竖起了几十幢六层八层的居民住宅,已有大约五千户三万人住了进去。在新村的范围内,有一块最理想的地方,这就是众所周知的高干区。高干区是由一群小洋房式的二层楼房组成的,小洋房二层总共面积有一百多平方米,楼前还有一方二三十平方米的天井,连花台都砌备好了。

市委有一个未成文的规定,凡市一级,包括副市级领导干部退居二线后,都可以到这里住一幢小洋楼。

可是这两年建房子的速度似乎跟不上干部变动的速度,何况这种高干楼,外造内作,要求甚高,非同一般,建造速度自然更慢一些。于是高干楼也和其他任何住宅一样,出现了供不应求的矛盾。

林孝颐离休前刚好挨上了副市级,许多老干部,常常在办离休手续之前,就开始考虑房子、车子等问题了。林孝颐却没有过早操心,他理所当然应该在南园的高干区居住。想不到在他离休的那档里,一时退下来的人很多,先来后到,抢先退下来的,自然先把房子占了,林孝颐晚了一步,没有赶上这一挡。下一批房子肯定是要建的,但目前还没有影子。这一大块地皮已经建满了,先要开辟新区,新区还不知在什么地方,但肯定不如老区方便,等房子全部竣工可以住人,恐怕至少要两三年。林孝颐也不敢保证自己还有几个两三年的时间,所以,在行政科长的劝说下,他勉强同意不一定住高干区,但分房的标准不能低,这不是向党伸手,这是光荣,是历史,是党和人民的评价。

结果他分到了这里的两个大套,从面积上讲,超过高干楼,但他心中仍有些不平。后来还是纪霞说她喜欢这地方清静,离市中心近,上街也方便,他才踏实了。

林孝颐和纪霞是三年前结婚的,那时候他已步入花甲之年,纪霞也五十好几了,他们是在患难之中结下的爱情,无可指责。

两个孩子对继母都很尊重,也看不出对他这个父亲有什么不满。但儿子却一直住在厂里,每星期六回来,家里那么多房间空着，他好像从来没有为之动心，这一次花了好大力气才把他弄回来。林残冬回家了，却很少说话，安静得叫林孝颐受不了。女儿倒是常在家，和儿子的安静相比，她又太热闹了，几乎每天带着朋友回来跳舞，吵得两个老人心惊肉跳。纪霞为了他，一直忍耐着，一家人就这么过日子。林残冬的病，给这个家庭蒙上了一层厚厚的阴影。

林残冬是从敲门声中听出黄扬来的，他挣扎着从陷下去很深的沙发里直起身体，说："快，快去开门。"

对于黄扬，这个家庭，除了林残冬，别人是不欢迎的，但为了林残冬高兴，大家又努力地做出真诚欢迎的笑脸，热情地寒暄招待。

黄扬十分得体地同两位老人打过招呼，李秋云有点尴尬，林残冬连忙把她介绍给父母。

林残冬说了两句话，就陷在沙发里喘气，眼睛凹得更深，脸色发青，李秋云心里抽搐了一下，不由看了黄扬一眼，黄扬却好像没有注意林残冬的情形，笑着问他："在看什么电视？"

林残冬也笑笑，笑得很难看，他自己说过，他笑的时候是很难看的。

"看改革，改革电视剧，现在很多，看这个，我爸爸最有劲，看了第二天才有了批评的对象，对吧，爸爸？"

林孝颐尴尬地笑笑，心情却很好，因为儿子不再沉默了。他不喜欢黄扬来，却又希望他常来。

黄扬说："批评好，有批评才有发展嘛，改革也一样。林老伯，你说我算不算在改革呢，你能不能也批我一批呢？"

林孝颐皱了皱眉，尽量说得和缓："你的改革，我可不大感兴趣。"

"嗬，可惜了，您可失去一个批评的好机会了。"黄扬半真半假地开着玩笑。

林残冬“吼吼吼吼”地笑起来，林孝颐心疼地替儿子拍拍背，他的心思全在儿子身上，根本没有注意黄扬在说什么。

林残冬等气喘平息了，对黄扬说：“你要同我父亲说什么，你就说吧，要他帮忙，他不会拒绝的，对吧，爸爸？”

李秋云吃了一惊，连她也不晓得黄扬要同林残冬的父亲说什么，提什么要求，这对战友可真是心心相印。

黄扬对林孝颐说：“你们晓得，我的店要开张了，我想通过您，请市工商局王局长参加我的开张仪式，他是您当年亲自提拔上来的，您的话，他一定会听的……”

林孝颐有点厌恶地看看黄扬：“你真是什么都摸透了。”

黄扬顺着他的话说：“摸不透我可不敢开店做生意欧。”

“请王局长不行，你也不想想，他这一去，不仅等于表了态，实际上是扩大宣传。对于不断扩大经营范围这件事，是不能随便表态的。现在中央不表态，下面也不表态，你们就已经不断地进攻了，一旦表了态，肯定会出现失控的情形。他是代表政府，代表国家的，这个影响怎么办，出了纰漏谁负责任？”

林孝颐说得很认真、很严肃，黄扬却不在意地一笑：“那……好吧，请不动王局长就算了。”

林孝颐有些意外，他原以为黄扬会同他据理力争，想不到黄扬却先退却了。

隔了一会儿，林残冬低哑地说：“黄扬，你定在哪一天？我去。”

林孝颐紧张地瞪住儿子说：“不，冬冬，你不能去，医生说过……”

林残冬又喘了起来，边喘边说：“那不行，这是我的一桩心愿……”

李秋云注意到黄扬的脸色也有点发青。

林孝颐一边替儿子拍背，一边冷冷地看着黄扬，终于，无可奈何地说：“要不，我去试试。”

林残冬想了一下，也是一副无可奈何的样子："那好吧，也只有您，能代我了却这桩心愿。"

林孝颐压抑着不满对黄扬说："黄老板，这下你称心了吧？"

黄扬说："您能去请动王局长，那太好啦，对我这一头来讲，意义大着呢，我就是想狐假虎威呢……"

林残冬又"吼吼吼吼"地笑，李秋云一阵心酸，她一点也笑不出来。

李秋云坐立不安，她急于想离开这个令人难受的场面，黄扬却笑着和林家的人一一告别。

李秋云走出大楼的时候，突然问黄扬，"你是来看林残冬，还是来看他父亲的？"

"你说呢？"

黄扬咧嘴一笑，他从来不正面回答她的这些尖锐的问题，总是要留给她去想。李秋云突然觉得一阵头疼。

"还坐我的车回去吗？"黄扬踩动了马达，一阵猛烈的轰鸣声，震得李秋云耳鸣心跳。

"我一个人走走。"李秋云眼睛看着远处说。

"那好，我陪你一起走走。"黄扬熄了火，推着摩托车走在李秋云身边。

李秋云绝不相信黄扬真会变得那么冷酷那么无情那么世故圆滑，她知道他戴了一副面罩，可是为什么在她面前他不愿意摘下这副面罩？他难道真的不再需要理解，不再需要人间的任何爱了吗？李秋云的心突然一动，她想，找个时间再到林残冬家里去。

黄扬和李秋云走了一段路，突然开口说："我这半世人生，做了许多错事、坏事、愚蠢的事，也失去了许多东西，包括……"他平静地看看李秋云，"包括人生最宝贵的东西，可是我不后悔，我永远也不后悔。"

李秋云说："你女儿为什么取名叫悔？"

“不，她不叫‘悔’，她叫‘吴悔’，吴悔……无悔……”

李秋云突然觉得眼睛鼻子又酸又辣，心里也又酸又辣。

她真想哭一场，她拼命地压抑着那股热流，声音里却还是夹杂着哭腔：“黄扬，你为什么，为什么，你对别人怎么残酷都可以，可是你对他，一个垂死的年轻人，一个多么好的人，为什么也这样？你难道不为他想一想，你从他家里出来以后，他的心情，他会怎样……”

“秋云！”黄扬也冲动了，“你……你并不理解我，可是他，理解我。我和他，曾经一起经历过生与死的考验，曾经……”

突然从斜道里横出一条黑影挡住了他们的去路，也打断了他们的话。

“哎哟，我等了你半天，你倒和女朋友逛马路？”

清脆圆润的声音划破了寂静的夜幕，黄扬和李秋云都猝不及防，立定了，仔细一看，黄扬笑起来：“嗬嗬，是你。”

李秋云也看清了，是那个大学教授的女儿曾越。

曾越盯住黄扬看看，又盯住李秋云看看，然后对李秋云古怪地一笑：“咦，你不是……”

李秋云冷冷地打断曾越的话：“对不起，我先走了。”

黄扬却拦住她说：“急什么，一同来一同回嘛。”

李秋云沉着脸不说话。

黄扬指指曾越背着的一个很大的背包，打趣道：“你这么激动，怎么啦，要出远门？半夜三更朝哪里跑，该不是私奔吧！……”

曾越狠狠地瞪了黄扬一眼，咬着牙，从牙缝里蹦出几个字来：“私奔，和你私奔！”

李秋云脸上一热，又一次想走开，又被黄扬拦住了。

曾越拿出一张飞机票，对黄扬扬了扬，说：“我是要走了，我已经辞掉了银行的工作。看，这是飞机票，我现在要赶到上海去乘飞机，去广州，到那里去找点有意思的事情做做，去开开眼界。”

黄扬好像仍然无动于衷,不以为然地说:"好嘛,出去闯闯,是好事嘛。"

李秋云却又为一个自己不喜欢的人操起心来:"你父母,舒老师和曾老师同意的?"

曾越"哼"了一声:"他们,他们根本不晓得,所有计划我都是瞒着他们进行的。我和他们缠够了,我不想告诉他们我到什么地方去,到了那里也不一定写信……"

黄扬不动声色地说:"其实,任何地方都可以寻到有意思的事,你看,我的生活就很有意思。"

曾越终于笑了起来:"你也想劝我吗,你也怕了吗,你到底也不是个什么冷血动物吧!要我不走也可以,只要……"她认真地想了想,用力摇了摇头,"不!原来我想等你一句话,我可以不走,但现在我改变主意了,你说什么都没有用了。我要走了,我是和你告别的,也和这位李大姐告别。你们现在就是去告诉我父母也迟了,他们不在家,到外地讲课去了,等他们回来,我大概已经在另一块土地上了。好了,再见!"

曾越说完,毫不留恋地转身走了,背上的大背包沉甸甸的,紧紧地钩住她的肩。

黄扬不出声地看着她的背影,李秋云心里一阵难受,忍不住喊了一声:"哎,你等一等!"

曾越回头冲她一笑:"李大姐,你真是个关心别人的好人。可是,你有没有想过,过多地关心别人,就体现不了自己的价值;体现不了自己的价值,就难以被社会承认——黄老板,你说对吧?"

李秋云心里猛地一震,曾越的话竟像一个亮点出现在她混沌的内心,但她还是赶紧走上前去,这时候她不能和她探讨什么价值,她很想劝劝这个内心极为混沌,对事业和爱情都极不稳定的姑娘。

黄扬也走了过来，李秋云希望他去阻止曾越，不料黄扬却说："你去深圳，能帮我做一件事吗？"

曾越愣了一下，问："什么事？"

黄扬拿出钢笔，在烟壳上写下了潘奇娜的地址，交给曾越："你帮我找找这个人，你告诉她，我托她的事，请她用心办。"

曾越疑疑惑惑地看着那张纸片，想了一会儿，终于点了点头，把纸片收了起来。

"好了，快走吧，"黄扬不仅丝毫没有劝阻曾越的意思，反倒催促她，"民航班车九点半开车，现在已经九点十分了。"

曾越张了张嘴，想说什么，却没有说出来，一转身，飞快地消失在大街尽头。

过了一会儿，李秋云问黄扬："你叫她去找潘奇娜，真有事吗？"

黄扬一笑，反问道："你说呢？"

李秋云心里明白，黄扬巧妙地给了曾越一个机会。曾越去找潘奇娜，若是潘奇娜处境不错，也许会给曾越一点帮助的，如果黄扬直截了当地说出来，曾越恐怕是不会接受的。

"你——去告诉她父母吗？"

黄扬摇摇头："曾越说得不错，现在去，已经迟了，来不及了。这个人是阻挡不下来的，挡了这次还会有下次，让她出去尝一尝生活的滋味有好处。"

"她……单身一人，不会出什么事吧，舒老师和曾老师他们……"

黄扬盯住远处一盏路灯，慢慢地说："潘奇娜也是孤身一人，比起她们，我……"他突然中止了话题，停了一会儿，问李秋云，"路骥，来找过你吗？"

李秋云一时有点发窘："我……"她镇静了一下慢慢地说，"不，他没有来过。"

黄扬想说什么,却没有说出来。

李秋云却用很冷静的声音说:“我去找过他几次,我们能谈得来……”

“哦。”黄扬终于笑了出来,“我相信。”

夜色已经很深了,宁静的夜,衬托着两个极不宁静的灵魂,慢慢地向前走去。

第 20 章

一封匿名信揭发长洲区工商局个体股股长路骥的受贿行为。

信上所述，陈局长是不相信的，尽管他对路骥从来没有什么好感，路骥是顾局长的人，过去，常常在顾局长的支持下，同他唱反调，有时很让他下不了台。

陈局长自信自己不是那种心胸狭窄，容不得不同意见的人。可是，他不能不对路骥的偏激思想，对他在执行政策中的偏差提出一次又一次的忠告。

路骥并不把陈局长的话当一回事，却经常用他的那套理论把他驳得无以对答。陈局长曾经预料路骥会犯错误，但是他不相信路骥会违法乱纪索贿受贿。

他亲自出去调查，结果大出意料，看上去事情是有一些因头的。

这封文字通顺有板有眼的匿名信，使陈局长很为难。顾局长离休以后，他就升为正局长了。尽管路骥对他态度依旧，但陈局长心里毕竟有了变化，他比过去从容多了。从私人感情来讲，从工作配合方面讲，他并不希望路骥和他长期合作。但是，如果他借这封信做文章，路骥和局里其他同志知道了，会怎么看他？顾局长又会怎么看？

为了他和路骥的关系问题，顾局长离休之前曾推心置腹地和他谈过几次。陈局长比顾局长年轻得多，是顾局长一手提上来的，可是推心置腹的谈话，并没有改变陈局长对路骥的看法。

陈局长很清楚，这是一个很好的机会，至少可以向路骥狠狠地敲一下警钟，但他又不能自己亲自出面。

星期六晚上，陈局长特意到顾局长家里去，请他第二天上他家吃饭，说是老局长离任，他略表心意。

顾局长有点奇怪，离任已经是两个月前的事了，怎么到现在想起来表心意？他和陈局长共事多年，自以为对陈局长是很了解的，他知道他是个事业心很强的人。正因为如此，两个人才会因为工作上的事发生一些冲突，而后来进来的路骥偏偏也是这样的脾气。顾局长原先和陈局长私人感情并不坏，但自从路骥到局里来以后，顾局长就明显地感觉到陈局长同他开始疏远。他反复检查自己，是不是太偏袒了路骥。一直到离开工作岗位，回家静下心来想想，他才觉得他没有能帮助陈局长和路骥处理好关系，这是一大失职。但他不大清楚，陈局长对路骥的忌，是因为路骥时常顶撞而伤了他的自尊心，还是出于其他原因，比如怕路骥对他的地位造成威胁等等。

星期天顾局长如约前往，陈局长在门口迎接他，和他一起进了客厅。顾局长一看，路骥已经坐在那里了，心里马上一喜，也许是陈局长为了缓和和路骥的关系来这么一手，请他来调和调和。

很快就开宴了，菜都是陈局长亲自为他们夹的。路骥有点心神不定，几次想探陈局长的口风，陈局长却打着哈哈扯开去，好像什么事也没有。

“吃，吃呀！你们看，这鲜鱼可不好买呢，尝尝味道……”

“这虾多少钱一斤？”顾局长找话问。

陈局长夫人伸出大拇指和食指，又翻了一下。

“16 块？这么贵，不是限价了吗，怎么还漫天要价？”

“唉，说是限价，哪里限得住啵！大家看电视里天天放，天天限，天天抓，可抓住的毕竟少呢，抓不住，看不到的地方，照样卖高价。”

“可以随时打监督电话嘛。”顾局长说，“顾客可以把心齐一齐，大家不买他的嘛。”

“哎呀，老局长，也是顾客不争气，东西少，稀奇，人家开多少，给多少，手脚慢了，还抢不到呢。不过，也难怪顾客呀，买了菜，急急忙忙要去上班的，哪个有闲心思，找什么人，打什么电话，又怕人家报复……”

顾局长摇摇头，一脸无可奈何的样子。

“所以那些贩子说，抓到的算倒霉，抓不到照卖，你有什么办法？……”

三个人闲扯了一会儿，陈局长突然问路骥：“小路，你还记得顾局长带我们到苏州府学去看过一块石头吗？”

路骥一愣，点了点头，但不明白陈局长的用意。苏州府学池旁有一块巨石，相传在三国东吴时，苏州人陆绩到广西任太守，此人博学多才，为官清廉，到任满回苏州，两袖清风，随身物件甚少，坐船经海道回苏，因船身太轻，恐遭倾覆，所以搬放一块巨石作为镇船之物。后来人为纪念陆绩之清廉，特意把这块石头移到府学内，称之为廉石。有一次，过组织生活时，顾局长带着大家去看过那块大石头，其用意是不言而喻的，现在陈局长重提这件事，倒使顾局长和路骥摸不着头脑了。

陈局长收敛了笑容，很郑重很严肃地对路骥说：“小路，有件事想向你当面了解一下，你是不是接受过那个叫黄扬的个体户的礼物？”

路骥愣了一下，随即点头承认：“是的，他送给我一尊玉雕况钟像，我收下了。”

路骥的回答使顾局长大吃一惊，他站了起来，艰难地咽了口唾沫，问："他，为什么要送玉雕像给你？"

路骥奇怪顾局长这样提问，说："你刚才不也带了两瓶大曲给陈局长的吗？"

顾局长正色地说："这怎么能比，我和老陈的关系，是同事、朋友……"

"我和黄扬的关系，也是同事、朋友……"

顾局长一时倒说不出什么来，但他预感到情况不很妙。

陈局长看了一眼顾局长，说："小路啊，话不能这么讲，你应该想一想自己的身份。从私人关系上来讲，你可以是他的朋友，这个任何人也无权干涉。可是从工作关系上来讲，你的责任是督促他们知法守法，正当经营……"

"更主要的是帮助他们、理解他们和他们交朋友……"

"你的熟人那么多，为什么偏要和他交朋友？那个人，你不是不晓得，是比较复杂的。"顾局长忍不住批评路骥，他觉得自己为路骥担心，不是没有根据的。

"因为他们更需要别人的信任、理解！"路骥一下子又激动起来，"我不明白，我们平时不是反复宣传，个体户是社会的一分子，不能另眼相看，而事实上，在许多人的心目中，个体户和犯罪分子又有多少区别？平时我们埋怨社会上不理解个体户，不理解我们的工作，其实，我们自己呢，我们做工商工作的人，执行政策的人，首先就没有把个体户当作正常人来看待。"

"你不要激动，"陈局长很冷静，"事情总能讲清楚的。"

路骥没有听懂陈局长的意思，也不想掩饰自己的感情和观点，只顾往下说："个体户是什么人，是骗子？是强盗？是抢劫犯杀人犯？的确，个体户中违法犯罪的比率是比较高，但是你们是不是了解，个体户中有许多人，比我们高尚得多，比我们正派得多，也比我们有理想？为什么不能和个体户交朋友，为什么……"

"好吧，你的这许多为什么，留到以后慢慢研究吧。对个体户的评价，以后有的是时间，也自会有人来关心。说到底，历史会做出公正的评价。”

“等历史做出评价，是要付出惨重代价的，常常为时过晚了。”

“好了好了，小路啊，说你书生气，你还不承认。”陈局长宽厚地一笑，然后转向顾局长说，“老局长，这事你看，唉，这件事，小路他自己已经承认了，老局长，你说这件事……”

顾局长被将了一军，他问路骥：“你能不能再讲清楚一点，到底怎么回事？”

顾局长的意思很明显，是要路骥回避开去，可是路骥偏不领他这份好心，说：“没有什么好说的，就是这样，他送给我，我很喜欢这个况钟雕像，就收下了。”

陈局长很严肃地说：“如果有人指控你受贿，你怎么说？”

路骥很坦然地一笑：“我相信领导会调查事实真相的。”

“你——小路，哎，你——唉唉……”顾局长好像到这时才发现路骥既固执倔强得令人讨厌，又天真单纯得叫人哭笑不得。

陈局长说：“这封信是市局转下来的，市局对这件事很重视。你也晓得，这一阵正在抓这方面的纪律，接连出了几起大案都和一些工商部门的当事人有关，有人开了绿灯，这些跑歪道的车才可能畅通无阻……”

“可是，在交通线上，绿灯一亮，放行的车辆绝大部分可是跑的正道……”

两个人各执一词，各从一个角度据理力争，这种争论，从他们合作的第一天起就开始了。

顾局长这时早已明白，陈局长的这顿饭不是好吃的，这件事陈局长是要让他表态。

“已经有不少人对黄扬领到扩大经营范围的执照表示怀疑，为什么别人要扩大经营，就迟迟批不下来，而黄扬的申请这么快就批了，这种事情，我无法解释……”

“这根本用不着解释，只要对其他人的申请抓紧办，不要一拖再拖，一压再压……”路骥还想再说下去，看见两位局长的脸色都不对，他住了口。

陈局长也没有让他再说下去：“我们还是言归正传吧，你接受他的礼物，你自己以为这是很干净的事，是朋友之间的交情，可是别人会怎么看、怎么说，你听到过吗？有些个体户说，路股长干脆叫路参谋，做黄老板的参谋。有的说得更难听，说给共产党干，不如帮黄老板干，给共产党卖命，一个月只有百十块，老婆、小孩养不起，跟了黄老板，要什么有什么。人家还说黄扬有许多事情是你帮他出的主意，甚至帮他联系介绍生意。这些事，本来都是正常的，可你偏偏又拿了他的东西，你说得清吗？”

一番话合情合理，顾局长连连点头，路骥也觉得陈局长确实不是存心整他。

“最近，有人反映了黄扬的一些事情，比如他和一个名叫年伟的个体户的关系，他分明是收买利用了那个人的执照，那个人，曾经因卖进口旧服装和赌博等问题被拘留过。又比如他店里招的几个女营业员打扮得那么漂亮，为什么？当然，只要他按政策办事，我们不好干涉，假若他违法乱纪，自然要管的。但我不希望你，工商局个体股的股长和他搅在一起……”

路骥十分佩服陈局长，对情况这么熟悉，可是他为什么不肯从熟悉人这个角度下手呢。

“现在个体户中很混乱，情况复杂，市局准备组成一个调查组下来查一查，黄扬当然是首当其冲的。作为工商干部，你，应该先脱了干系才是……”

路骥反问：“我有什么干系？”

“市局的意思，”陈局长不接路骥的话，却看着顾局长的脸，顿了一下，对路骥说，“市局的意思，要你认清问题的严重性……”

路骥很恼火地反问：“严重性，怎么严重？要停职检查吗？”

陈局长不动声色地说："市局是有这么一层意思，如果是受贿，事情就难办了。不过……"

顾局长坐不住了，说："这怎么是受贿？我去找王局长。路骥的事，我清楚。小路，不管怎样，你先把东西还掉……"

路骥没有说话。

顾局长急匆匆地先告辞了。

路骥也想走，陈局长拦住了他。

从表面上看，这顿饭是不欢而散的，可是，陈局长的心里却轻松了，他的目的达到了，让老局长去和市局打交道，并且和路骥直接交锋。他最后忠告路骥说："黄扬那个人，捉摸不透啊，我再劝你一次，你要好自为之！"

路骥走出了陈局长家门的时候，心里很乱，也有点虚，他甚至怀疑起自己来，这样无条件地信任黄扬，能保证他真是个干净的人吗？陈局长尽管做事好用心计，但绝不是那种喜欢整人的领导。他和黄扬无仇无冤，为什么总是说黄扬会出事，口气那么肯定，会不会他手里掌握了确凿的材料。

他一时竟然回想不起来，自己怎么对黄扬有这样的信任和好感的。

走出陈局长的家，已经是下午两点多了，路骥站在十字路口犹豫了一下，朝织里巷的方向走去。

昨天李秋云写了一封短信给他，约他今天去她家。

路骥心里很矛盾，不知怎么办好。

李秋云对她母亲说的那个谎，很快被戳穿了，就在李秋云离家的第二天，李家妈妈在巷子里遇见路骥，吃惊地问："咦，你没有同我们家秋云到杭州去玩？"

路骥开始一怔，很快明白了一点什么。

李家妈妈脸上很尴尬，搭讪着走了。

路骥心里结了一个疙瘩，他不明白李秋云为什么要说谎，还假借他的名义。她到底到哪里去了,和谁一起去的,去做什么,他真想去问问清楚,可又觉得自己没有这个权利。他努力地控制住自己的心态,一直没有去找李秋云。接到李秋云信的那一刻,他发现自己竟是很激动。

路骥在织里巷口又停顿了一下,发现李秋云的妹妹秋玲和那个小警察一起走了过来,路骥想避开已经来不及了。他倒不是怕这个尖嘴利舌的小姑娘,他是怕她说出来的话会使他打消去见李秋云的勇气。可是,秋玲见了路骥却一反上一次的态度,难为情地对他说:“路股长,你来了,我阿姐刚刚被人叫出去,她叫你坐一会儿,她马上就回来。”

路骥一愣:“我……”

秋玲以为他还记恨上次的事,连忙说:“上一次,真是对不起,是我瞎搅瞎缠。我这张嘴,你用不着当真的。”她一边说,一边对小警察妩媚地一笑,“我以为我眼睛顶尖,看得顶清楚呢,其实,嘿嘿……”

小警察讨好地对秋玲回了一笑,两个人一起走了。

路骥追了几步问:“你说话,算数?”

就在这一瞬间,他发现秋玲动摇了一下,他的心也随之动摇了一下。秋玲停顿了一下,很不爽气地说:“其实,这桩事体,你心里顶清楚,对不对?”

路骥不由自主地点点头。秋玲他们走了好一会儿,他还站在织里巷口,惹得巷子里来去过往的熟人都朝他看,以为要抓烟贩子了。

路骥终于反身退出了织里巷,甚至没有朝李家的大门再看一眼。

路骥自己也不知道受了什么支使,鬼使神差般地来到黄扬的店里。

黄扬坐在店堂后面的小屋里,也不晓得在做什么。

路骥在黄扬递给他的一个凳子上坐下来。

“你去找过她?”黄扬眼睛盯着路骥问。

路骥不置可否。

“她不在?”

“是的,不在。”路骥终于说,又补充了一句,“我没有进去。”

“她一直想向你解释一下,却不好开口。这件事是我引起的,还是由我来讲吧。她一个人到苏北乡下我们插队的地方去的,是我求她去的。现在帮我们加工童装的那个三龙农场,就是在我插队的地方,叫八滩。本来应该是我自己去的,可是,可是,农场主的妻子,是我,是悔悔的亲生母亲,我自己去怕不大合适,所以我求她。你知道,她母亲一看见我就像看见杀人犯,所以……”

“你说这个做什么?”路骥冷淡地打断黄扬的话,“她和我,我们之间绝没有从属关系,她到什么地方去,为什么要告诉我?”

黄扬“哈哈”一笑:“这不仅因为你的名字被她借来骗了人,更因为你这个人已经在她心里……”

“黄扬,”路骥再一次阻止了他,“你不要说了,你我都很清楚,她心里的人到底是谁。”

黄扬干笑了一声:“我在她心里,早已经是一个被撕碎了的人,是我自己把自己撕碎的。不光撕碎了我自己,也撕碎了她的心。被撕碎的心,应该靠另一个人来缝补。”

“缝补起来的心,总是残缺的。”

“可是,我们这一代人,有几个还保存着一颗完整无缺的心呢?”

路骥摇摇头。

黄扬见他不说话,又说:“她已经三十六岁了,生活得很艰难很辛苦,她一定很想靠住一棵大树喘一口气。”他自嘲地一笑,“可惜,我这棵树,已被虫子蛀空了心,不牢靠了。何况,长得又不是地方,长在风尖上,总是被风刮得摇来摇去。”

"你以为我长得是地方？我是吹不到风，淋不到雨的吗？"

"相对而言嘛，"黄扬坚持不懈，"你是比我稳定一点吧！"

路骥沉默了一会儿，突然对他说："有人告我受了你的贿，恐怕要停职检查呢。"

黄扬拍拍袖上的灰尘："你把东西还给我，就没有事了。"他笑眯眯地，似真似假地说，"说不定还能受表扬呢，拒腐蚀永不沾嘛！"

路骥苦笑了一下，心情却好了一些。在黄扬面前，风浪再大也会平息的，他正是被黄扬的这种神奇的能力吸引住的。他实在不愿意相信陈局长的预言，可又被陈局长的预言击中了心病，他突然对黄扬说："你对我说实话，说你的心里话，你究竟有没有做过违法的事？"

黄扬笑着说："这个问题我可不能回答了，我说做了，你不愿意相信，我说没有做，你又不愿意相信。"

路骥真佩服黄扬的聪敏、狡黠，他的眼光能穿射到别人的心里。

"再说，"黄扬变换了一下姿势，坐得更舒适一点，"你能说得清，违法与守法的明确界限吗？比如回扣这种事情，哪里没有，从中央到基层，不都是睁一只眼闭一只眼吗？"

路骥说："总之，树大招风这句话你不会否认吧？"

黄扬认真地说："树大招风，树大才好乘凉嘛，树小了不招风，也乘不到凉了。"

"可是树长大了就容易被砍了。"

"那自有护林人来保护。"

路骥无可奈何地看着黄扬。

两个人正说着，李秋云突然跑了进来，面色苍白，声音颤抖地对黄扬说："他——"

只说了一个"他"字，黄扬浑身抖动了一下，紧紧地抓住了李秋云的手，同时颤抖着声音问："他——？"

李秋云的手好像要被黄扬捏碎了，她眼睛里透出了泪水，十分艰难地点点头："刚才，十分钟以前。"

黄扬仰天低号了一声："哦——"

李秋云不由自主："黄扬，你——"

黄扬突然又甩开李秋云的手，眼睛里有一道可怕的光。

李秋云小心翼翼地说："上午进院的，今天我休息，刚才小许来喊我，她晓得我跟他熟，我赶过去，没来得及……我，陪你去。"

"不，我一个人去……"黄扬没有说完话，也不同路骥告辞，就冲了出去。

一阵摩托声响了起来，由近而远，很快消失了。

路骥不晓得发生了什么事，只是明显地发现黄扬在这短暂的一刻之内，完全变了一个人。

李秋云一直听着摩托车声音的消失，过了好半天，才慢慢地说："他……死了。"

"谁？"路骥已经预感到是什么人遭了不幸。

"他叫林残冬。"李秋云低沉哀伤的声音，"他是我的病人，是黄扬过去的战友，黄扬和他，和他……"

李秋云一时不晓得该怎么表达，她至今不清楚黄扬和林残冬之间的这种理解、默契、信任和爱是怎么产生的。

路骥却十分理解地点点头。

"我……对不起，刚才让你白跑了吧？"李秋云压抑着悲伤说。

路骥原本想说："不，我没有去。"但这时却改了，"你去吧，你现在应该去。"

李秋云看着路骥说："那我，走了。"

路骥等李秋云走了一会儿，才慢慢地从店堂里走了出来。正在站柜台的黄扬的侄女对他笑笑，他想起前次黄扬的大嫂说过的话，就顺便问了一句："你在这里做，你家里大人肯吗？"

小姑娘很不开心："他们只许我做半年，我倒情愿在这里做的，跟我二阿叔做，有劲。"

"那半年以后你怎么办？"

"我爷娘正在帮我找工作，我说我现在已经有工作了，他们说这份工作不牢靠的，现在我们靠阿叔的牌头，过几日说不定阿叔要靠我们帮忙的……我不相信，路股长，你是吃透政策的，你说呢？"

路骥连忙走出了店堂，走进了熙熙攘攘生龙活虎的人群之中。他想起那个刚刚死去的生命和灵魂，心中一片茫然。

第 21 章

“小朋友贸易中心”是一家综合性的专营儿童用品，包括服装、玩具、食品等商品的较大的商场，是无锡市一个乡里的一家集体性质的贸易公司到苏州来开的店。无锡人做生意是很精明的，他们在苏州的地盘上，把自己的生意做得十分兴旺，赚了苏州人的钱，还讨了苏州人的赞扬。

这家贸易中心的经理，是一个只有二十五岁的青年，大学本科毕业，学的是计算机专业，毕业之后却立志从商。仅两年时间，果然有所成就。

几个月前，通过别人介绍，黄扬认识了这位年轻气盛，志得意满的经理。他们的接触并不多，却谈得十分投机。年轻的经理对黄扬起初是看不上眼的，可是后来慢慢地服帖了黄扬。现在，一见面，就十分尊敬地称一声“黄老板”。

黄扬看得很准，这个贸易中心在儿童服装经营上有贪大求洋、华而不实的趋势，他抓住这一点，独辟了自己的蹊径。最近，他得知这个贸易中心要重新调整儿童服装的结构，便上门来刺探一下情况。

黄扬刚在贸易中心那间豪华的、宽敞的会客室坐下，又来了几位客人，都是等经理的。其中有一个看见黄扬，立即走了过来，紧紧地握住黄扬的手。

这是一个乡办丝绸服装厂的厂长,和黄扬的关系并不是很密切的,黄扬正在奇怪这位胡厂长怎么如此热情。

"哎呀,黄老板,巧了,我正要去找你呢!……喏,潘小姐让我把这个交给你。"说着,胡厂长从皮包里拿出一张大红烫金字的请柬。

黄扬打开合着的请柬看:

黄扬先生:

兹定于×年×月×日(星期×)下午六时在翠华园饭店举行答谢晚会,恭请光临。

香港龙胜贸易公司

江苏×县×厂

不等黄扬发问,胡厂长就急急忙忙地告诉他:"黄老板,上回你给我们介绍的那笔生意,做成了,真得谢谢你呢!黄老板,你挑了我们厂,也挑了人家香港老板。那辰光我还不敢相信呢,那位潘女士,潘小姐来找我,我还当是骗子呢……嘿嘿,后来我们谈成了,只有几个月的工夫,我们就通过他们龙胜公司出口了真丝绣衣三千件。黄老板,你晓得,潘小姐来找我的那一段,我们厂可是不景气呢!"

"那个潘小姐呢?她来了吗?"黄扬问。

"来了来了,当然来了。他们的香港老板也来了,住在南林山水楼。我们商量一起请一桌客,主要为了下一笔生意。那天我和潘小姐一起议名单,我们第一个就想到了你。"

黄扬反问:"他们方面赚头怎么样?"

"这还用问,他们是不肯讲真心话的,不过他们赚多少,我也不想晓得。我听潘小姐的口气,好像事情全是她做出来的。其实她这趟真是做了现成生意。嘿嘿,照我看,潘小姐,同她的老板关系不一般呢,恐怕……嘿嘿,那种人,啥人弄得清楚……”

黄扬心里感到被刺了一下,把话头拉开来,问:“你的合同到期了?”

“是的是的,他们好像不想同我们继续合作了。可是,潘小姐说外边市场上的行头还刚刚起来,我也弄不明白,怎么回事体。香港老板精刮煞的。黄老板,明天吃晚饭的辰光,你能不能帮我再笼络笼络,我们想再做一批。噢,对了,对你黄老板,我们厂里是不会亏待的,你放心好了。听潘小姐说,他们公司也会酬谢你的……”

黄扬捏着这张请柬,一个主意在心里形成了。

第二天吃晚饭之前,黄扬找到了路骥,对他说:“走,你跟我走一趟,有件事,和你有直接关系。”

路骥莫名其妙地跟着黄扬来到新开张的大饭店翠华园餐厅。在马路对面,黄扬站住了,路骥也跟着停下,路骥不晓得黄扬搞什么名堂,正要问,黄扬突然指着街对面说:“你看,那是谁?”

路骥顺眼看去,只见一辆深蓝色的小轿车里钻出一男一女两个人来,立即有一群人簇拥上去。男的年纪大约五十岁左右,西装革履,很精干的样子,那女的……

路骥的心狂跳起来,是她!

“潘红英?”他问黄扬。

黄扬点点头:“是的,她现在叫潘奇娜。她又来了,那笔生意做成了,她有钱了。”

路骥紧紧盯着潘红英,只见她挽着那个男人的手臂,款款地踏上了台阶,银光闪闪的长裙在身后飘拂。

一群人簇拥着这一男一女进了翠华园大门。

路骥突然回头恶狠狠地对黄扬说:“你,你太残酷了!”

黄扬不作声。

路骥大喊大叫说:“你这个人毫无心肝,怪不得李秋云对你……你说,你为什么叫我到这里来,你嘲笑我,你,你要干什么?”

黄扬很冷静很平淡地说:“我要你丢掉不切实际的幻想,我要告诉你,李秋云那样的人,是不可多得的!”

路骥张了几次口,却说不出什么话来,眼睛却慢慢地红了。他又狠狠地盯着黄扬看了一会儿,一句话也没有说,转身离开了那个地方。

黄扬没有去追他。

路骥只觉得心里有一团火要燃烧起来,烧得他口干舌燥。就在黄扬找到他之前半小时,陈局长告诉他,市局王局长明天要找他谈受贿和检查的问题。半小时以后,他又在这种场合下见到了她。两件事都是黄扬给他带来的。陈局长说你和那个人搅在一起是很危险的,他不相信,却又很相信。

黄扬说李秋云很想找棵大树靠一靠,喘口气,路骥突然觉得倒是自己很想找一棵大树靠一靠,喘口气。而这棵大树,恰恰是李秋云,但是他不能去找她。

路骥不知不觉又来到翠华园附近,远远地望着翠华园内的灯光,听着餐厅里传出的嘈杂声。终于,他又慢慢地离开了那个地方。

在织里巷的一盏路灯下,路骥突然发现李秋云站在那里,瘦小的身影被昏暗的灯光映在地上,拉得很长很细。

路骥快步走了过去。

李秋云关切的目光使路骥心里一阵发热:“你,你在这里,等我?”

李秋云点点头。

“你怎么知道我——”路骥从李秋云的眼睛里看出来了,“是他,是黄扬告诉你的?”

李秋云没有否认,但却说:“他不告诉我,我也会找到你的。等一会儿再说,你还没有吃饭,是不是就到我家吃一点泡饭?”

路骥这才想起还饿着肚子。妹妹还在等他吃晚饭呢,他连忙说:“我回去吃,你到我那里坐坐吗?”

路骥的妹妹看见李秋云来,非常高兴。但路骥却发现妹妹好像有什么话要对他说。他找了个借口,到外屋一转,妹妹果然跟了出来,犹豫了一下,终于拿出一封信,交给路骥,说:“下午,那个人,来过了。”

路骥心里一惊,连忙拆开信。

果然是她。

路骥:

也许黄扬会告诉你我又回来了,但希望你不要来看我。永远地再见了。

潘奇娜

×月×日

路骥的妹妹也看清了信上的字,不由吹了一口气,推了推路骥:“快进去吧。”

路骥就捏着那封短信走了进去。

李秋云正想说什么,路骥突然问她:“潘红英的事,黄扬告诉你了吧?”

李秋云看看路骥,没有点头也没有摇头,却说:“你先吃饭吧。”

路骥冲动地上前一步抓住了李秋云的手,说:“告诉我,你为什么选择了我,而不是黄扬?”

李秋云居然一笑,说:“选择是人生的自由。”

“可是,”路骥十分激动,“可是我知道,你心里……只有他!”

“不对！”李秋云不再微笑，很严肃地说，“这话不对。你一定听说过那句名言：比大海更广阔的是天空，比天空更广阔的是人心。一个人的心里怎么会只有一个人，一个人的心里可以容纳许多人……”

“可是，你，你确实只爱着他，你不会否认。”

“正如你只爱着潘红英！”李秋云针锋相对。

屋里一阵沉默。李秋云和路骥都在想，既然如此，他们又怎么会走到一起来了呢，而且是那样的默契那样的融洽，同病相怜还是互相欺骗？

还是路骥先开了口：“潘红英，她已经走得很远很远了，可是黄扬却还在你眼前，天天在你眼前，离你这么近。”

“我却觉得，他离我越来越远了。我有时简直弄不清，到底是他越走越远，还是我越走越远。”

路骥说：“可你还是很理解他的。”

“我理解的是他的事业，而不是他本人。我总觉得，他现在有好几张面孔，我看不清他，我有一种恐惧感。”

“他那是为了……”路骥顿住了。

“出让？”李秋云尖刻地说，她也不明白自己怎么一下子变得这样锋芒毕露了，“为了把我让给你？不，你错了，黄扬不是那样的人，他不是一个能够牺牲自己的人。当初因为我伤了他的自尊心，他就那么残酷地伤害了我的全部感情……”李秋云突然控制不住自己，哭了起来。

路骥手足无措了。

李秋云流着眼泪说：“当我重新回来，重新回到他身边时，我确实是想牺牲其他一切去延续对他的爱，我可以接受他的残瘫的女儿，也可以承受各种非议。可是他总是那样不可捉摸，我不能把自己的后半生系在这样一个人身上……”

路骥这时候倒着急了：“你不要误会，其实，黄扬是个好人，我相信……”

李秋云苦笑笑：“我也可以相信，但却不能保证。我原来想，找那个林残冬谈谈，他对黄扬好像非常了解，可是，还没有来得及，他就走了，再也没有机会了。”李秋云重重地叹息了一声。

路骥感觉得出她内心的重负，他又想起了黄扬的那句话，“她生活得很累很辛苦，她一定想靠住一棵大树，喘一口气……”

“黄扬现在这样闯荡，是很不保险的。”李秋云继续说，“要是在以前，我也许真会做出牺牲，跟着他，做一个贤妻良母，他坐牢我送监饭。可是现在我被人唤醒了。就是那个曾越，你也认识的，她说了一句话，使我坚定了自己的决心。她说，任何牺牲都是一个悲剧，悲剧就只能是人生价值的毁灭。当时我并没有完全理解这句话，只是觉得有一种震撼。后来，我终于想通了，我若是为了对黄扬的爱牺牲了其他一切，这种牺牲是毫无价值的。其实，黄扬需要的并不是我的这种饱含着担忧的爱，他更需要的是充分理解、充分配合的爱，这些，我却不能给他。我不愿意跟着他过不太平的生活，势必对他的事业造成一种阻力，成为一种障碍，一块绊脚石，那时候，爱的牺牲就不仅是毫无价值的，而且会成为恨的根源。我和黄扬的恩恩怨怨是由于我的过于理智而开始的，现在就仍然以我的理智的决定而结束……”

路骥吃惊地盯着李秋云，他和她相识以来，还从未听她说过这么多话，也没见过她这么激动。他一直以为她是一个十分内向的人，想不到她这么直率地表露了她的心迹，他一时倒不好与她对话了。

“如果说你是我在黄扬之后选择的人，那么，我也同样是你在潘红英之后选择的人。”

路骥终于彻底打消了帮黄扬说话的念头，那样反而显得虚伪，他也应该为自己争取爱、争取幸福。但与此同时，内心深处一种为黄扬担忧的愁情又油然而生。他想，连李秋云也吃不透黄扬，他怎么就这么轻易地相信了他呢？李秋云说得不错,可以相信他,却难以保证。陈局长的影子又冒了出来。

李秋云见路骥不作声,以为他一下子接受不了她的这么多话。但她既然开了头,就要把话说完,她停顿了一下,又说:“我希望他成功,可又为他担心,他这个人,他做的这些事,以后到底会怎么样?”

路骥差一点脱口而出说,谁也不敢保证,可他没有这样说,却换了比较乐观也比较含糊的口吻说:“他是一个很聪明的人,他会把握住的……”

其实,此时路骥对黄扬的把握却越来越小。

“那……你知道,他到底有没有做过伤天害理,或者说好听点,有没有做过损害别人的事?”

路骥苦笑了一下,没有回答。

李秋云不由自主地也跟着他苦笑了一下。

“最近,上面要组织一次大检查。”路骥终于忍不住说了起来,“因为近阶段告个体户状的人越来越多,个体户当中确实有不少人在拆烂污,市局下决心了,但愿,黄扬经得起这次检查……”

李秋云盯着路骥看,好像要从他脸上看出黄扬的结果来。

路骥送走李秋云,往回走的时候,在离家不远的地方,眼前突然闪过一个极为熟悉又很陌生了的身影,他的心猛地一跳。

她从黑暗中慢慢地走过来,在离路骥几步远的地方,停下了。

两个人僵持了几分钟,谁也没有动弹。

终于,还是她先开了口:“在翠华园门口,我看见你了。”

路骥一愣,不晓得说什么好。

“我吃了你妹妹两次闭门羹。”不等路骥说话,她急急忙忙又说,“是的,我叫你不要再来找我,可是我自己,我实在……我还是来了……”

路骥心里一热,奔过去拉住她的手,那双冰凉冰凉的手很快地抽了回去。

路骥说:“你……很冷,进去坐……我妹妹她……”

“我晓得她的心思,其实她误会了,我不是来和你谈什么的,有些事黄老板都告诉我了……”

路骥心乱如麻,不知怎么办好,他实在无法在她面前不动声色。

不晓得什么时候,路骥突然发现妹妹抱着小聪聪站在他们身后。

妹妹走到她面前,流下了两行眼泪:“潘小姐,我求求你,我求求你,我哥哥今年已经三十七了,你一定晓得,他一直等到今天,就是因为你。现在他有了女朋友了,那个人……真好,我哥哥和她在一起会幸福的,可偏偏这个时候你又出现了,我相信你不是来缠我哥哥的,可是你这一来,哪怕什么话也不说,我哥哥他……”

小聪聪替妈妈揩揩眼泪,说:“妈,冷,冷,回去吧。”

潘奇娜突然神情古怪地笑起来,说:“你放心,我现在很忙,没有空谈情说爱。更何况,你哥哥已经不是从前了,你难道没有发现?”

路骥对妹妹说:“别把小聪聪冻着,快点回去吧。”

妹妹抱着儿子走了。

路骥苦笑了一下,对潘奇娜说:“你现在,过得好吧,听黄扬说,你们这一次很成功。”

潘奇娜笑笑:“这一次,还有下一次,再下一次,再再下一次,没完没了的下一次,我……很疲惫……”

一种厌倦的神情,和刚才在翠华园门口看见的那个神采飞扬的潘小姐判若两人。

路骥不由担心起来:“你,顺心吧?”

“顺心,怎么会不顺心?你想想,赚了一大笔钱,我们老板已经正式向我求婚了,这就是我当初的目的。你看,这么快就实现了,你说我还有什么不顺心的,啊?哈哈哈哈!"

潘奇娜的笑,使路骥心里一阵阵发寒,他好像看见了一个扭曲的灵魂在笑声中痛苦地挣扎着。他几乎要大声地对她叫喊:回来吧!回来吧!可是他没有喊。他明白这种呼唤是那样的空洞,那样的软弱无力,她不需要这样的帮助。

"够了,这样就足够了。你还是老样子,我可以走了……"潘奇娜自言自语地说,又从提包里拿出一个沉甸甸的信袋,说,"我来找你,是想请你帮个忙,把这个转交给黄老板。"

"是钱?"

潘奇娜点点头:"给他的报酬。不是我给的,是公司给的。当时他并不晓得这件事,是我代他同公司签了一张合同。合同也在这里面。我给他,他也许不肯收,所以想由你转。你告诉他千万不能退回去,一退我就完了,我不是胳膊往外拐吗,这可是不得了的。我知道他正在创业,需要钱,他倘若实在不肯要,就算我借给他的,以后他可以再还我,你无论如何要劝他收下……"

路骥开始不想接那个信袋,但听了潘奇娜这番话,他说:"我就代黄扬接受了。"

潘奇娜出了一口气,又说:"还要求你一件事,是我最后的请求。"

路骥以为她又要说"忘掉我"这样的临别赠言,可潘奇娜的话却使他很意外:"黄老板这个人,唉,我想求你,在能够关照他的地方,多关照一点……还有,如果他在这里干不下去,他愿意的话,可以去找我。"

路骥听着潘奇娜这最后的几句话,心里说不出是什么滋味。他不大明白,潘奇娜怎么会对黄扬这么关心,似乎已经超出了对他的关心。

第 22 章

接连下了一个多星期的雨，好不容易盼来了个晴天，正巧李秋云休息，一大早起来，翻箱倒柜把发了霉的衣物被褥搬到屋外巷子里去晒。出门一看，整条巷子早已是五彩缤纷，各家各户都在门前摆起了晒场，活像一个服装百货展销会，几乎可以和桥那边的市场媲美。

李秋云进进出出十几个来回，才把柜子箱子里的东西彻底地翻了出来。原先还有更多的旧东西，今后不可能再穿的衣物，妈妈却像宝贝一样藏起来，怎么劝也不肯卖掉。幸亏有一次秋玲厂休，听见外面有收旧货的，一次清出去一大堆。妈妈回来跳脚也来不及了，姐妹俩都开心地笑了，出了一口气，就像痛痛快快地洗了个澡，把几年的污垢都洗掉了。

李秋云晒好衣物，发现蔡师母远远地走了过来。这个老太婆总是精神抖擞，给人一种越活越年轻的感觉，她老远就大声地喊了起来："哎，李家大妹妹，你妈妈在屋里吧？"

秋云妈妈在屋里听见声音，连忙迎出来，也同样大声地叫："哎哟，老大姐，你来了，快进来快进来……"

两个老人前脚进门，李秋云在后面刚要跟进去，就听见蔡师母急急忙忙地问妈妈："哎哎，老妹子，你家大妹妹，那桩事体，到底怎么样了？有没有着落啊？”

妈妈重重地叹息了一声，说：“唉，这个宝贝女儿，越来越古怪了，同我做娘的也没有一句实话讲。问问她吧，嫌弃你烦，催催她吧，又要触她的心境，想说她几句吧，看看那张脸，又不好开口。唉，老阿姐，你说我怎么办？”

“唉唉，也难怪小囡，小囡心里不好过，不适意呀。你想想，这把年纪了，我那个外甥女，今年二十三岁，已经抱儿子了……”

李秋云进也不是退也不是，呆立在门口。

蔡师母又叽叽呱呱地说：“哎哎，你们不急，我倒帮你急煞了。上次你不是讲你们秋平帮阿姐介绍了一个嘛，怎么样？要是不来事，喏，我这里又有一个，你看看照片。”

妈妈没有作声，大概在相面。

“这个人，今年四十四岁，工程师，的的刮刮大学毕业，就是老颜点，别样保你称心。怎么样，喊大妹妹进来吧？”

妈妈说：“老阿姐，你不晓得的，秋云这个丫头，现在也变得犟头甩耳朵了，专门同我作对。这一个，她又不会称心的，倒是烦你一趟一趟地跑……”

“我跑倒无啥要紧，大妹妹到底为啥？”蔡师母压低了嗓音，但她的声音再低也总比别人大几分贝，所以，李秋云还是听见了。“哎，老妹子，我听人家讲，大妹妹同河对过黄家的二老板要好的。”

“啥人说的？”妈妈急起来，“啥人说的？瞎嚼舌头要生疔疮的。我们没有这桩事体的，从来没有这桩事体的。”

蔡师母“噢”了一声：“没有就好，我听人家讲，黄老板那个人，不正气的，别样不讲，单单讲他这许多年不讨女人，就有名堂。你想想，年纪轻轻，没有家主婆，怎么过日脚？”

太阳直晒下来，李秋云感到一阵头晕。

妈妈不等蔡师母往下讲，突然对门外大声喊：“秋云，你进来，看看灶屋里粥好了没有。”

李秋云明白妈妈有话要讲给她听了，她心里一阵厌烦，没有答应妈妈，随手拿了吊桶到井台上去吊水。

井台上正是最热闹最拥挤的时候，淘米洗菜、洗衣刷鞋的人，蹲满了井台。这是个传播各种小道消息的好场所。李秋云走近井台，听见有几个人又在议论贸易市场。

“那地方毕竟不干净欧，你们听说了吧，那地方……”

“你是说桥那边，怎么不晓得，那天后半夜，8 号里张老师出差下火车回来，经过那地方，看见了……”

“看见什么了？”几个又紧张又兴奋的声音同时响起来。

“还能看见什么，就是那个，那个陶桂林——”

“哎哟，嘘！”

“老天爷哎！”

“真的？”

“当然是真的，人家张老师，是教书的，懂道理的，不会瞎说的，倘是你三婶婶嘴里讲出来，别人还不一定相信，可是人家张老师，不会瞎说的……”

一阵风吹过来，李秋云身上起了一层鸡皮疙瘩。陶桂林，就是那个吊死鬼，从前桥那边市场上 15 号摊位的主人。

“不过，我听说张老师看见的不是陶桂林，是——”

“是啥人？”大家异口同声地追问。

“是老舅公。”

李秋云心里又是一跳。

老舅公过世了，这可算是织里巷里的一桩大事体了，公家娘舅的丧事，大家自然是要操心办的。

据说老舅公死得很安详，前一日夜里，他吃了两大碗粥，下粥菜是陆稿荐的酱猪头肉。吃过夜饭，老舅公没有讲老古话，早早地揩面洗脚，上床困觉。老舅公晓得自己气数已尽，门没有上锁，还在自己脸上盖了一块绢头。

织里巷的人都说:“老舅公老熟了。”

大家都来向老舅公的遗体告别,丧事是居委会出面办的,豆腐酒水办了十桌,居民小组长以上的干部和一批积极分子全入了席。

那天黄昏,吃豆腐饭吃到一半,听见老舅公屋里有“嗯嘿嗯嘿”的声音,大家面面相觑,都不敢动一动。过了一会儿,看见几个十来岁的小人从老舅公房里拖出一块大石头,说是在床底下找到的。

大家围上去看,石头上刻了字,全是繁体字,认了半天,才晓得就是“天无忌,地无忌,阴阳无忌,百无禁忌”十四个字。大家又惊又奇,这块石头原先是博物馆的人弄去的,不晓得怎么又回来了,也不晓得老舅公把这块石头放在床底下做啥,也不明白这石头上刻的字是什么意思,算什么名堂。老舅公活在世上不肯讲,现在,人去了,这个谜恐怕再也揭不开了。

“你怎么晓得?怎么晓得是老舅公,不是陶桂林?”

“张老师自己讲的。”

“你听见的?”

“我家里人听见人家讲的。”

“嗯,嗯,有道理的,也作兴真是老舅公。有道理的——哎,你们晓得老舅公姓啥?”

话题越说越远,大家也越来越感兴趣。

老舅公到底姓什么,李秋云好像从来没有想到过这个问题。关于老舅公谜一样的身世,巷子里有各种各样的说法,关于老舅公的姓倒成了次要的问题了。

“你们不晓得吧,老舅公死的辰光,枕头底下压了一本家谱,你们猜是谁家的?就是孙家的呀!你们想想,老舅公原来是孙家根子上的人,河对过那块地方,原来不是孙家祠堂嘛,后来天火烧掉了,现在又兴起来,再下去也不晓得怎么样呢。老舅公肯定放不下心的，肯定要回来看看的。”

“是的是的。”

“有道理有道理。”

李秋云觉得这是一个很可笑的话题，又觉得这个话题很严肃。小时候，好婆经常讲桥那边的鬼故事，就像这条巷子里的许多小人一样，李秋云对桥那边的空地曾经有过一种与生俱来的恐惧感，这个恐惧感后来逐渐地消失了。一块热闹非凡、欣欣向荣的地方，是不大可能使人产生什么可怕的联想的，只能给人以振奋。可是，物极必反，兴衰更替，随着振兴感的不断膨胀，直至达到饱和，另一种危机感和恐惧感又悄悄地潜入了人们的内心。李秋云到这时候才深深地感受到，这地方的人，这条巷子里的居民，对桥那边的那块地方是多么关注和牵挂。

李秋云打了两桶水，又磨蹭了一会儿，才慢慢地往回走。

一阵摩托车的轰响由远而近。很快，一辆鲜红的轻骑威风凛凛地飞驰过来，在狭窄的小巷里横冲直撞，身后招来一连串的咒骂。李秋云并没有在意骑车的是什么人，可是摩托车在她身边“嘟”的一声停了下来，她一看，是三角包，身穿一套毛料浅灰色西装，满面春风，摩托车后座上还坐着个姑娘，长得很漂亮，也很年轻，像个可爱的娃娃。

三角包叫姑娘下了车，对她说：“叫阿姐。”

姑娘果真又乖又甜地叫了一声“阿姐”，倒弄得李秋云红了脸。

三角包得意忘形地向李秋云作了介绍：“这是我的女朋友，兰兰。”

李秋云很感兴趣地看着这对小青年，论长相，一个丑，一个美，可看上去两个人很谐调。她开心地笑起来，问三角包：“今朝怎么没有到店里去？”

三角包大模大样地挥挥手，说：“今朝我到上海去一趟，办点事体，喏，她也要去，一道走。”

李秋云惊讶地看看那辆摩托：“就骑这个去？”

三角包笑着说：“那自然，骑这只东西，煞瘾，有劲。兰兰，你说对不对？”

兰兰抿嘴一笑。

三角包说：“你不要在阿姐面前装老好人，还是你叫我买这辆摩托的呢，坐了兜风，多神气哝！”

李秋云感受着他们溢出来的朝气，不由一阵感叹。

三角包并没有急于离开的意思，他问李秋云：“你听说了吗，桥河对过那块地皮，要收回去了。”

李秋云愣了愣，才反应过来，连忙问：“什么意思，谁收回去？”

“当然是公家收回去啦，每一寸土地都是公家的，要收回就收回……”

“那里的市场呢，这么多人，这么多摊位，放到哪里去呢？”

“搬场吗，东轧轧，西轧轧，轧不落的，自动压缩嘛。现在外头不少人讲，服装百货这一头个体户的人数和经营范围已经超过国营集体百分之几十了，这是不得了的事体，方向路线问题，自然要想办法压缩。”

“你听啥人讲的？”李秋云不相信。

“管他啥人讲的，反正是这个道理。其实我们黄老板早就看出苗头来了，到底有眼光，早一脚就走开了，要不然现在也要为立足之地伤脑筋了。”

李秋云心想这话倒不错。

“弄堂里的人不是一直讲那地方不太平吗，这几日越讲越凶了，你没有听说？”

“你也相信？”李秋云突然笑了，“噢，对了，你小辰光不是在那边被吓过吗，哎，你到底看见什么东西了？”

三角包龇牙咧嘴一笑：“听他们瞎说，我看见的就是老舅公呀！”

李秋云说：“你个小鬼，滑头，从前老舅公在世时，你不讲是他，讲是琪琪的阿爹，反正死无对证，现在老舅公不在了，你又讲是老舅公，又是死无对证。”

兰兰也“咯咯咯”地笑起来，三角包和李秋云瞎扯瞎谈，她一点也不着急，只是在边上笑眯眯地听。

“天地良心，我对别人瞎说，对你李阿姐不会瞎说的，真的是老舅公呀！”三角包倒真有点发急了，“我骗你是小狗。我看见老舅公在那里挖地皮，我还问他挖什么，是不是捉蟋蟀呢……”

李秋云止住了笑，再笑，三角包恐怕要赌咒发誓了。她想不到三角包的话和井台上那些话这么合拍、这么一致，她有点奇怪，也有点吃惊。她连忙换了个问题，问三角包：“那地方收回去派什么用场？”

“当然是造房子。”

“造房子？不是说那地方造不起来吗，地势低，水大……”

“总归有办法的，私人办不成的事体，自有公家来办，地势低可以加高的，公家有的是钞票。你看看到处的办公大楼，干部住宅造得那么漂亮，还怕这地皮上造不起房子来？”

李秋云摇了摇头。

三角包突然叹了口气，对李秋云说：“你不晓得吧，前几日我碰到我们厂一个小弟兄，说我们那爿断命厂整顿好，要开工了。”

“真的？”李秋云十分关注。

“还没有正式通知，不过我晓得早晚总归要恢复生产的，不会永远这样下去的。”

“那你，要回厂里去做了？”李秋云的心情是很复杂的，既为三角包能重新回厂工作而高兴，又为黄扬将失去一个相当不错的助手而惋惜。

三角包沉闷了一会儿，说：“我还没有想好呢。那爿断命厂，我实在不想回去，那张临时执照，还没有派到大用场呢。不过嘛，毕竟是爿国营厂呀，饭碗铁硬的，不像我们现在这碗饭水，吃一日算一日，下一日怎么样，不敢吹牛皮的。黄老板日脚不好过啵！再说，我假使不回厂里去做，我家里娘老子还不把我生吞活剥了？”

兰兰又笑起来，李秋云却没有笑。

“好了，”三角包对李秋云挥挥手，“走了。”

摩托车载着这一男一女，一阵风似的蹿过了小巷。

李秋云提了两桶水回家，蔡师母还没有走，一见她进来，连忙拉住她，说：“大妹妹，看你瘦得来，我刚刚同你妈妈讲，你要自己宝贝自己了，不要挑三拣四了。我蔡师母帮你做主，保你不会吃苦头，怎么样？你点点头，我跑断脚筋也心甘情愿的……”

李秋云应付了一下，急急忙忙躲进屋里。

沿河的窗开着，李秋云却不敢朝那边看。自从那天夜里，黄扬当着女儿的面说了那句话，小女孩以后再见到李秋云时，脸上的表情就不仅是友好地笑，更夹杂着一种令人心碎的期待和渴求，弄得李秋云几乎不敢再看她那双眼睛。

过了一会儿，李秋云听见妈妈在外间高兴地叫起来：“哎呀平平，你今天怎么有空回来的？”

李秋云听见弟弟回来了，也连忙走了出来。

弟弟神采飞扬，并不注意妈妈的兴奋，脸只对着李秋云，激动地说：“姐姐，我讲师职称评上了。”

李秋云也很高兴、激动，弟弟真有出息，三十刚出头就评上了讲师。

“这一次真不容易啊！你不晓得，上面有规定，一九八二年以后参加工作的青年教师，这一次晋级比例只有百分之二。真难啵，我这次算是破格的了……”

全家人一起高兴，蔡师母不失时机地叽呱起来：“哎哟，老妹子，你好福气，这样出息的儿子，前世里修来的啵！”

大家又笑了一阵,妈妈问秋平:“平平,于娟和小囡囡呢,怎么不一道来?”

秋平说:“于娟领囡囡到动物园去了,我忙煞,没有去,抽辰光转来看一看。我马上要报考出国留学了,有一阵忙呢,恐怕这一腔不能回来了。要是考上出国去,要三四年呢。”

妈妈开心地笑着,却又叹了口气。李秋云正想向弟弟说几句祝贺的话,秋平却先开口问她:“姐姐,前两天我到舒林老师那里去过,专门了解了一下你的事体,听舒老师讲,你和那个,那个,姓,哟,姓什么的,我倒忘了……”

“姓路。”妈妈在一边插嘴。

“是路骥。我听说,你们两个都不怎么主动。姐姐,怎么回事,是不是那个人不怎么样,是人品有问题,还是……”

“什么也不是!”妈妈的火气上来了,“我看那个人再好也没有了,我看是你阿姐碰着大头鬼了,横不是竖不是……”

秋平皱皱眉,打断妈妈的话:“妈妈,你不要瞎搅,你不懂的,年纪轻的人是重感情的,不像你们那辰光。阿姐的心思我清楚的,姐姐,你用不着犯难,这个假使不中意,我可以再托人,一定要你自己满意。”

李秋云晓得事情早晚要揭开,就说:“我对路骥十分满意。”

秋平马上接上来说:“是不是他搭架子?他搭什么架子,哼!”

秋云说:“他没有搭架子。”

秋平不明白了:“那,时间也不算短了,为啥还这样不冷不热?再下去怎么办,一直这样僵下去,大家拖煞。”

妈妈说:“所以我讲她碰上大头鬼了,你还不相信。”

蔡师母坐在一边半天没有插上嘴,实在熬不住了,说:“大妹妹哎,不要怪你妈妈急煞,我也为你急煞了……”

门外巷子里突然响起尖利的咒骂声。

“哎呀,小杀坯呀,人家晒的干衣裳,你们在这里打水枪,哎呀呀,全喷潮了呀！小杀坯呀，杀千刀呀，枪毙鬼呀，你们没有爷娘教管呀！”

不等李家的人反应过来，又有人喊：“李师母哎，快点出来看看欧，你们家里晒的东西也潮了！”

李秋云急忙奔出去，只见几个拿着水枪的小人逃走了，晒的东西是有点水花，但并不是很厉害，她没有说什么，只是把湿的地方挪开一点。

那个邻居看看她，居然冷笑了一下，说：“哎哟，你性子真好，到底是有涵养的，宰相肚里能撑船，不像我们，直肠子，骂人得罪人全是我们出面。”

李秋云尴尬地笑笑，因为没有同这位大嫂一起骂人，就得罪了她。不过大嫂的这种气恼顶多不过三分钟。李秋云刚想回屋，眼睛朝巷子里一瞥，发现路骥正走过来，她的心猛地一跳。

路骥也看见了她，快步走过来，喊了一声：“小李。”

李秋云镇静了一下：“你——来了，到屋里坐吧。”

那天夜里她已经向他表白了心迹，他当时还没有十分明确的答复。她相信，现在他是来答复她了，她的心跳不由又加快了。

路骥看着李秋云，李秋云也看着他，两双眼睛相交，根本用不着再有什么明确的答复了，双方明白，他们已经互相接受了。其实，他们早就可以互相接受了，在曾楷老师家里，他们就发现他们是完全能够走到一起的。后来又经历的曲曲折折，这就是生活，也是他们的命。

路骥说不出什么来，跟着李秋云进了李家的门。屋里的三个人一见路骥走了进来，都很意外。

李秋云说：“你们的马拉松谈话，可以结束了，以后也用不着继续谈下去了。”

秋平顶先反应过来，连忙对妈妈使个眼色，李师母心里也有数了，脸上憋不住地要表现出来，只有蔡师母还糊里糊涂。

秋平一颗悬着的心终于落了下来，他趁这个机会摆脱了妈妈要他留在家里吃饭的纠缠，急匆匆地走了。

李师母这辰光也顾不上儿子了，一门心思为大女儿开心，她在蔡师母耳边讲了几句话，蔡师母的脸上马上开出一朵菊花来，直愣愣地盯牢路骥看，看了一会儿，又直愣愣地说："哟，灵光的，灵光的，你这位同志看你这张面相，有官运的。哟哟，老妹子啊，你好福气欧，前世里修来的欧！"

李秋云又好气又好笑，还没来得及说话，蔡师母已经对着她叽里呱啦喊起来："大妹妹欧，我倒帮你瞎起劲了，白落落寻了这几张照片来，你真是，嘿嘿，不声不响，闷声发大财，真正，老话讲会捉老鼠的猫不叫。"

李师母跟着笑了一会儿，觉得应该让女儿和人家单独谈了，这样盯着人家看，实在不上路。她拎了一只空篮对蔡师母说："大阿姐，我买菜去了。"

蔡师母这才拎清了头脑，又恋恋不舍地盯着路骥看了一眼，总算跟着李师母走出去了。

屋里剩下李秋云和路骥两个人，路骥正想说话，突然，河对过人家屋子里传来一阵尖厉的声响，好像是打碎了玻璃，紧接着一个更尖利的声音响了起来："哎哟，你个讨债鬼呀，你在变世啦……"

李秋云急忙朝河对面看，看见悔悔又趴在窗口上，手里拿了一根用来叉竹竿的叉子，开着的一扇窗玻璃有一块被打碎了，悔悔正盯着那块玻璃看，对大伯母娘娘的咒骂，她好像根本没有听见。

"哎哟哟，这个鬼丫头，真正变世了，从前多少文雅，讲话轻声轻气，听大人的话。现在你们大家看看，鬼上身了，无缘无故敲碎一块玻璃……"

李秋云晓得黄家大媳妇的为人，嘴巴凶，但也不至于冤枉一个残瘫的小人。她又朝悔悔看，发现那种令人心疼的忧郁神情不见了，却多了一种近乎残忍的笑。李秋云心里一抖，她受不了过去的那种忧郁，更受不了现在的这种笑。

黄家大媳妇还没有消气："你这个小鬼丫头，现在不得了了，什么人的话都不听，昨天敲掉两只杯子，我亲眼看见，你是存心摔掉的，这样下去，怎么得了，房子也要被你拆掉了……"

路骥不解地问李秋云："那是黄扬的女儿吧，怎么会……"

李秋云不晓得悔悔这种变化是不是长期压抑的一种变态，在这一刻，她突然恨透了黄扬。

路骥呆呆地看着黄扬的女儿。

李秋云说："我听别人讲，你因为帮他说话，被领导批评了，是真的？"

路骥问："你听谁说的？"

李秋云立即明白真有其事，她说："那边市场上许多人都说，有的话很难听。"

路骥知道事情是无法隐瞒的，干脆挑明了："说些什么，有什么好说的，无非是说包庇，或者偏袒……"

"你为什么要偏袒他？"

"我以为我没有偏袒谁，只是按政策办事，不允许个体户坑害别人，也不让别人存心整个体户。"路骥激动起来，现在如果李秋云说一句反对的话，他也会和她辩论的。

李秋云心里一阵热一阵冷，她突然发现眼前的这个人，既是她寻找的人，又不是她所寻找的人，和这个人在一起，她也同样得不到安宁。也许，要寻求安宁是不可能的了，这恐怕就是命，命里注定，是人力难以改变的。

第 23 章

下午三点差五分，住院部的铁栅栏门开了，携带着各种食物补品的病人家属及亲友，发出一阵长吁短叹。这一大群人从住院部的大栅栏门拥进来，又分散地走向各个病区，在各病区小栅栏门前，又被阻拦了三五分钟。准三点，才通过了这第二道关卡，急匆匆地走向各间病房。

随着探视的人流分散到各个病房里，乱哄哄的走廊里复又空荡荡的了。李秋云坐在值班室，整理病历，发现有一个行动很迟缓的老人走到门口，不出声地看着她。

李秋云没有动弹，也没有认真看他一眼，只是坐着问他："你找谁?"

老人不作声。

李秋云以为老人耳朵不好，提高了声音又问："你是来看病人的? 几床?"

老人仍然不作声。

"咦，你怎么，你来看什么人，叫什么名字——"李秋云抬头看了老人一眼，突然发现他呆滞的目光里有一种很熟悉的东西，"你，你是? ……"

老人嘴唇嚅动了一下，终于发出了声音："你，不认得我了?"

李秋云已经认出他了："你是——吴书记？"

老人艰难地点点头，含混不清地说："唉，唉，不认得了，不认得了……"

李秋云连忙把老人让进屋来，很尴尬地说："刚才，怪我粗心，一时没有认出来。"

其实，她确实是认不出他了。她实在没有想到，文满的父亲，当年那位精力充沛，叱咤风云的公社书记，竟然枯瘦颓落成这副样子。他那身新簇簇的全毛中山装，不仅没有显出他曾经有过的气派，却更加反衬出他的形容枯槁。李秋云不由惊讶地问："吴书记，你病了？"

老人又艰难地摇摇头。

李秋云更觉得奇怪，他千里迢迢，单身一人，赶到这里来做什么呢？

老人喝了口水，歇了一会儿，突然没头没脑地说："小李，你说句良心话，从前你们插青下放到我们那里，我没有照顾好你们，叫你们吃了不少苦，可是也没有亏待你们，是不是？"

李秋云点点头。当年，尽管大家也骂过他，但凭良心讲，和别的地方的土霸王、土皇帝比起来，吴书记对插青要好得多，李秋云进大队合作医疗，也是他点的头嘛。至于他几次把出路给了黄扬一个人，今天想起来，似乎也难怪他作为父亲的一番苦心。

老人见李秋云不说话，急了："小李，要是我过去有什么地方对不住你们，求你们不要计较，你们都是有文化的，我这个人，没有文化，不懂道理。"

李秋云不忍心看老人这样作践自己，连忙说："吴书记，你是特地来找我的，有什么事你就说吧，只要我能帮忙的，我一定尽力。"

老人咽了一口唾沫，说："是文满告诉我，你在这里做事。"

"是文满让你来的？"

“不，不是，他们都不晓得我来……上回你到乡下去，我听文满说了……”

“文满现在好吗？”李秋云又想起在三龙农场和文满一起度过的那几天，想起文满的富有和忧虑。

老人叹了口气：“文满……唉唉，文满命不好，三龙那个人，现在真是无法无天了，思想越来越不对头。我也不瞒你，有人到县里告了他，听说告不赢还要到省里去告。我早料到要出事情的，是我的一个老领导透了风给我，说上面快要下来调查了，那是不得了的呀，他怎么经得起查呀！他的那些事，又有哪一件是规规矩矩合法的呀！……”

老人越说越气愤，抖了起来。李秋云劝也不好，不劝也不好。

“你想想，本来讲好是承包土地，和村里订合同，这种事情不怕的，地反正是国家的，现在他又要办工厂，又要做生意，又和外国人勾上了，这怎么了得！招了那么多工人，这就是解放前的资本家剥削人呀！怎么劝他也不听，还说就是要靠剥削人发财。你想想，共产党能允许他吗？文满说几句，他还动手打她……”老人嘴唇直哆嗦，继续说，“本来还没有这样狠霸，上次到苏州来找了黄扬，两个人倒是一条路上的，讲对了头，回去三龙更加疯狂。跟外国人做生意，也是黄扬帮他出的点子。”

李秋云完全明白了老人的意思，问：“吴书记，你是来找黄扬的？”

“我只有找他，只有他说话三龙才相信。我就求他不要再同三龙搞什么联合了。”

李秋云很不自在，是她在他们中间牵的线。

“文满说，你和黄扬熟，我只有先来找你，小李……”老人突然双手一合，对李秋云作了个揖，“你是个软心肠的人，我求求你了，你带我去找黄扬。”

李秋云顿了顿，说：“黄扬他，恐怕不肯听你的。他现在刚刚开始做一点事情，开了个店，生意名声都不错，不可能停下来的。”

老人愣了一下，说："我不要我这张老脸了，我跪下来求他！"

李秋云吓了一跳："你——"

老人重重地叹息了一声："你说得对，黄扬不会听我的。我知道他这个人，当初我就不喜欢他，当初我就看出来了，可是文满她……唉，文满，真是苦命啊！小李，你不晓得，现在她天天在家里哭，心口痛病又犯了，三龙还怪她……为了文满，我要去找黄扬！"

老人说话的时候，神态不再那么呆滞了，而且话音越提越高。值班室另外几个护士一直在谈笑，开始并没有注意李秋云在接待什么人，谈些什么，这时候都围过来问出了什么事。李秋云怕她们嚼舌，向护士长请了个假，提前下了班，就和吴书记走了出来。

李秋云领着老人穿过拥挤的市中心，走进了黄扬的店里。

在儿童专柜前，一位女顾客在大声说："喂，我买十三厘米的锦纶丝袜。"

"十三厘米的没有了。"

"怎么会没有呢？怎么会没有呢？"女顾客一迭连声地反问，声音又尖又脆，像吵架，"怎么会没有呢，我昨天走过这里，看见有货的嘛，因为身上没有带钱，今天我特地绕过来买的，怎么会没有呢？"

不少人围进来看热闹。这里是闹市区，无事也要轧一轧，一点点芝麻大的事也能围上一大圈的人。

黄扬的侄女黄小红被女顾客这么一叫，也有点火了，没好气地说："怎么会没有，卖完了就没有了。"

这个女顾客是个疙瘩人，大概因为跑了不少路，又没有买到东西，火气更大："卖完了怎么不进货？"

"咦，"黄小红白了她一眼，"你来做老板，好吧？"

"我不做老板，不过我有眼睛，你自己看看，你们墙头上贴的什么，写的什么，你读出来大家听听。我倒要问问你，这算吹牛，还是骗人？"

“你——”黄小红气得说不出话来。

李秋云觉得这个顾客太过分了，可话说得也有点道理。黄扬的这爿店，一开始就是以“齐全、新颖”出名的，现在人家走这么多路特意赶来买东西，买不到，自然是有火气的。

看热闹的人也议论起来。

“这爿店在开张的辰光是没有话讲的，货色齐全的……”

“那辰光我小孙子刚刚满月，屋里没有人会做小衣裳，跑遍了苏州，到上海又寻了两天，脚筋跑断也没有买到合适的，正好这爿店开张，碰得巧，在屋门前买着了。”

“开裆裤也是有一档无一档了，这一档货蛮多，不晓得长久不长久……”

李秋云看见三角包从外面进来，连忙问他：“这几日的货物怎么少了，这种小人穿的锦纶丝袜，既然这么好销，怎么不多进一点？”

“多进一点？”三角包睁大眼睛看着李秋云，好像在看一个外星人，“你说得轻巧便当，现在这种货，市面上一直脱销的，我们上次一次就进了七百多双，从十三厘米到二十八厘米全有，人家国营大商店还不及我们呢！”

“那现在为什么……”

三角包叹口气说：“关系户出纰漏了，我们是同上海一家批发站挂钩的，现在那个人搭起来了，这条路就断了……”

“那个人为啥捉进去？”

“受贿。”三角包平平淡淡地说，好像等待那个人的不是几年徒刑。跟了黄扬几个月，这个小青年也学起了黄扬的样子，遇事不慌不忙。

“他，黄扬，行贿？”李秋云追问。

“你这个人，”三角包说，“你这个人真是，唉，不给点好处，到哪里去批什么锦纶丝袜。”

“他，他这是害了人家！”李秋云激动起来。

三角包一点也不激动：“你放心，黄老板害不了他的，黄老板那一点只能嵌他的牙缝，要不然，怎么能——咔嚓！”三角包做了个上手铐的手势。

“那……黄扬，怎么办？”

“什么怎么办？噢，你怕黄老板因为行贿给人家咬出来也吃官司啊？你放心好了，不会的，我们黄老板吃得透的，手脚做得清爽的……”

李秋云这时候突然想起黄扬关照三角包的话“被人抓得住把柄的事不能做”，她又问三角包：“那，以后你们要锦纶丝袜怎么办？不是断了路吗？”

“黄老板总归有办法的，东边不亮西边亮，南边不亮北边亮……”

“咳咳！”吴书记在一边听两个人对话，才知道这爿店就是黄扬开的，货架上的那些儿童服装，是三龙厂里做出来的。他等得不耐烦了，重重地咳了一下，提醒李秋云。他听三角包一口一个“黄老板”，愈发地坐不下去了。

李秋云碍着吴书记的面子，只好收住了话题，问三角包：“他人呢？”

三角包看看吴书记那张倒挂的脸，说：“回屋里去了，有人寻他。哼，寻他的人还真不少，可惜存好心的不多……”

当李秋云领着吴书记急匆匆赶到黄扬屋里时，黄扬正在同一个人讲话，一看，大家都惊呆了，是余三龙。

吴书记也不理睬余三龙，一看见黄扬，就扑了过去，双手一拱，真的作了个揖，声音抖抖地说：“黄扬，我求求你了，你不要再同三龙做生意了，三龙这样下去，不得了了，要犯法的。你比他懂道理，你帮我劝劝他，你不晓得，文满在家里，天天……”

余三龙打断老丈人的话：“你到这里来胡搅什么，你在乡下搅得还不够？不但不帮我的忙，倒挑了你女儿来同我作对，许多事情都是你搅出来的！”

黄扬看了李秋云一眼，李秋云无可奈何地摇摇头。

黄扬突然笑起来，对这个可怜巴巴的老人说：“吴书记，你来迟了一步，早一步你就听到了，其实你用不着求我了，三龙这次来，就是来和我断生意的。”

老人愣住了，看看余三龙，又看看黄扬，嘴嚅动着。

余三龙不肯再做开裆裤了。

黄扬有过这样的预感，可想不到来得这么快，他还没有来得及开始物色第二个肯做开裆裤的人。

早在当初余三龙紧追着李秋云，急巴巴地来苏州找他的时候，黄扬就预感到会有这么一天的。那时候余三龙对工厂经营上的事情还几乎一窍不通，可在谈判订合同的时候，却表现出了他的狡猾和精明，他没有接受黄扬订一年合同的建议，只签了半年的合同，黄扬原以为在合同期内，余三龙还不至于有什么新花样，因为经过法律认可的合同，单方撕毁是要作经济赔偿的。所以，黄扬原准备在合同期的后半段，解决下一步的服装加工问题。可是现在余三龙突然袭击，居然在合同期内就提出中断合同，宁愿按法律规定，赔偿损失，这是黄扬所料不及的。

做开裆裤赢利小，黄扬的薄利多销的方针余三龙是接受不了的，他刚刚探索和积累了一点生产方面的经验，就另寻新欢，并且很快就达到了目的。

黄扬知道事情是无法挽回的，余三龙的胃口大得吓人。

李秋云领着吴书记进来的时候，余三龙正在发表他的高见。

“人小的时候，要穿开裆裤，长大了，就不再穿开裆裤，要穿直筒裤、喇叭裤、牛仔裤、萝卜裤，哈哈，对不对，黄老板？”

黄扬被余三龙的这句话触动了一下。

吴书记弄清了事情原委，急得骂了起来：“混账东西，混账东

西，混账东西……”也不晓得是骂余三龙不仁不义，还是怪他做事情太野豁。

小屋里轧了四五个人，正闹得不可开交，又有人来敲门。黄扬开门一看，是张文清满面红光地站在门口。

余三龙趁机告辞：“黄老板，后会有期。你那笔损失费，我回去就汇来，你放心，不会赖你的。”余三龙一边说，一边对黄扬挥挥手，做了个告别的手势。刚想跨步，却被他老丈人一把揪住了衣裳。

余三龙很恼火，甩开老人的手，说：“你真是老昏头了！”说完，开了门走了出去。

吴书记看看屋里的人，一跺脚，追了出去。李秋云也连忙跟出去。

屋里剩下黄扬和张文清，黄扬看看他的表情，问：“这么快活，什么事？”

张文清抖抖地摸出一张纸：“他们，承认我了……”

是省服装研究所的录用通知书。

黄扬看着老头满是皱纹的脸和发红的眼睛，心里很不是滋味，张文清终于被社会承认了。这几个月来，他为黄扬搞了一些设计，黄扬请了几个个体裁缝精心制作，试销了几件，结果市场上名声大震。销售的时候，张文清还亲自到场，研究顾客的反映，激动起来，就当场讲起他的服装设计来。许多人都晓得黄扬请到了一位了不起的设计师。由于没有办法批量生产，只能由几个裁缝赶制少量成品，所以这些服装更加宝贵，传说也就更加神乎其神。终于惊动了研究所，他们重新估量评价了张文清，大有失之交臂的后悔之感，急急忙忙把张文清拉了过去。

张文清见黄扬不作声，以为他有什么想法，连忙说：“你放心，我不会……”

黄扬笑起来，打断他的话：“我为你高兴，你终于争取到了你的位置。”

张文清兴奋之余叹了口气：“这全靠你呢，要是当初我死硬到底，不同你合作，恐怕到今天还在那里画那些倒头的被人看不起的工笔画呢！”

黄扬半真半假地说：“你倒是枯木逢春，可以大显身手了。我呢，却被困住了，手脚都伸展不开了。”

张文清真的为黄扬着急，又有点对不起黄扬的样子，说：“我也听说了一点，你现在困难重重，我能帮你什么？”

黄扬问：“你说我现在最想什么？”

张文清想了想说：“官方的支持。”

黄扬摇摇头。

张文清又想了一下，说：“钱？”

黄扬又摇摇头。

“联营的服装加工单位？”

还是摇头。

“那……是要得力的助手？”

黄扬不再摇头，但也没点头。

“那……你到底想什么呢？”

黄扬停了一会儿才说：“我想，我是不是应该挪一挪地方了，一头驴蒙住了眼睛拉磨，永远是那个老圈子。”

张文清吃了一惊：“你想……到别的地方去？”

黄扬又笑了起来：“什么地方也不会去的，只是想想罢了。”

“可你这些困难怎么办？”张文清是个老实人，喜欢就事论事。

黄扬拍拍张文清的肩：“好了，你轻轻松松地走吧，何必带着一肚子的烦恼呢？你看我，才不愁呢，要我发愁，还早呢。”

张文清咧开嘴笑了。

走的时候，张文清过来拍拍黄扬的肩说：“你是个小甲鱼。”

尾　声

长洲区工商局会议室里，陈局长正在作一个小型的动员报告。

检查小组正式成立了，明天就要开始工作。

这个小组由陈局长亲自担任组长，由市局的一名同志担任副组长，路骥是八名组员之一。

检查分两头进行，点和面。组长负责点的深查，副组长负责面的普查，各带四名组员。

路骥分在第二组。

陈局长的那一组检查的第一个点就是黄扬。

对黄扬的怀疑和对路骥的不信任是成正比的。

路骥不知道黄扬将怎么应付这次深查，他会做些什么手脚，或者也许他根本就没有做过违法的事。

会议结束之前，当天的日报送来了。

路骥心不在焉地浏览了一下，发现第四版下方有一则醒目的招聘广告。

苏州新新服装店是一家个体经营的商店，以商品的新颖齐全为办店方针。现欲招聘业余模特儿两名，条件如下：

女性，年龄18—28岁，身高1.65—1.75米，容貌端正，身材匀称，有一定的表演才能和交际才能……录用人员的待遇面议。

新新服装店　黄扬

个体户招聘业余模特儿，算得上是一个新闻。

路骥盯着那则广告，脑子里一时很乱很乱。